你与我，即江南。

筑塘而栖

郎净 著

百花洲文艺出版社
BAIHUAZHOU LITERATURE AND ART PRESS

图书在版编目（CIP）数据

筑塘而栖 / 郎净著. -- 南昌 : 百花洲文艺出版社,
2025. 8. -- ISBN 978-7-5500-5524-7

Ⅰ . I247.5

中国国家版本馆CIP数据核字第2025HK1572号

筑塘而栖
ZHU TANG ER QI

郎净　著

出 版 人　陈　波
责任编辑　郝玮刚　蔡央扬
书籍设计　黄敏俊
制　　作　何　丹
出版发行　百花洲文艺出版社
社　　址　南昌市红谷滩区世贸路898号博能中心一期A座20楼
邮　　编　330038
经　　销　全国新华书店
印　　刷　浙江海虹彩色印务有限公司
开　　本　720 mm×1000 mm　1 / 32　印张　11.625
版　　次　2025年8月第1版
印　　次　2025年8月第1次印刷
字　　数　230千字
书　　号　ISBN 978-7-5500-5524-7
定　　价　52.00元

赣版权登字　05-2025-182
邮购联系　0791-86895108
网　址　http://www.bhzwy.com
图书若有印装错误，影响阅读，可与承印厂联系调换。

在故乡的血液里筑塘而栖

——郎净的追忆似水年华

袁明华

"横潭还在吗？

"雁楼、半月斋呢？

"竹里馆又在哪个位置？

"能画个手绘地图给我吗？"

当我在手机里这样问郎净的时候，其实我已经做好了找不着的准备，历经数百年的沧桑巨变，能晓得个大致位置就已经很不错了。

当时满脑子都是小说中那个不愿上幼儿园的小女孩，在塘栖古镇四处游荡的情形。

这个小女孩似乎与生俱来携带了寻找的基因，按当下时尚的说法，可能小脑瓜子里面装了一个接古通今的芯片。起初这个芯片并不成熟，她喜欢闲逛，喜欢发呆，喜欢做梦，想不分明究竟要寻找什么，可冥冥之中总有一股力量在引导着她向着某一个方向漫游……

从童年到少年，从少年到青年，在渐渐长大的路上，远离故乡的女孩始终未能摆脱装在基因里的那个芯片，反反复复地想象故乡，想象塘栖，想象久别重逢、走回属于自己的四号里那一天，自己会怎样欣喜若狂，潸然泪下，像小时候一样一下子从院子里冲到运河边，一遍一遍重走当年的路，不管是梦里的路，还是现实中的路，还是无法分辨梦境或者现实的路。

如此反反复复地归来复去、复去归来，长大后的女孩似乎终于明白了寻找的意义，也终于走进了近400年前的横潭、雁楼、半月斋、竹里馆，走进了卓人月的心灵世界。她说，时光岁月里的每一个逝者，带给生者的，其实是超越生命的广阔空间和时间，是一代一代的连接。那种连接，在岁月之潮的跌宕起伏之中，虽然有风雨飘摇的感觉，但却一直微弱地存在着，如淡淡的月光，如轻轻的风，如漫天的花瓣，如每个生者的呼吸……

当这个女孩从硕士读到博士，接着进入博士后研究工作，她的研究方向一步步向着京杭大运河南端塘栖古镇和卓氏家族的历史深处掘进，向着卓人月曾经生活的世界掘进，夜以继日，殚精竭虑，发表了《卓人月年谱》《试析卓人月之人生观及文学观》《再论卓人月之悲剧人生及其戏曲悲剧观》《明清塘栖镇园第之发展及解读》《浅论江南古镇文化展示之新思路》等一系列研究成果。

然而，学术研究终究替代不了寻找过程中的感性思绪，也排遣不了流淌在血液里、镌刻在灵魂中的那一份无处言说的无边寂寞和孤独。

因此说，这一部借助文学的力量而诞生的长篇小说《筑塘而栖》，命里注定必须由小女孩自己来完成。

然而，说实话，正因为这个替代不了和排遣不了，我对这部小说起初并没有抱着太大的期待。尤其在看过她研究卓人月的一系列论文后，这种担忧就更重。

作者身上贴着两个亮眼的标签，华东师范大学文学博士和复旦大学中国史博士后。一个曾经深扎于博士后研究工作，如今又在大学里从事理论研究和教育工作的学者，如何才能摆脱理性思维的束缚，放开手脚写出一部既能与之身份相匹配，又能打动广大读者的好小说？这两者之间实在是有一条难以逾越的鸿沟的。

诚然，在当代文学史上，确实存在一批在文学理论研究与小说创作领域均取得杰出成就的作家。就近说，在郎净曾经求学的华东师范大学和复旦大学，就拥有王安忆、格非等教授。他们被冠以"学者型作家"的美誉，一边从事理论研究和教育工作，一边又以创作经验反哺理论建构。这类"双栖作家"打破了理论与实践的二元对立，是令人敬佩的。但王安忆等人都是先作家后教授，这在植物学界属于"先花后叶"的一类，先有了耀世之花，之后的明媚春光似乎都是水到渠成的事。郎净在小说创作领域未曾开过明艳的花，想从绿叶中耀出光来，可能一不小心就被无边的绿色淹没了。

关键是，小说创作发展到今天，技术层面是越来越讲究了，而这个技术活根本没有固有的标准和章法可循，它一直都是在进化的。而你一个大学教授来写，不管于人还是于己，对技术层面的期待肯定会更高，这就要看郎净的本事了。

先说说我在阅读这部小说过程中的一些感受。初步浏览一遍后，我觉得遇到了一部好小说，但读着读着似乎就脑雾了，甚至打盹了。以往读那些故事情节跌宕起伏而又充满悬念的小说，即便一目十行，它也能吊着你胃口使你读下去，甚至愿意付费续读。但《筑塘而栖》没有那些抓人的元素，但你又觉得好，觉得必须读下去，这个过程很奇妙。读完了才明白，有一种小说不能吃快餐，必须静下心来才能开吃，最好先洗洗手，把桌子抹干净了，然后告诉自己，必须逐字逐句地进行，不要错过了流水漫过的任何鳞隙，否则又会脑雾的。

读完了，觉得还没读周全，再读一遍，便生出了要追着小说提供的线路图去实地走一走的冲动。

小说以塘栖古镇为核心背景地，辐射江南水乡海昌、山阴、金陵等地，穿越晚明与当代两个时间段，两条线交织推进，一气呵成且气韵饱满，勾画出一幅美丽的江南水乡社会风情图。

　　记得在小说初稿传阅的过程中,《花城》杂志原主编朱燕玲就说过:"这部长篇小说的写作基于作者对故乡的情结和对卓人月的研究,融入了大量对文学、对家乡、对生活的个人感受,通篇即是一场诗情画意的怀古之梦。"

　　确实如此,整部小说的叙述恍如一场梦中的穿行。我说一气呵成,那完全是循着梦中的意识流动而汩汩流淌。我说汩汩流淌,那基本属于我心澎湃的一类,是刹不住车的那种流淌,甚至不惜重重叠叠,浪花飞溅,在不断往复回旋的推进中,形成一部浑然天成的多声部交响乐。若听一遍听不明白,那就再听一遍,而最好的办法,就是进入剧场去身临其境,最好事先准备好一张手绘地图,然后沿着小女孩漫游的路径,沿着市河走向西小河、东小河、北小河,走向碧天长桥,然后回头再沿着市河一路往南,走向八字桥,走向水南庙,走向横潭,走进梦中的雁楼、半月斋、竹里馆,并进一步循着卓人月父子和道暗三人的脚步走向超山大明堂,登上超山之巅,直走到卓人月的心里去,走过卓人月的前世今生。

　　于我而言,这样的追逐是令人欣慰的,至少说明我急于想进入郎净营造的那个气场,那是属于小说的气场、文学的气场。从学术研究到小说创作,郎净显然成功突破了理论与实践这个二元对立的坎。

　　我问郎净:"你的创作是否受意识流影响比较深?比如乔伊斯的《芬尼根的守灵夜》、伍尔夫的《到灯塔去》、福克纳的《喧哗与骚动》。"这样的问题往往很为难人,但郎净秒回:"我喜欢普鲁斯特,《追忆似水年华》。"

世上万物都有来龙去脉,就如郎净的寻找,总是有迹可循,有河可溯的。郎净的回答其实已经为我们提供了一把解读《筑塘而栖》文本的钥匙。

《追忆似水年华》被誉为意识流小说的巅峰之作,是一部交织着好几个主题曲的巨大交响乐。小说通过主人公的回忆和联想,将其所见所闻所思所感融合一体,展现了时间、记忆与情感的复杂交织。整部小说没有波澜起伏的完整故事,只有贯穿始终的情节线索。《筑塘而栖》的意识流文本,尤其是郎净出色的心灵追索描写,显然是受到了普鲁斯特的很大影响的。

但不是说受意识流影响深,就非要写成意识流小说,何况意识流写作手法并非新鲜事物,早些年中国作家学好学坏的案例也多了去的。关键是,郎净因此找到了进入《筑塘而栖》的最佳路径和有效叙述方式。所谓量体裁衣,穿着得体,能穿出属于自己的个性风采才重要。

郎净给人的印象,一直很文气,也很理性,但进入《筑塘而栖》之后,看那些汩汩流淌的文字,忽高忽低,时上时下,笔走龙蛇,随心所欲,完全是一个任性而又夸张的女孩所为,常常把人搞得晕头转向,但这种毫无章法的章法,正是对教授身份的背叛,也是郎净在《筑塘而栖》的实践中希望驱抵的一种境界。

青菜萝卜，各有所爱，只要喜欢，都是补。

也许你会觉得，《筑塘而栖》过于伤感。一路的寻找，似乎找到了什么，又似乎什么也没有找到。

筑塘而栖，顾名思义，是人类自古以来最朴实的一种生存方式。塘栖名字的由来，小说中提供了三个不同版本，宽泛说有四个。无论哪一种，或民间传说，或实有其事，都寄予了后人美好的想象和希望。但郎净的《筑塘而栖》，筑兮，栖兮，这个塘更多是抽象意义上的心灵的诉求，是流淌在血液里的故乡情结，是人类代代相传、生生不息的情感接续和精神追求。

在阅读的过程中，我注意到了几个细节的前后呼应：小女孩佩戴的银锁和卓人月身上的玉佩的勾连，玉佩与佩兰的勾连，忆兰与佩兰的勾连，卓人月写给忆兰的《哭赋》与贾宝玉为晴雯做的祭文《芙蓉女儿诔》的勾连。将这几个勾连穿成一串，便充分折射了小说中一众人物共同具备的"兰心蕙质"的精神内核，这也是郎净发自内心深处的呼唤。按郎净自己的说法："这里面有一些相同的元素，因为江南的气质是代代相通的。"

确实，郎净的追忆似水年华，看上去主基调偏于伤感，但出现在小说中的所有人物，尽管有多人以悲剧收尾，第一主人公卓人月更是英年早逝，仅活了30岁，但他们基本堪称美好的化身，且充满了具有教育意义的正能量，而这也正是我们在回首往事、追忆似水年华的岁月里共同的期盼，也是深植于江南古镇传统文化深处的基因。

为了进入《筑塘而栖》的气场，我后来还是专程去走了一趟塘栖，行程收尾于"三条半弄"，最后参观了"太史第展馆"。

展馆内墙上有关于卓氏家族主要人物的介绍，我将卓人月的介绍抄录于此。这是古镇现实土壤里曾经生长的幻想之花，是历史文明长河的回响，是无法离去的记忆：

文学奇才卓人月(1606—1636)，字珂月，别号蕊渊。他是明朝末年的诗人和戏剧家。他贡献突出的是戏剧创作和戏剧理论。他写的《花舫缘》，以唐伯虎卖身为奴，终娶得美丽智慧的婢女秋香为妻为题材，体现了唐伯虎为追求爱情不计身份的才子本色。他创作的戏剧《新西厢》，破除原《西厢记》的媚俗结局，创作了醒人警世的悲剧理论，举世瞩目。

卓人月年仅30岁去世，他短暂的人生，却取得了文学上的杰出成就。他去世后，江南文人报请朝廷给予立祠加匾。礼部批示中说他"命齐长吉，才过正平"，长吉是唐代著名诗人李贺，正平是汉末名士祢衡，这是世人对卓人月诗才人品的高度评价。

不过，我还是希望能够得到一张手绘地图，便于热爱的人们前往寻踪。

小说中那个小女孩曾经的家"四号里"，就在太史第弄北侧运河边。

　　真正无法离去的记忆，或者说漫游，萦绕于《筑塘而栖》。

　　（袁明华，中国当代作家、旅行家，中国作家协会会员、杭州市作家协会原副主席、杭州市文史研究馆馆员）

千古文章寸心知

——读《筑塘而栖》有感

法　鸿

明崇祯九年(1636),年仅30岁的塘栖才子卓人月,在第六次科举考试落第后,不幸身染疟疾,溘然离世。

在浩瀚的文化长河中,卓人月甚至算不上溪流,仅仅是一朵转瞬即逝的浪花。除了古典文学的研究者之外,他的名字较少为人所知。

卓人月生前未曾显达,死后回归寂寞。他一定不会想到,在历经380多年的漫长岁月后,会在另一位江南才子的笔下获得新生。

在长篇小说《筑塘而栖》里,卓人月一生中的至明至暗、至亲至爱,连同他的所见所闻、所悟所感都一并得以复活。

乃至于他所生活的塘栖、江南,乃至于他所上下求索的文化脉络,都一并得以复活。

《筑塘而栖》以运河古镇塘栖为核心背景地，辐射江南水乡。小说两线交织，穿插晚明与当代两个时间段。

晚明以卓人月为主人公，讲述他生命的最后几年，涉及他的爱情、家庭、交友结社、游历、科举、文学创作等方面。

当代以一个从小漫游于塘栖的女孩为主人公。她穿行于旧日院落与里弄，与卓人月建立起一种心灵上的联系。女孩目睹了古镇的变迁，最终选择了古代文学专业，立志于中国文化之传承。

这个女孩的原型，就是《筑塘而栖》的作者郎净。

郎净生于二十世纪七十年代，是卓人月的同乡。她长期研究江南社会史、明清江南诗学，对家乡塘栖的人文历史有着血浓于水的情结。

前后花十年时间创作《筑塘而栖》，用郎净的话说："用了很多时间，是一句一句写的。"

小说在写卓人月，也在写她自己，创作过程犹如"灵魂附体"，用心之真、用情之深，读之令人悲欣交集。

以下仅从文化、社会、文学、美学等几方面谈谈这部作品的价值与特色。

一、不绝之文脉

如今，网络已代替印刷，手机已代替书籍，成为主流的阅读平台。据说，在抖音等短视频的影响下，读者的耐心已缩短到以秒来计算了。

毋庸讳言，传统的文学作品，似乎越来越小众化、边缘化了。

在这样的时代，以古典的文学形式，以严谨的学术风格，来苦心经营一部近18万字的作品，把一位早已被历史尘埃埋没的无名文人挖掘出来，有意义吗？

南一鹏在回忆父亲南怀瑾时说："我觉得中国读书人好像有一个心态，就是你只要是一个中国知识分子，就永远觉得你欠这个民族一份什么东西……只要你懂得这个文化，你就很想为它做点什么。"

郎净显然也是这样的知识分子，她的血液里流淌着和卓人月一样的文化基因。首先是懂得，因为懂得而热爱，因为热爱而自然而然地生出一种责任。

中华文化，就是因一代又一代的文化人，燃烧个体的生命作为火种，方能千古相传，从未断代。

卓人月的杂剧代表作《花舫缘》，借用的底本是好友孟子塞的《花前一笑》，而《花前一笑》借用的是吴中才子唐寅的故事。之后，《花舫缘》又启发了徐野君，使其写成戏剧《春波影》。

文脉就是这样你中有我，我中有你，融会贯通，延绵不绝……如果没有这些作品，我们就无法知道：一代代的中国人是怎样活过来的？他们因什么而生，为什么而死？

在郎净笔下，一幅晚明江南文人的生活长卷徐徐展开。

在诗词曲赋、音乐、绘画、园林等营造的江南气韵中,文人的气质、情怀扑面而来。

卓人月与父亲卓发之聚少离多,父亲留给他的最美好的回忆是曾陪伴他读书三年——

这就是你们二人人生中最完整相伴的三年。而这三年,注定让你追随他一辈子,或者让他牵挂你一辈子。你们一直记得的是你破笔的第一首诗。就如你看到文字第一眼的感觉一样,那些纯然的欢喜顿时收起,你如遇神明,肃然静思……

这份对于文化的热爱,同样由卓人月传给了儿子大丙——

你轻轻走进去,听得楣君和大丙仿佛在书斋之中。你上楼,走进书斋。竟见楣君坐于大丙边上,而大丙正用小手紧紧捏着毛笔,紧张而认真地书写。那纸上已经有好几个虽然歪斜,然而分外用力的"卓"字。你的心里是一种说不出的感动,你走过去,张开双臂,将楣君和大丙同时拥住……

在第七章《雁楼》中,作者将卓人月与一生的文友徐野君的首次见面,写得百转千回、跌宕起伏。两位普通文人的相遇，"如同王维邀请裴迪赴春天之约，如同苏轼寻张怀民看月亮"，成为令人怦然心动的一幕——

> 你就这么在风声雨声中左思右想、心情烦乱。然而终究，门轻轻开启。野君走了进来，他衣衫透湿，然而笑容温暖，他看着你，作了一个揖："珂月兄，小弟来迟了。"你顿时释然，起身拉住野君之手，莞尔而笑，感觉只是久别重逢，多日来那种惴惴惶惶，皆无影无踪。

佩兰是卓人月深爱过的女子。他们在孤山文会上邂逅，短暂如惊鸿一瞥，却成为卓人月最惆怅、最珍美的时刻——

> 纵使这么多年的岁月水去云回，你还觉得，佩兰一直在注视着你，从第一次邂逅开始，到当下，到她逝去，到往后，到自己逝去，到来生，到无尽虚空……那种注视一直会在。你每次回想到此处，就不敢再忆下去。再忆下去，就是那些人生最珍美的片段了，你小心翼翼把那些片段收藏在膏肓之间，轻易不敢去想、去念。似乎回忆，都是一种极为奢侈之举动……

这所有的情感传递、情绪表达，都以文化作为彼此共鸣的音符，以文化作为血脉相连的纽带。

虽然人生就是一段文化苦旅，然而时时活在诗情画意中,便是中国人特有的浪漫和幸福。

二、古镇之灵魂

　　一部优秀的文学作品,会在岁月中日益彰显其价值。小说中的人物或情景,会成为我们生活中不可或缺的组成部分。

　　就拿"布鲁姆日"来说,每年的6月16日,世界各国的文学爱好者都会团聚爱尔兰,以各种活动纪念小说家乔伊斯和他的巨著《尤利西斯》。

　　又如沈从文的《边城》,有多少读者是以此书作为向导,去湘西寻找心中的世外桃源?

　　曾经的江南名镇塘栖,在历经百年沧桑之后,如今仍处于重建中。物质形态的建筑、景点容易修复,而精神内涵上的挖掘、弘扬却需要真正懂它的人。

　　郎净就是那个懂塘栖历史、文化的人。在《筑塘而栖》里,她通过卓人月之口,为塘栖溯源、正名——

　　　　塘栖虽为大镇,发祥甚迟,至国朝方聚市成镇,其名亦无一致说法。一说,南宋时此处即有唐栖寺,地以寺名。佛寺早已无处可觅,镇名却显。一说,宋末隐士……尝避难栖此,后人慕之,故名此地为"唐栖"。

而在卓人月和郎净的心中,却更倾向于第三种说法——
"元至正十九年(1359),张士诚发二十万军民,开挖武林港
至江涨桥运河河道,历十载方成,名新开运河。自此,运河
舍道临平,取道塘栖。明正统七年(1442),巡抚周忱兴筑运
河塘岸,自北新桥至崇德界,绵延 一万三千二百七十二丈,
修桥七十二,又赖民众齐心协力,筑塘而栖,铸此乐土,故名
塘栖。"

"塘栖! 筑塘而栖!"这个简约之词里却蕴含着塘栖的
灵魂。

正如海德格尔所说:"人生的本质是一首诗,人应该诗
意地栖居在大地上。"在这点上,只有中国人做到了。

在人与自然和谐共处的阶段,我们依塘而栖;当人与自
然渐渐疏离时,我们选择筑塘而栖。

虽然是人力所为,但是有了塘就有了水,有了水就有了
桥,有了桥就有了镇,就有了江南的诗画生活——

　　我穿过院落,随着一串银锁的叮当声,一下就来到
河边。我趴在美人靠上,一只小船慢慢划过,船上坐着
三个老太太,她们头上插着银簪子和红绒线花,身上
穿着青布大襟衣服,很好听地念着佛。小船会经过前
面的布店、米店、烧饼店;会经过前面的沈家弄、郁家
弄、太师第弄;会经过花园桥、月波桥、八字桥……我喜
欢凝神看每一只小船吱吱呀呀地摇远,想象他们会去

哪儿……

《筑塘而栖》用极为细腻的文笔，还原了一个有灵魂的塘栖。从小说各个章节的名字，就可看到人文塘栖最唯美的存在：市河、横潭、碧天长桥、竹里馆、半月斋、栖里、雁楼……

正是在这样充满诗意的环境里，一群文化人栖水而居。卓人月参加文社，与同社中人结为知己。他带儿子参加同社聚会，和道暗、大丙一起游春登超山……

每次出行都离不开船，离不开水。在人生的最后几年，卓人月离开塘栖，驶向更为广阔的水域，从海昌、山阴到金陵……

即便是出行季节的选择，也是那样浪漫多情——

接下来的日子，你与野君准备行装，并等待花谢。你们不想在最美的时光离开栖里，只等到那暮春，紫藤海棠的花瓣谢了一地，随水流去了，随风吹走了，而那迷迷蒙蒙的柳絮，使得整个栖里都摇漾惆怅起来，你们方脱尽冬装，一袭轻装，雇舟去往山阴……将近二百里水路，分二日慢慢行去。暮春时分，得与好友携手同行，沿路皆灵秀山水，实为人生快事。

《筑塘而栖》的诞生，也为塘栖古镇的重生奠定了基础。小说所塑造的人物形象、所描绘的生活画卷、所讲述的故事情节，已形成了一幅清晰、完整的人文塘栖全景图。

三、传世之文字

王小波在文章里写道："现代小说中的精品，再不是可以一目十行往下看的了……现代小说的名篇总是包含了极多的信息，而且极端精美，让读小说的人狂喜，让打算写小说的人害怕……"

在阅读《筑塘而栖》的过程中，我有与王小波类似的感受。

这部作品可谓是字字珠玑。语言既华美又清新，既流畅又凝重，既飘逸又深沉，将古典诗词的婉约、戏曲唱腔的抒情融为一体。

这种文字表现力，在卓人月之死的章节中达到了巅峰。简短的几段文字，却是惊天地泣鬼神，可以称之为"冰火九重天"。

第一重是写卓人月弥留之际，亲朋好友的话语声悬浮在的耳边；第二重是写卓人月自己的声音也飘浮在屋中；第三重是写卓人月感觉自己马上要跌入黑暗，他对人生做最后的反思；第四重是写卓人月突然看见自己所有的文集飞向一个巨大的熔炉，似乎要灰飞烟灭。

下面我们引用一下原文，第五重——

你用尽生命之力，大呼一声："不要！"顿时听到哭声四起，似乎有无数人在你身旁泪飞如雨。而所有的眼泪，纷纷洒入那熔炉之中，可是火焰并不曾变小，依旧熊熊燃烧。

接着是第六重——

你身躯渐冷，天地渐渐暗下来，再也看不见江南的青山绿水，再也看不见钟爱的书籍文字，再也看不见周围的温暖容颜了。

接着是第七重——

突然，一线银锁的声音响起，悦耳清心，掠过火焰。火焰纷纷变成桃红色的花瓣，飘飞起来，你所有的文字，包括你自己，也化为了花瓣。

再看第八重——

一个声音响起："花落、花飞……""春去、春来……""书……""归来……"那声音如漫天清凉飞雨一般，将一切酷暑严寒驱赶得烟消云散。你身上一轻、重负全无，你不再需要欢乐、需要痛苦、需要呼吸、需要历劫，你如千万片花瓣中的一片,从自己的半月斋中悠悠飘荡出去,越来越高,渐渐地,栖里已远、江南已远、家国已远。

最后是第九重——

你以为自己将要飞往西天佛地,回归乐土,然而瞬间,你和所有的花瓣,化作一种气息、化作一点音符、化作一种淡淡的色泽,重新飘飘洒洒,融入国家、江南、栖里的每一处……终于无影无踪、无处可寻,却无所不在……

创作《筑塘而栖》,作者熟练运用了大量的文学技巧,比如"草蛇灰线"法——"桃红小袄""银色小锁"等元素在不同年代中、人物身上若隐若现。一曲《忆故人》也是穿越时空,不绝于耳。

最为难得的是,《筑塘而栖》在结构、技法上还有一个独特的创新。

从现实主义、现代主义到后现代主义;从结构、重构再到解构,似乎所有的文学样式都已探索完毕,但是郎净却实践了一次前所未有的创新。

作者用第一人称来写小女孩,用第二人称写卓人月,用第三人称写其他人。

我、你、他三者之间随时切换,运用自如。我(小女孩)

想象你(卓人月),你(卓人月)想象他人,我们共同想象他人。

这种群体式的记忆手法,特别是通过"你们"(卓人月和他的文友)来观想"他们"(中国文化的其他创作者),令人耳目一新——

你们看见,苏轼在黄州,贬谪业已四年,又逢秋日。你们无法想象的是,乌台诗案之后,人生已全然没有希望,苏轼怎么还能直面春花秋月?你们看见一日即将过去,并未发生什么,而明日也将如今日般到来,如今日般结束。苏轼解衣欲睡,又将度过在黄州的一天。这一夜,他未曾饮酒,也没有小舟在远远的江海等待他浪漫远行。好像已非浪漫的年月,四十而不惑,而他那时已经四十有六。所谓四十而不惑,是一种人生的睿智和清醒。而太清醒了,却又让人生出沁骨的寒意和铭心的无趣。那应该不是苏轼的人生,也不是你们的人生。

四、终极之关怀

作为一部凝聚了深厚学术涵养的人文小说,《筑塘而栖》将文学的边界扩展到了文化、历史、学术领域,随处可见作者对于古典诗歌、戏剧、音乐的解读。

而一代又一代的读书人,在写尽人间风花雪月、悲欢离合之后,都将面临生命意义的终极追问。

卓人月在戏剧《花舫缘》里，提出了与众不同的观点——

天下欢之日短而悲之日长，生之日短而死之日长，此定局也。且也欢必居悲前，死必在生后。今演剧者必始于穷愁泣别，而终于团圆宴笑，似乎悲极得欢，而欢后更无悲也，死中得生，而生后更无死也，岂不大谬耶？

卓人月反对那种人为编造的"大圆满"结局、迎合观众的传统戏剧模式。他选择直面惨淡的人生，将舞台尽可能还原为现实。

卓人月的一生，是多数中国文化人的缩影，可谓是生于忧患而死于忧患。

一家人常年别离，父亲卓发之远走南京，其母有奇疾，经常发作。卓人月六次科举不第，他希望有朝一日报效国家、告慰父母，使得小家团聚，但终未如愿。

在孤山文会上，卓人月邂逅红颜知己佩兰，相见恨晚却成永别，后佩兰出嫁并早逝。

人生苦短，不如意之事十有八九，活着的意义究竟何在呢？

在第十三章卓人月的"归去"之后，是第十四章小女孩的"归来"。

归去与归来，"无可奈何花落去，似曾相识燕归来"。

肉体虽然速朽，精神却可不朽。生命终将以另一种方式，获得延续和更新。

在小说的尾声，作者记录下了感人至深的一刻。那一刻，积累了380多年的情绪得以释放；那一刻，时空被超越，过去、现在、未来汇聚于当下，所有的卓人月们，终于可以安心于九泉——

　　终于有一天，我来到北京，来到国家图书馆，找到一部泛黄的文集。很多年了，我是第一个打开它的人。我摩挲着文集，看到封面上清清楚楚印着《卓珂月先生全集》七个字，我对自己说："这一刻不是梦境，是真实的啊！"这个时候，一个熟悉而温暖的声音响起："你回来了……"

文章千古事，得失寸心知。

我想，在那一刻，郎净也是释然的，是幸福的。

她完成了自己的历史使命，写下了尽善尽美的诗篇，传承了尽善尽美的文化……

（法鸿，杭州市临平区人，中医爱好者、画面石收藏家。长期从事文学与新闻创作，作品散见于《诗歌月刊》《星星》《西湖》等刊物）

目　录

引　子

　　岁月已经开始催促我了，而我面前展开的，只是一个空无人烟的水边小镇。没有人的地方，建筑就会显得特别奇特。它们静谧着，静谧到极致，便会在一瞬间忘记过往的岁月，忘记历经的劫数。它们的模样，存在于我无尽的梦境之中，或是你的梦境中，或是他的梦境中。我喜欢猜想和我拥有共同梦境的人，他会是谁？我会凭自己的直觉指定他为卓人月或是其他人——这个小镇久远之前的过客；而我，则是尚在路中……我的家，在很久之前，出门往左行，二十步之遥，是荒凉的卓宅；而徐士俊的雁楼，似乎更远一些，在这样超越时空、深邃曲折的镇上，是不能用东南西北这样的语词界定清楚的。

　　我在这里伫立并遥望，似乎已经很久很久了；正如你或者他，很久很久之前，在这里伫立并遥望……

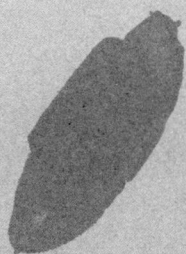

第 一 章

市　河

六岁的时候，我站在狭长的沈家弄堂里，对好朋友英说："我爸爸妈妈就要来接我去读书了，我明年就要读一年级了，我要读书！"

我想起父母每个春节，从市河那边、从小桥那边走来；在某一个清晨，早到自己无法感觉、无法从沉沉的睡梦中醒来，他们又消失在市河那边、小桥那边。那时候，我伤心哭泣，只有外婆拍着自己、哄着自己。外婆总是那么放纵我，我去了一天幼儿园，就再也不愿坐在里面，所以四岁开始就在小镇上过起了类似清净散人的生活，多年以后，当我读到"吾弟东山时，心尚一何远。日高犹自卧，钟动始能饭"，不由得哑然失笑，仿佛这诗写的就是自己。自己在弄堂里自由穿梭，在河边的美人靠上栖息；或是干脆就不起床了，看一沓沓借来的小人书……

外婆总爱把我的小辫子编得很漂亮,我有一把挂在胸前的小小的银锁,锁的下面是一排漂亮的红色流苏,这把小锁非常引人注目,它使得我的生命开始沾染某种气息。在某个深蓝的凌晨,外婆带我到运河边梳辫子,然后抱着我排长长的队,橘红色的阳光洒落之时,我的手里拥有了两张暗如古书的票,后来我才知道,那就是《红楼梦》的电影票。

暮色拉开,一片倚天而栽的桃花林。美人欹斜、眉眼轻黛、神情如烟,手卷西厢。花落花飞、蔓语凝歌。我在这通灵的一幕幕中看到了自己的银锁:

"原来我也有的,我也有通灵之锁的!"

暮色合拢,这个小镇被一种曲调丝丝缠绕,如洁白绚烂的春蚕之茧。而我笼罩在朦胧之中,心里有说不出的愉悦,从此总也忘不了那样鲜艳的桃花林,那无边无际、无穷无尽的桃花花瓣,似乎一直飘落在生命之中。

后来这个镇上的女子开始自己排演《红楼梦》,她们在演出时特意来向我借了小银锁,从此我更加钟爱那银锁,戴着它继续在镇上自由嬉戏,渐渐开始辨别不清梦境和真正的穿梭了。

老屋有一个厢房,厢房里曾经有两位老人。他们生命的最后时刻在厢房中度过。其中一位我叫她"老外婆",她穿着月白色的大襟衣服,看上去很素净。一天,她把一块小小的玉佩放在我的手中,看着我一蹦一跳地跑出院子。

另外一位是我的外公,我总是还没到厢房门口就欢天喜地地喊："外公,吃饭!"这是我每天必须做的事情。

后来我看着深色的院子糊满白色的纸,点亮白色的蜡烛。看着百千朵纸花簌簌地抖动,好像有一阵轻轻的风拂过去,欲言又止。

老人们似乎并未离开,他们就消失在院落的深处。当暮色降临之时,青色的石板、墙角与阴郁的天空、河水流动着融汇着,无数阵风飘飘荡荡,若有所思。

我戴着银锁轻快地在老屋的楼上楼下奔跑。有一天在楼上玩耍时,我在抽屉里又发现了那块玲珑的玉,形状如胸前的银锁。玉佩上刻着字,我并不认识,就好奇地拿去给大人看,有人告诉我,这块玉佩,一面刻着"三元",一面刻着"及第"。我觉得这四个字好复杂,不好听,于是把玉佩扔回抽屉。

长大一些,我开始做奇怪的梦,梦见自己在狭长的弄堂玩耍,任意推开其中的一扇门,想要走进去,但发现自己并不能进入,恍惚是幽深的楼道、隔着弄堂的栅栏,所有暗色的木板灰尘陡生。于是,我退出,走了很长很长的时间,还在深邃的弄堂之中。

我还梦见过一些园子:草疯长疯长、需要仰视,有一些白色的花杂糅其间;园子里有树,梦至深处有花谢花飞,漫天桃红的花瓣纷纷扬扬洒落。但这些园子又似乎是在现实的漫游中见到过的。很长的日子里,我一直试图分清童年的现实与梦境,然而无能为力。想得多了,崭新的梦境接踵而来……

　　我一直在整理那些没有疑问的现实部分：从四号里出去，或是不用出去，你就能瞥见市河的河水。晴天的时候碧沉沉，没有太阳的时候是阴郁的。这样的色彩带有沉思默想的气息。我的脑中可以瞬间飘动片片风落，女子凝神读书的刹那。我为这种气质惆怅，惆怅它的转瞬即逝，总希望捕捉到下一次，所以我经常专注地看着别人，看他们片刻沉静的模样。更多的时候我看着水，因为它的沉郁似乎永不改变。

　　"江畔何人初见月，江月何年初照人。人生代代无穷已，江月年年望相似。不知江月待何人，但见长江送流水。"

　　以后我发现这样的诗句美则美矣，了则未了。差不多每个句子中，我都读到了执着而永恒的春江，而这正是最让我心痛与绝望之处。有如梦魇，在我六岁的时候，我站在四号里之外，而河水荡然无存。在我二十六岁的时候，我依旧立于原处，而老屋荡然无存，我的"不能一瞬"的人生甚至来不及追随河水与尘埃而去，就被抛入一片无尽烦闷荒凉焦虑之中。

　　远远的时间里传来锣鼓的声音，历经岁月已褪色成暗红色的闷闷的声音。我在老屋前，在有河的岁月里看到一群欢快的孩子舞蹈而过。他们飞快掠过眼前，笑脸灿烂，明亮的肤色闪烁着，我羡慕地看着。外婆笑着递给我一把扇子，歌舞渐远，运河边只余我手挥蒲扇，临河而"舞"。我有点犹豫，是否回到幼儿园，就可以加入他们了？要和很多人在一起吗？我怅然若失了一会儿，很快打消了这样的念头。

我还是不敢推开弄堂中那扇暗暗的门，我小心翼翼地在梦中绕开那个方向。沿着河岸而行。靠长桥的岸边突然闪出一处暗黄色的院落，这是我以前不曾发现的，它应该是一个破旧的佛寺，寂寂无声。它似乎漂行在河面，慢慢移动，然后如风吹动的落叶，掀卷而去。

某一天，我睁开眼，看到屋顶的明瓦透出灰蓝色的光，整个屋梁浸透在阴天之中。于是，我把被子卷得更紧，毫无意义地看着拥过来的被面，暗黄色的凤凰与桃红色的花。这个图案我已经注意了很久，每一个细节都可以在心里描画出来。其中一只凤凰的尾部已经苏开，像波浪一样散开去。如果睁左眼闭右眼，那朵桃色的花会一下跳过来，鲜艳一些；如果睁右眼闭左眼，凤凰会愣愣地看着自己。现在，暗色调的空气流动在屋子中，让人无法设想阳光曾经存在，而这样的天气，时间也并不重要。我感到一种凝固的安静……

在床上待了许久，我还是起身了，从楼上推开门出去，由于睡醒的沉重，木走廊发出闷闷的声音，我习惯地喊："外婆！"没有人回答。我继续喊："外婆?！"

我开始寻找，寻找的时候却漫不经心，因为我知道一旦想要寻找什么，找的地方总不会有。我在小桥边感觉到，此刻和外婆的距离一定很远。一个似乎永远在一起的人，如果有一天不见了，会觉得过往的岁月都很荒谬。会在短暂的离别中做出各种想象，希望自己承受得住一切情节。

夜幕降临的时候，外婆打断我的各种构思与想象，踏入家门。原来她为了再看一遍《红楼梦》，一早就出发到另外一个镇上，临行嘱咐邻居照料我。

这一天的色彩似乎成了我伤心欲绝的理由：我在这个灰色的阴天里心神不宁，而远处的小镇，却是一个鲜艳而悠扬的世界，而我，居然错过了！

阴天之后是冬天。冬天的小镇呈现出古老的色彩。那些构成房屋的木头，似乎饱浸了寒冷的运河水的颜色，变得愈发黑沉沉。我总是觉得，它们就是小人书里画的那种能奏出曲子的桐木，它们已经把一种声音化作似隐似现的漫天飞雪，雪丝如弦般穿透震颤我单薄如叶的身体。我在冬天沿着运河边的廊檐走着，总觉得自己会飞入似乎已非人间的碧水。我穿着一件桃红色的小棉袄，牵牵挂挂地迎在风中，终于弃水而去，躲进一条弄堂，老人们称它为太师第弄。这个小镇的弄堂是那么多，七十二条半，大部分隐于深宅大院之下。加上我梦中见到的，已经无法想清楚了。和梦中正好相反，太师第弄所有的门都紧闭着，光线似乎在很遥远的地方隐隐透入。需要过一阵子我才能看到青石板的地面，看到两面边走边挤压过来的墙，看到顶上灰暗的楼板。它们把我紧紧拥住，似乎我永远也不可能逃脱。弄堂分为三段，两暗一明。我站在暗处，看无遮掩的空间里雪花明灭，我渐渐走进明处，仰头看秋水似的苍穹里绵绵翻飞的雪。我惊讶这无穷的水落于青石板上，却如此轻逝，只是幻化成一种越来越暗的色泽。我惊讶此地此刻似曾相识,而隔墙的院落亦仿佛正在听雪,寂无声息……

从太师第弄回来的那个晚上,我发烧得厉害。感觉自己在小镇暖暖地飘着。外婆做的小棉袄松松软软的,充满着太阳的味道。所有的屋梁都散发出生长的气息,连檐上的枯草都是金黄色的,风从上面掠过,铮铮淙淙,每一丝都弹拨得那么清晰悦耳。我的速度越来越快,似乎到了空中,来不及俯视所有的人家,就被一种力量扯走,最后,只听见自己的银锁叮叮当当……

外婆轻轻取下我的小锁,替我换了额上的毛巾。叹了口气:"这个小小人……"

外婆堆了一大堆小人书在我的床边。我对着其中的一本出神,那是一个白描的古代的故事。画面里有一条通往山间的小路,我便沿着那条路上山;女子衣袂飘飘,我便随着她走远……后来,外婆拿来一个茶叶罐,一面是青绿色的山水,有瀑布飞流,一面是层林尽染的秋天,有古意盎然的弈棋者。我慢慢翻动它,在两幅画面交替之际,心中总是充满着欢喜。

更多的时候,我躺着,看明瓦的光亮染蓝梁木,看屋脊上的草在风中起伏,看雪花浅浅地盛在瓦上。我想,那个隔墙的院落,会是怎样的光景呢?在里面看雨或雪会如何呢?为什么她那么静,静得不像是存在于这个世界。为什么那一方亮处的雪如此勾魂摄魄?"太师第"弄,什么是太师,太师是谁呢?

一个太阳很好的日子,我终于从床上起来下楼了。外婆搬一个小板凳,我站上去看她烧饭。我喜欢看灶头上那个古铜色的葫芦瓢,喜欢看靛蓝色的碎纹鱼盆,还喜欢看贴在灶龛上的财神。一会儿,噼噼啪啪的柴香和着饭香暖暖地袭来。外婆用晾竿从太阳里收回一个大竹篮,里面满盛风干的荸荠。皱皱的深紫色,撕开一点儿,里面却是玉白色的肉。一点冰冰的甜在嘴中化开来,就着太阳,我氤氲在老屋中。

"外婆,太师是何人?"

"何人?"外婆没听清。

"太师第弄个(塘栖方言,的)太师?"

"勿晓得。大概是做官的。"

"哦。"

"你勿要到处跑。到辰光又要生毛病了。"

"晓得。"

我从小凳子上跳下来,蹦蹦跳跳跑出去。

"就要吃中饭了,早点回来!"

"噢!"

我喜欢连走带跳,特别是这样的好天气。我穿过院落,随着一串银锁的叮当声,一下就来到河边。我趴在美人靠上,一只小船慢慢划过,船上坐着三个老太太,她们头上插着银簪子和红绒线花,身上穿着青布大襟衣服,很好听地念着佛。小船会经过前面的布店、米店、烧饼店;会经过前面的沈家弄、郁家弄、太师第弄；会经过花园桥、月波桥、八字桥……我喜欢凝神看每一只小船吱吱呀呀地摇远，想象他们会去哪儿。每一个经过的人都是那么神秘，因为你不知道他们为什么经过，会停留在什么地方。最让你不能释怀的是，也许以后不会再见到他们了。这么愣愣地看着别人，有的时候经过的人会冲我微笑，我也笑了，于是什么都不想了。

如果长时间一直这么注视着水，只注视着水。周围的一切会渐渐远去，声音或是弄堂或是行人或是时间。会有无可名状的喜悦从心里散漫而出，我在微笑，在微笑、微笑。最后整个空间充盈的是透明的欢喜。这时一只小船忽然遮住水面，黑色的船舷，厚重的桨。远处传来外婆的声音："阿净，吃饭了！"

走进灶间，是一股清香，八仙桌上放着的是晶亮翠绿的猪油菜饭。太阳斜斜地从高处屋脊射下来，木格子窗棂在青砖上投下长长的影子。一屋柔和的光线调匀了发黄的四壁。我搬了个小竹椅在太阳里，菜饭的热气蒸腾出来，沁入阳光之中。我喜欢边吃边一摇一摇地晃着小椅子，心里充满着惬意，并决定吃完去看看有太阳的太师第弄。

弄堂里面盛满阳光，好像一个打开盖子散着味道的樟木箱。走入弄堂的一刹那间会有些恍惚，有些色彩似乎并不真实。但是很快这种感觉转瞬即逝，因为我听到了院落里的各种声响。咿呀的越剧声透过积满灰尘的喇叭而来；铁黑色的锅铲扬起阵阵菜香和油味；筷子在碗上不经意地敲落。门是虚掩的，只要往前走，侧着身子，你就可以看到院落的里面。但我止步了，各种各样的声音已经把这个院落塞得拥挤不堪，我不愿看见那个真实的院落，抑或是那个飘雪的院落本是梦境？

我走出太师第弄，看见河水。河水很安静，有阳光的地方是鹅黄色，没有阳光的地方则是暗绿色。船桨带过的时候，金色闪闪跳跃，就看不清水的颜色了。我很好奇，河水是真实的，那炒菜的香味也是真实的。同样的地方，下雪与有太阳的日子，怎会如此不同？人的生命里，哪些是真实，哪些是梦境？后来我便渐渐养成了一个小小的怪癖，会在不经意之间猛然提醒自己，对自己说："记住呀，记住这一刻。这一刻我这么走着，正在走着，这是真的，真的；这一刻我这么看着，正在看着，这是真的，真的！"

外婆拿着大木盆，来到河埠头："你格(塘栖方言，这)个小小人，又跑到何处去？过来看我汰衣裳。"我走下缓缓的石阶，在旁边蹲着，看她。外婆穿着浅蓝色的衣服，头发挽得很整齐，插着镶嵌碧玉的银簪子，感觉很干净很干净。在石板上搓衣服也很好听很好听，轻绿色的声音里充满着水的流淌。我把手放进水鹅黄色的部分，掬起来，让它们在手上闪亮。我喜欢看衣服一下被甩出去，很平整地随着水漂，似乎要远去了，但又被牵扯回来。乳白色的洋肥皂的汁液，很快散入绿色之中。我还喜欢外婆在那一头，自己在这一头地拧衣服。水好似帘子一般洒落在石板上，石板上湿漉漉的，满是跳动的亮色毫光。每次拧衣服,我总是身不由己被外婆带过去,带过去,好像就要站不稳了。于是我会笑得很开心。

我的好朋友英经常来找我玩,还有伟,在他们不读幼儿班的时候。

我们经常会去一个园子。说是园子,其实围墙渐渐倾圮,草长得很深,既精神又颓废。精神是他们真正的生长状态,颓废是我看到他们时的感觉。多年以后,我读到杜甫的"城春草木深",总是会无端由地联系这个园子,或者是很多很多个园子。在我的生命里,自己一直出现在这些园子中,出现在这些深深的草中。那天,我们来到园子,园子里有一个暗黑色的亭子,木柱斜斜地撑着,拾级而上的台阶半掩在土中。亭子旁是一树神采飞扬的蜡梅,她应该是有这个园子的时候,就生长于斯的。相比之下,所有斑斑驳驳,从天洒落的阳光都黯然失色。我凝神聚气,看每一朵花,每一个花苞。她们随风摇曳,又似乎镌刻在空中。花瓣虽然是半透明的黄色,却总也望不穿。她们在冬日的午后,凝固住了时间,仿佛从来没有以前,也不会再有往后。

砰然间,巨响砸落,伴随着英的惊呼。我恍然回头,看见不远处的矮墙坍塌一半,枯草纷纷坠落。我看见石头七零八落,而伟躺在一堆乱石之下,脸色苍白,喘息急促,而英呆呆站立墙边。

我飞快穿越金色的梅树、黑色的亭子,看到了第一个向我走来的大人,我拽住他的手,向前急跑。以后的事情犹如碎片,人们扒开乱石,抱着伟疾行疾喊,伟的手耷拉着晃动。我回到园子之中,呆呆站立在断瓦残垣之间。

这一道渐渐倾圮的墙,总是很固执勉强地隔开些什么。我曾经喜欢站在由它隔绝的世界里,看草、看亭子、看梅树,或者看恍惚白色的蝴蝶,恍惚穿过,恍惚白色的花朵。而现在,石墙不复存在。很久以后,我再想起它的时候,永远是七零八落的,同时想起的,是脸色苍白的伟,还有所有的碎片,有关生命的碎片。

多年之后,有人突然谢我:"当年,多亏你救了伟。"那时的伟,早已成家生子。

而那金色的梅树、黑色的亭子、深深的杂草,被石头的矮墙隔绝的世界,已如恍惚的蝴蝶,幡然飘逝。

墙倒了之后的很多日子,我没精打采,再也不敢或不忍去那个园子,自从那唯一苦苦支撑的界限倒了之后,那就不再是一个真正的园子了。其实,真正的原因大概是天太冷,我成天躲在被窝里。有一天中午,我蜷在温暖之中看小人书,外婆给我买的红楼梦的手帕,斜斜搭在被子上,黛玉手执古书,柔软而暗黄的书页也斜斜地搭在桃红色的被子上,明瓦的光斜斜照射下来,我的眼睛渐渐迷离……

我听到恍恍惚惚的音乐,有人在念白,很不分明,反复是"花落花飞",抑或是"春去春来",是越剧的调子,但又好像是男子的声音。然后是眩晕的黄绿色和漫天的桃红色,声音在色彩中飞舞,好像在穿针引线,好像要把这些飘浮不定的色彩,用单薄的丝线固定住。最后只剩下几个分明但又零散的乐符,在桃红与暗黄中穿行,"书……""归来……""来……"

我在"来"字的萦绕中半梦半醒,很久很久才看清楚凤凰的被子,被子上的针脚,以及斜搭在被子上的手帕。我喃喃自语:"书?归来?"不由得四处寻找,小人书已经滑落在地板上。

"阿净,快点起来!"

外婆上楼来,她拎着小棉袄在明瓦射下的阳光中上下抖动,飞扬的光点被洒落得到处都是。她帮我把衣服一件件套上,鼓鼓囊囊的,最后是一件桃红色小碎花的包棉袄罩衫。我还是迷迷糊糊,木梳纠缠拉扯着头发,我才一下一下清醒起来。

"阿净,跟我来。"

我不由得心下一惊,"来?"

"到何里去?"

"到照相馆里去,俫姆妈写信来,让我带你拍张照片,伊想你。"

我跟随着外婆,"书"与"来"的音乐也不断时隐时现,跟随着我。

我随着外婆沿河走过沈家弄、郁家弄、太师第弄;走过那个荒弃的园子,走过八字桥。阳光在风里是月白色的,仿佛她也很冷很冷。照相馆在河的对面,走进去照例是一个曲尺柜台,和一个身穿烟灰色布衣的中年男子。跟随他咯吱咯吱上了楼,楼上杂乱放置着几个樟木箱,在微弱阳光的灰尘之中明亮着。我坐在一张木凳上，男子拿着一束塑料花插在我手中。

"看过来，看过来！"

中年人很和蔼，声音很柔和。我迷惘地听着，听到他说"来"，于是朝他的方向抬眼，看到他的手飞快捏了一下塑料球。

外婆在旁边很无奈："格个小小人，笑也不笑。倷姆妈看到，心里厢要难过个。"

我和外婆走出照相馆，把当时的自己、"书"和"来"的乐符，同时镌刻在一张很没精打采的黑白照片上：照片上一个小小的女孩子，扎着两根细细的小辫子，戴着一个有流苏的小锁，碎花的棉袄很分明，桃红色变成黑白，神情也闷闷不乐，只有眸子很清亮。她手里似有似无地斜着一束花，由于角度的关系，那束花耷拉着，弄得故作惆怅的样子。

很多年后，我端详这张照片，看到的是照相馆的二楼。我突然很想知道自己的小锁去哪里了，桃红色碎花小棉袄去哪里了，那束花去哪里了。似乎在所有人的置若罔闻中，她们神秘地消失了，消失得踪迹全无。我想要竭尽全力地在照片里面走下楼，走出去。我想从那一刻走出去，那一刻，镇子上的七十二条半弄堂与旧日的踪迹正流淌在河水之中。

我和外婆走上小桥，外婆说："阿净，再过段辰光倷姆妈就会来接你，你要去读书了。"月白色的阳光业已消散，镇子是淡淡的墨色，最明亮的却是水面，明灰色的水往空中渲染渗透，就化成了一层霭霭的烟雾，烟雾中勾画着叶已落尽的枝条，千丝万缕细细地萧索着。我站在石桥，望着不分明的远处，似隔非隔地回答外婆："噢，我晓得了，去读书。"

太师第弄和花园，我已好久不去了。我在家门口的河埠头，侧着身子看桥。试图重新打量这个小镇。

这个小镇，每隔一段蒙蒙的水路就能看见一座小桥，桥和桥遥遥相望，一些是廊桥。我喜欢把腰弯得很低很低，快蹲到水面了，看着那层层相套的拱形。沿河一带的深宅大院，屋檐一直挑到外面，形成沿河的廊街。和桥一样，也是层层的拱形门洞，望过去深深远远的；沿河的地方延伸着暗色木头的座椅，可以倚在上面看水。名字也很好听，叫作美人靠。在这个到处是河的地方，美人靠也绵绵延延；而深宅大院里面，则是无穷无尽明明暗暗的里与弄……

我在环环相扣的景色中，反反复复想着去与来的字样。离开这里再回到这里，是去与来；去了那里再离开那里，是来与去？是这样吗？什么是来，什么是去？是以这里为来，以那里为去；还是以那里为去，以这里为来？

我在去与来之中惆怅，但你知道自己终究要离开了。

我对英说："我真的要走了，我要读书去了。"

我和英准备走完镇上的每一条弄堂。这样的计划，使我很激动又很怅惘。我一直牵挂着那些弄堂与院落与荒凉的园子，但又觉得它们是没有尽头的，是不可能走完的。

英是个短发的小女孩，和我一样瘦小。但是，我总能一眼望见她,是因为她那鼓鼓囊囊火红色的棉袄,是因为她经常把一个五彩的鸡毛毽踢得漫天翻飞。她踢毽子的时候,我看见许多上下跳动的亮点,她那亮亮的眸子,以及羽毛四射的毫光,点点微光闪烁在深深的沈家弄堂的院落里。英也总能一眼望见我,是因为我那如年画娃娃般的发辫,是因为我那散发出叮叮当当色彩的银锁。

我们两人沿河走着,没有目标却很兴奋,我们省略了最近的太师第弄和花园。随河水一个方向,或者如河水般无心散漫,漂流在这个小镇上。

走过月波桥,我们回望自己家的那一边,人来人往,热闹而陌生。而月波桥的边上,只是一排小小的当街店面。我和英看到花圈店前,无数纸花如蝴蝶般晾晒在阴天的地上。紫色、红色、绿色、黄色,所有的色彩沿花瓣慢慢冷却,到花心的深处都是一例的素白色。所有的纸花颤动欲起,如祝英台被扯碎于虚空中的衣裙碎片,如冬日祭祀时银色的锡箔,随火焰燃尽之后化为黑色鲜艳的灰烬。似乎一阵风来,它们就会随着某种力量和形状而去,从此飘飘悠悠。我突然想起老外婆和外公素白的灵堂。缀满素白的正是这些冷色的紫色、红色、绿色和黄色。如今,这些色彩溢出了人家,似乎铺满了河的对岸,铺满了整整一条市河的河岸,河水清晰地折射出各种凄清,携带着冬日的寒冷凝固在那里,似乎无所适从却无处可逃。

我和英不寒而栗,连忙从左边的当弄逃逸。当弄两边是特别高特别绵延的墙,所有黑色的木门都关紧着,把两个小小的人安全而温暖地勾勒在狭长的空间里。

继续走,我们似乎进入了一个纵横交错的象棋盘中,没有楚河汉界清晰的标志,只有东西南北或东南西北的小巷。有的时候,半开的门,会透出一些不同的风,夹杂着里面一小片院落的气息。可以瞥见一些跳跃的色彩:冷绿色的冬青、枯黄色的藤蔓、一只新发的煤球炉,或是一张歪斜的八仙桌。

我不喜欢"水沟弄"这样的名字,似乎要让人永远跋涉在阴天的积水之中。走着走着,我发现了一个敞开的院落,雕龙画凤陈旧在窗棂之上,堆满地上的则是颓废的废铜烂铁,以及称斤卖的废旧纸板。一个沉重的秤砣压在一堆发黄的书上。我突然想起梦里的"读书"二字,是否人以后一直是要读书的,似乎书是非常重要的东西?然而为什么它们会堆在废弃之物中?院子里面没有人,我很想从那个黑色秤砣之下抽出两本来,但是并不敢。

我和英都喜欢"百步弄",这个弄堂并不深邃,很有希望的感觉。我们鬼使神差地开始数自己的脚步,我们跨着和自己身材不般配的步子,"一、二、三"地喊着。我喊得比较犹豫,因为自己很多知识都没有学过。其实确切说来,我从来弄不清楚数字和数字的关系,不知道大人为什么要从一数到成千上万,而且,我觉得数字的发音很难听,所有的声音让自己什么形象都无法联系到。英帮我完成了最后一步,她清脆喊出了"一百",我们抬头张望,弄堂就在我们的脚下结束了。

我们开始走迷了方向，不知自己是在市河附近，还是在北小河，还是在西小河。不知自己是在西龙桥附近，还是在安乐桥，还是在思古桥。总之，我们既没有看到河，也没有看到桥。唯一打破弄堂格局的是路两侧不同形状的井。我和英在一个双眼的井中照影，井里面显得很宽阔，井水也很清亮。我们看到，在几根草影的干扰之下，两个小脑袋挨得很近，晃动在井水之中。看得久了，就弄不清楚自己是在从上向下望，还是从下向上望。井里面似乎永远有我和英挨着的影子，就这样一次次凑着头向下看。看得久了，我都弄不清楚是因为我们看了井才有影子，还是影子原本就在井里面。我们的兴致被一个洗衣服的中年妇女打断：

"勿要看了，当心跌落去，当心魂失落！"

我和英连忙跑开了，真的有点魂不守舍的样子。我后来一直觉得井里面的水，似乎比河里面的水神秘。河里面的水，坦坦荡荡地流着，有许多地方可去；井里面的水，深深暗暗地藏着，永远孤单着在想自己的心事，或者收藏着别人的心事。长大又读到了苏轼的诗歌"水枕能令山俯仰，风船解与月徘徊"，我发现，井是永远无法进入的，只有河里面的水，才能让自己躺在她怀中，随她上下起伏，我更喜欢开阔的水，开阔的山，以及开阔空中的月亮。

英说："我们今天走了很多地方了，该回去了。"

我说："怎么回去呢？我不认得路了。"

英说："问大人吧。"

我说："好吧。"

大人指点迷津，我们最终神奇地从另一侧的花园桥跨过市河，回到家中。和英分手之前，我很决断地说：

"英，我们明天再走远点吧。"英犹犹豫豫地点点头。

第 二 章

横　潭

　　我回到家中，坐在小竹椅上看天井部分的天慢慢昏黄，我觉得天空的颜色是跳着往下变幻的，每次尽力一跳就暗下去许多，而那跳的瞬间却又分外明亮，把对面的屋檐一下勾勒出来，随着夜色神采飞扬。其中某一次跳跃的颜色，总会和屋内点着的煤油灯的光彩一模一样，一直到把所有的亮色望尽，我才愿意进入融满暖暖煤油灯光的屋子。那个时候，外婆已经端上一大碗面疙瘩，碧绿的青菜中探头探脑的是温润如玉的面疙瘩。软软滑滑烫烫入口的瞬间，我突然对白天的外出产生了犹豫：为什么每天都有那么多人在路上行走，在冬天的风里面，在分不清方向的弄堂里面行走。而我一旦待在深深的宅院里，待在煤油灯的光圈之中，就不愿离开了。我凝视着自己的影子，她似乎固定在暗色的木板上。我的两个细细的发辫，也一丝一缕被放大在木墙上。在我发辫的上方,是一本很大很大的黄道日历。外婆每天都会撕下大大的一页,却似乎永远撕不完,那本日历,永远悬挂着,很大很大。我下了好大的决心,才从煤油灯光中挪开影子,离开厚厚的日历,上楼钻进那床凤凰的棉被之中。棉被里面早就热乎乎地窝着一个铜的汤婆子,一动不动地在等着我了。于是,我知道,很长一段时间里面,自己就会缩在丝绵被的温暖黑暗之中,再也不想动弹了。

早上,听到英在楼下忠实地呼唤的声音,我想了很久才回忆起那个遥远的计划。我起来,和外婆说:

"我和英一道去白相。"

"早点回来吃饭,勿要走远。"

"噢!"

这次,我们走得更远了。我们改变了方向,向南进发。我们在自己一侧的市河岸边走了一段,来到和市河相交的西小河。每次听到西小河我都会不小心地发笑,我觉得那更像是个小名,似乎这条河永远不愿意自己长大,总是很可爱的样子。其实西小河两岸,多的是深宅大院,它们满不在乎地把屋檐挑向河岸的上空,似乎要忽略小河直接进行南北的交谈。我不太喜欢这么压抑霸道的空间,于是继续向南,跨过玉龙桥和八字桥。我看到一大片碧水与中间一片玲珑的碧土。

我知道这里有水,有很多很多水,但不知道有这么多这么多。我看到过井、河,但不知道横潭原来是这样的,它比井深、比河开阔，它是水的交汇处。是否每个清晨，它都会就着阳光或是雨水或是雾霭或是空翠，悠然望着市河、西小河、东小河、北小河荡漾过来的水。是否它不愿意加入遥遥相对的大运河漫漫的征程，只愿深深、静静憩息于此。它的颜色随着日光的阴晴而变幻，从深碧变成暗紫，从暗紫变成深碧。

我在横潭的水边望见了山，远远的超山与皋亭诸山，我从来只是远远地打量着山。甚至一直认为山只是天边的一种淡淡的蓝色，它的颜色比天空要深一些，它与天一般远。很多年后，我读到了陶潜的诗歌，"采菊东篱下，悠然见南山"。我一直以为，陶潜见到的南山，也是淡淡的蓝色。而近处淡淡黄色的菊花一路开放，最终融于天幕。陶潜被菊花导引，进入无人之境。淡蓝的天空、绯红的暮色、似有似无的南山。平静、安静、宁静、寂静、阒静、万籁俱静，偶然有飞鸟划过这天籁之境。

有水有山的地方人家很少，并且院落简单，花草杂生。我看到一扇随随便便的木门，便想起梦中所有那些虚掩的门，在黑夜的梦中，我从来不敢推开它们。而现在是明亮的白天，我很想伸出手来，触摸木门。打开门的这一幕一直困扰着我后来的人生，黑夜的是梦，明亮的可能也是梦。我真的曾经在真实的生命中打开过它们吗？"庄生晓梦迷蝴蝶"，破晓的梦可能就是那么明艳动人，那么翩翩痴迷；破晓的梦一定就是那么短暂虚幻，心荡神摇。我后来反复询问过英，她告诉我的是：她记得我那个时候踢毽子踢得非常精彩；但她怎么也想不起来，曾经陪同我走遍镇上的每个角落，更不用说是推开了某一扇木门；她知道有花园桥、八字桥和车家桥，但并不知道有横潭和芳杜洲这样的地方。

无论如何，我还是打开了那扇木门，那许多木门中的一扇。那个时候，也许有英，也许没有英。也许有我，也许没有我。

门里面首先是小花园兼天井。花园里面有一棵很大的、叶子落尽的石榴树；无数暗黑的青藤枯枝纠结缠绕于一个简单的木架；木架边上，一口大缸盛满了天落之水，水中偶尔闪现红色锦鲤。天井正对厅堂，厅堂很简单，两三张陈旧的官帽椅，放得并不对称，边上杂着一个很小的藤椅，藤椅上有一卷柔软的旧书。正对的木壁板上是一幅淡淡的立轴，两边对联上自然写的是字。原来只是如此，我松了一口气，准备轻轻离开。

突然身后有人问你：

"小姑娘，你来这里做啥？"

"我……"

回身，一位青衫白发的老人，从天井侧面的厢房踱出来，我不由得心下慌乱，一眼却只瞥见了藤椅上的书，我只好回答：

"我来看书。"

"哦，你认得字？"

你觉得很绝望：

"我不认得，一个也不认得。"

老人笑了：

"你不认得字也能看书？"

"我看过很多很多的……小人书，"我的声音越来越小，"我经常借来看呢。"

老人看来并无恶意：

"呒没关系，你不认字我讲给你听好勿好？"

"好个。"

我，或者是我与英一起，跟着老人走进了厢房，那其实是老人的书房。我们在一张很大的桌子边坐下，桌子上铺满一块渗满墨汁的毡子，几十支毛笔凌乱地插在大笔筒中。

"你想听何事体？"

"我？"我突然想起了那件一直不解的事情，脱口而出：

"太师是何人？"

老人一愣，"太师？"

"太师第弄个太师，是做官个还是做老师个？"

"哦，"老人很惊讶，"勿是老师个师，是历史个史，太史。太史第弄原来是卓明卿个屋里厢。"

其实我并不知道字与字的区别：

"历史？历史是何东西？"

"就是过去个事体。"

"哦，晓得了。"其实我更加茫然，突然又想到"书"（塘栖方言）字也是这么念的，或者读书的"书"就是历史的"史"，我越发不明白了。

"格末（塘栖方言，那么）看书就是历史咯？姆妈叫我去读书，就是读过去个事体？"

老人惊讶地看着我，很久没有说什么，我看着老人，也很久没有问什么。看来他也不知道如何应对我这些乱七八糟的问题，然而他终于笑了：

"对，小姑娘，你讲得对。历史就是过去个事体，读书就是晓得过去的事体。书就是史，史就是书。"

"格末现在个事体就勿用晓得了？"我满心困惑。

老人不笑了，看着我，停顿了一会儿，并说得很慢很慢：

"现在个事体，也会得变成过去个事体。"

我突然有一种莫名的害怕涌起，如横潭冬日之水慢慢涨起，寒意自下而上弥漫不尽。

似乎坐了很久，似乎只是一瞬，我在椅子上并不敢挪动半点，我听见老人说：

"小姑娘，你要是高兴，以后再来白相。今朝夜里让我想想看，明朝讲啥过去个事体给你。"

第二天清晨，我起得很早，早到可以看外婆和邻居们择菜，她们坐在天井里，篮子里堆满芹菜。芹菜在阴天里面汲满了水，嫩绿嫩绿的。芹菜那精致细巧的叶瓣被摘除，撒在青石板上，图案渐渐复杂起来，菜梗却出落得越来越简洁分明。我曾经帮外婆理过菜，却不能如此耐心细致，我总喜欢胡乱撕扯叶片。而外婆她们,可以边说话边慢慢理上半个上午,惬意得像转弯茶馆喝茶的老头们一般。

"侬外孙囡下来哉。"

"让伊去,伊一歇就会得跑出去白相个。小姑娘就是欢喜白相,我格个辰光,刚刚嫁到塘栖来,出也勿出去个。"

我迷迷糊糊在一把小竹椅上坐下,有一搭没一搭看着她们理菜,听着她们聊天。在阴天的天井里,时间如渐渐洒落的芹菜叶瓣般丝丝缕缕、重重复复、细细碎碎、无穷无尽……

隔壁弄堂的沈家阿婆问外婆:

"你何辰光嫁过来个?"

"(一九)四〇年个辰光,我从杭州嫁过来个。划一条绍兴船过来。当时有日本佬,不太好过来。倒没有抢东西,就是要检查,检查了好几次。"

"你当时多少大?"

"我啊,廿三岁。我十八岁个辰光日本人打到杭州。我和大弟弟逃难逃到东阳,姆妈和小弟弟逃到绍兴,过了两年才回杭州。后来年纪太大,只好别人做介绍,介绍到塘栖来。"

"你嫁过来也算好人家了。"

"勿是蛮好。结婚辰光,花轿是租来个。做戏文个衣裳、凤冠着着。五六桌客人,八个人一桌。喜娘叫拜堂,三鞠躬。堂拜好就到楼上去。正月廿七讨(嫁)来,到明年正月才到塘上走走。"

我非常惊讶,因为我知道塘上就是运河边上,走过去只

要一会儿,不由得问外婆:

"外婆,你待在屋里做什么?"

"刚刚来,帮隔壁卖衣店做做衣裳,赚点铜钿。勿过当时人家蛮少买新衣裳。当铺与卖衣店是连着的,当铺收进来个旧衣裳卖出去。到后来困难了,只好出去做生活去,到麻厂去。"

"你是麻厂,我是丝厂。"水珍姨娘插话。

"丝厂招人要三十岁以下,我进勿去。我三个小人要吃饭,只好去麻厂。"

水珍姨娘连忙说:

"丝厂里厢人太多,都是女的,男的不大有,丝厂里做丝蛮苦的。"

沈家阿婆总结:

"塘栖就是双宫丝厂、武林头和崇贤丝厂,还有大纶丝厂。我们家三个男人都到外面去做,菱湖、湖州,厂多一点。"

外婆总结:

"像我们这样苦人家有,好人家也有。像卓家里、劳家里、范家里就蛮好。"

我突然想起了什么,连忙问外婆:

"外婆,过去个事体你晓得哦?"

"过去个事体,小姑娘,我讲的就是过去个事体呀。"

"哦。"我犹犹豫豫地点点头。低头看着一地芹菜叶。它们很真实,却细碎得恍恍惚惚;它们恍恍惚惚,却把凹凸不平的青石板遮得很密实。

我站起来，在话语声中走出天井，走出前面的那一进院落，走到运河边。今天英去读幼儿园了，只剩我自己。我生平第一次很犹豫，犹豫自己是否要外出，是否要去某一个地方，是否要去听过去的事体。我游荡的时候，看见美人靠上坐着说话的人，茶馆里面坐着说话的人，每个弄堂里面似乎都有人在说着话。他们从什么时候开始说起话来的？他们都在说着什么，过去的还是现在的事体？他们将要说多久？

我还是走向了横潭，横潭边上似乎没有人，没有人的地方就没有人说话。我看到了桥侧那个简单的院落。我只听见冬天的风，从院落那边零零落落吹过来，好像被凝固的笛声。听的时候，我仿佛并不是在期待那圆亮透明的旋律，更多的时候，我是被彻底淹没在声与声间隔的沉默之中，而那片刻的沉默，却最真实，如同永远。

推开院落那扇沉默的木门。很多年后，我在诗中写道："我梦中的木门／暗色厚重／难以进入／里面的交谈／犹如叹息／融于灰烬……"

以后的日子里面，我每天早上懒懒地起来，在院落里面听外婆她们闲聊一阵，看她们剥如同婴儿襁褓般的毛豆、摘弱不禁风的豆芽菜、洗清秀水灵的小白菜、削热情如火的红心番薯、刷藕断丝连的莲藕、刨饱经风霜的甘蔗……每一种色彩都真实地充盈院落，和她们无穷无尽的交谈一样。亲切而嘈杂的气息和着灶火的噼啪声、米饭的香味；每一只淘箩、青花碗、木桶、葫芦瓢，它们忙忙碌碌一阵子，就水珠晶莹地搁在它们原来的位置上，安静而实在。而午饭之后，弄堂风晕头转向地掠过明亮的阳光，被照射得昏黄而困乏，它从每一家的院落里面拂过，所有交谈的声音慢慢沉寂。外婆在藤椅上昏昏入睡，整个小镇的菜场、茶馆、美人靠、弄堂都昏昏入睡。

我在此刻，总会如同习惯或者梦魇一般，走向横潭，推开那扇沉默的木门。而回来的时候，总是尝试走不同的路线，我试图从对老人似懂非懂的倾听中找到一些熟悉的字眼，或者我试图从恍恍惚惚的状态中明白过来。老人讲了很多很多的事情，太遥远太陌生了，我只能记住一些零散的字眼：宋代、福王、长桥、水南娘娘庙、卓家、劳家、乾隆御碑、杭州府、江南……我唯一清晰记住的是，原来太史第弄是卓家的，卓家是一个好大好大的家族……

我的足迹越走越远，其实是自以为自己越走越远。我看到，有人居住的地方花草总是很清楚，高低错落的瓦罐或者脸盆挨个儿放置，月季或者菊花，在里面色彩分明地开放，花瓣叠得齐整而精致，在久远的瓦色和木色的映照之下，她们反而显得不太真实，太鲜艳的色彩，似乎随时会被一阵风模糊。我不太愿意看旧旧的檐下墙边那些亮色的花，然而无论我走到世间的哪个角落，都会邂逅一两处旧旧的檐下墙边，有亮色的花闪现。抑或是在梦里面，色彩猛然出现，骤然消逝。

　　我渐渐离开繁华的太史第弄，走到无人居住的地方。我心目中无人居住的地方，是寺、是庙、是坟、是废弃的院落，是没有桥经过的水。

　　我沿着横潭西行，花草变得不太分明。它们越来越多，涂满了荒凉的径和废弃的院；它们越来越高，占满了天空和视野。而在它们摇曳的所有空隙里面，密密填充着萧萧飒飒的声音和过往的气息。

　　我来到水南庙，无人居住的水南庙有时会有很多人经过。外婆会在某些约定的日子，起一个大早，盘发插簪，穿一身利落的衣衫去烧香。我曾经看到许多如外婆一般的老者，她们挎着竹篮或是背着一个明黄色的袋子，从不知何处的各处聚集过来。她们蹒跚在轮廓尚不分明的田野，她们穿越人声嘈杂的街市，她们随桨滑行在平缓的市河，她们拨开荒凉小路上的乱草，她们最终来到这里，把香散落地插在水南庙的门口、墙根、庙里的香炉之中。她们跪在亦真亦幻的烟雾之中，心事重重或者思虑顿消。那个时候，我为她们的神情折服，久久地望着她们。许多年后，我开始旅游，我看到游客们照旧从不知何处的各处聚集过来，在烟雾腾腾之中穿越寺庙，我看到所有一千年的五百年的五十年的五年的五天的寺庙，都无一例外地在明黄色中鲜艳如新，在香烛的映照之下心满意足。我一直想，当年的香客和如今的香客，一样还是不一样？当年的寺庙和如今的寺庙，一样还是不一样？

唯一不同的是，当年的水南庙，简陋的几间屋舍，深黑色的门洞，水南娘娘的塑像如影子般暗沉简单，影子里面闪烁的是昏黄的星星点点的香烛。

我越过水南庙，渡过一座小桥，又渡过一座小桥。小桥简单沉默，她们似乎只是一个个很小的箭头，指向一片片荒凉的土地。荒凉的总是繁茂的，有草高高乱乱地长着，似乎有小径在草中隐藏。而草随着风起伏，若仔细辨别，你会发现草儿并非随风起伏，而是如波浪般涂抹土地，抑或是土地本身高低延展。如果尽是萧萧瑟瑟的草，并不让人感怀。我看见最震撼人心的是特别亮特别绿的芭蕉叶，她们照亮荒地，甚至试图改变荒地的轮廓。我不解：这里是曾有人家，还是本来就荒弃着？我站在荒地中心，觉得草越来越高，渐渐完全隔开了桥那边的庙及远远的人家。我感到风把芭蕉叶的光亮吹散打乱，我看到芭蕉叶翻飞，露出根底的一抔抔黄土。黄土上面竟然绽放着星星点点的细小的蓝花。蓝花是四个小花瓣的，需要蹲下去才能看清楚，我发现那细小的花瓣是如此完整，有层次的晕染的蓝色，中间有几丝嫩黄的蕊。我觉得只要看着她们一会儿，就会看见她们慢慢张开花瓣，惺忪而好奇地随风摇曳，她们慢慢盛开在荒芜的风中以及时间中，她们慢慢地凋谢，无声无息。最后一阵风吹来，所有的小花瓣隐入沉沉的黄土之中，就像从来没有存在过一样。

多年以后，我读到红楼梦中宝玉为晴雯做的芙蓉诔"黄土垄中，女儿命薄"，就会想起那些在明亮的芭蕉叶下的小花。我后来从老人那里知道那个地方叫作绿野庵和水南后土坟。我喜欢绿野，但是害怕坟，而她们终究是会相依相伴的。再后来，我知道这里应该葬着南宋福王的宫女。

有的时候，我觉得时间是一种荒谬。我可以安安静静地站在那片土地上，看着涂抹于坟地的草与花；而当年的这里，亡国的气息如网般越收越紧，抽泣哭喊绝望沉寂；当年的她们，最难以割舍的是什么？家在何方？国在何方？难舍的是满园青碧，难舍的是流水如佩，难舍的是落日楼头，难舍的是杨花飞雪，难舍的是梦中父母，难舍的是笔墨亲缘。一切只是难分难舍……她们不能想象有分离的一天，我也不能想象有分离的一天。

就这么漫游、漫游。每天在小镇上漫游，每天去老人那边听他或说话或者看他沉默。而爸爸、妈妈据说也很快要来了，我的漫游时光即将结束。

有一日，外婆起了兴致，将我的头发盘起，如古时的发髻一般。她在我的头上插了一支玉簪，她拿出那件桃红色的棉袄，让我换上，把银锁挂在我的身上。左右端详："格小姑娘好看个，去吧，去白相，早点回来！"

我一路行去，觉得自己很美，觉得所有镇上的人，都像外婆似的打量着自己。我很想快些见到横潭的老人，所以渐渐小跑起来。到了横潭，推门进去，风带过银锁的声音，很好听。感觉自己就像一片桃红的花瓣那样，轻盈地飘落在小院里。老人正坐在藤椅上，他闭着眼睛，似乎很累的样子。似乎是那银锁的声音惊动了他，他突然睁开眼睛，站了起来，他的眼睛睁得很大很大，像是看见了一个不认识的女孩，或是见到了一个久未谋面的故人。他走过来，端详我："小姑娘，你变成大姑娘啦？你太像一个人了。"

"像谁？"

"像一个从前的人，你银锁是从哪里来的？"

"不知道，外婆给我挂的。"

"哦，声音真个好听啊，衣服也好看。我念一首诗给你听吧，'去年今日此门中，人面桃花相映红。人面不知何处去，桃花依旧笑春风。'"

"什么意思啊？"

"意思就是有个着桃红色衣服的小女伢，长得像桃花一样好看。去年今日我在这里遇见她，而今年我重新寻觅她，她却不知去向，只剩下桃花在春风里开放……"

"哦，我晓得了！"

"你晓得了？"

"是啊，你讲的诗就像红楼梦个戏文，我做梦还听见过呢，花落花飞、春去春来什么的，后面不记得了。"

"是吗，你听见过？"老人用一种很深沉的眼神看着我，看得我都无所适从了。

"你晓得是谁在找这个穿桃红色衣服的小女伢吗？"

"是谁？"

"是一位真正的才子。"

"什么是才子？"

"才子，就是为情而生、为情而死，历经人间至情的人；就是为文字而生、为文字而死，写尽天下文字的人。"

"有这样的人啊？"我没有听明白。

"从前天下有许多才子，现在越来越少了。我们塘栖就有一位，你以后可以去找找他。"

"他是谁啊？"

"以前我给你讲过塘栖卓家的故事，他就是晚明的卓人月，号珂月。"

"哦，那是从前的人，我到何处去找？"

"卓人月为情而生、为情而死，有真情的人就能找到；卓人月为文字而生、为文字而死，到文字里就能找到。"

我摇摇头："我还不认字呢。"

老人说："呒关系，过两日我送你几本书，你来取。最近我想出游一下，你可以过段时间再来。"

他弯下腰，用那粗糙的手抚摸着我的脸，轻轻摇摇我的小铃铛。那声音起先微小清脆，慢慢地，声音越来越响、越来越浑厚，掠过小院、天空，如吟咏嗟叹之声、如乐器齐奏之声、如漫天的风声、如佛寺的钟声、如花瓣互相碰撞的声音、如无数院落同时打开的声音……

老人的声音很远，又很近，他问我："你能听见什么吗？"

我说："能。"

老人说："声音在哪里？"

我说："到处都有啊。"

老人说："那就好，你去吧！"

我便在这声音中，沿着运河、沿着无尽的弄堂，慢慢回到市河。回去的时候，正是黄昏，我原本以为刚才听到那么多的开门之声，我会看到许许多多一直在梦中见到过的院落。然而，我什么也没有发现，栖里还是栖里……

我回到市河，发现虽已傍晚，市河边却人声鼎沸，以前从来没有这么热闹过呀？我目瞪口呆地看着几十个工人，正在挖泥填河，而那日夜流淌的河，看似亘古永恒的河，却如此单薄、如此轻而易举地就被填没了。在我的面前，桥很空洞地跨越在淤泥上面，美人靠无助地对着一片淤泥，再也没有船能在水中渡来渡去。我大声喊道："不要！不要！我不要填河！我不要填河！"我的声音是如此无力，并没有人理睬我，听到的只是热火朝天很有干劲的铁锹声、吆喝声。

"阿净，快回来！"

"我不！我不！"

后来，我被外婆硬是拉回院子，回到屋里，我安静下来。一种昏黄的色调包裹着我。依旧是暗暗的煤油灯、木头的壁板、永远撕扯不完的黄道日历；依旧是大大的灶头、四方的八仙桌、木头的楼梯；往外望，是高高的马头墙，粼粼的瓦，瓦上随风起伏的草。我松了一口气。原来一切都没有变化。外婆有一个小小的梳妆桌，我对着那已经有些剥落的镜子看,镜子很模糊,里面是一个女子,发髻斜坠,头上简单簪着玉簪。一身桃红的衣服,挂着一把小小的银锁。我看了许久,仿佛是自己,仿佛是一个陌生或熟悉的女子。

"阿净,快去困觉。你天天在外面耍子,还好你阿爸姆妈马上要来接你念书了。不晓得你还读得进书哦?"

外婆一边用笊帚刷锅,一边数落我。

我呆呆地说:"书……书,读得进,我想读书。"

"好,格就好。我好有个交代了。快上楼困觉吧!明朝开始好帮我做点事体,理理菜。我要帮你理衣裳,过几日等你阿爸姆妈来。"

第二天,我醒来,来到小院里。感觉昨天像是一个梦一般,那银锁的声音、那隐约的女子、那被埋掉的市河,都是虚幻的吧?!我冲下窄窄的楼梯,一下子跑过几个天井,冲到美人靠前,差一点没有立定。我气喘吁吁地看着市河,市河波光粼粼,仿佛什么事情也没有发生过,我一下坐在美人靠上,趴在栏杆上,久久望着河水。看来,昨天是一个梦啊,河并没有被填没呢!我趴了很久很久,觉得有些异样。是啊,那么久了,为什么没有熟悉的船儿渡过水面?!我随着市河向北跑,跑到运河的边上。运河宽阔,无数船只穿行而过,远处,是熟悉的七孔碧天长桥(广济桥),我又彻底放下心来,慢慢走回市河。

然而,我担心的事情还是发生了,一回到市河,竟然看见很多工人来了,他们又开始填河,一边感叹着:"这河,真是填它不平。昨日填，今日涨水，不知要到何时完工！""填光伊，下趟出门就方便了，格种老房子也好拆掉了，造新房子！"我转身，连忙跑回屋里，之后的几天，便再也不敢出门，我成日窝在自己的房间里，窝在那床凤凰被子里，连床也不敢下。

"你个小人，一日到夜作怪，前段辰光不着家，现在又勿肯爬起来了。"外婆一边走进走出，一边数落我。我还是觉得心中有一种巨大的恐惧，让自己不敢离开屋子，仿佛这屋子，是我、是时光的庇护所，永远不会改变。而且，我还害怕听见什么，看见什么，索性闭上了眼睛。

渐渐地，我进入沉沉的梦中。在梦境中，我看见栖里旋转起来，色彩也随之变幻。当它再度落定之时，所有的屋子都鲜艳起来，所有的园子都荒草褪去，所有的水都清碧美好。我在梦中惊喜地喊道："原来在的，一直都在的！"我仿佛无须用力，就能随意跳跃纷飞于小桥流水、弄堂院落。而银锁的声音，也跳跃于天地之间。突然，一个人影从我眼前掠过，一袭白衣，眉目清俊。他对我微笑着说："你回来了？"他将一块玉佩递给我，玉佩的一面刻着"三元"，一面刻着"及第"。我还来不及仔细打量他，他就如花瓣一般，飘然而去。我想去追赶他，他像一片花瓣，飘行于院落之中、河流之上，可望而不可即，缥缈然而真实。我在后面喊着："我能看见你，我能一直看见！"我追至市河边，他转头向我微笑，然后纵身跃入市河，我亦跃入河去。突然，水儿消失，我重重地跌落地面，不，原来还是在床上。陪伴着我的，是那一床凤凰的被子，我突然发现，那被子的颜色其实已经暗淡，再也不是鲜艳的红色与黄色。我起来，打开抽屉，想要寻找那块玉佩，然而玉佩不见踪影……

我一跃而起，冲出家门。怎么到处都已经被填平？市河、西小河、东小河……而许多桥，已经被拆掉了，栖里变得无比丑陋。我的心直往下沉，突然，我想起了什么，向着横潭飞奔而去。还好，横潭还在，横潭边的小院还在。我急忙去推门，然而门上竟然贴着白色的纸条。推开门，小院中簌簌堆满了紫色、红色、绿色和黄色的纸花，所有的纸花都无比鲜艳，然而又无比清冷。我愣在门口，里面走来一个中年男子，他上下看我，看到我的银锁，方才慢慢说道："是你啊，小姑娘，原来真有这么一个小姑娘！"我不安地问："阿爷呢？""阿爷……"他哽咽道，"阿爷已经走了。"我呆呆地站着，想起了自己的老外婆和外公，他们走的时候，也是这样满院的白纸、无数的纸花。但是，我并不相信他们已经走了，我一直觉得，他们始终在院落的深处、在某个地方凝视着自己。我向小院张望，然而小院空空荡荡。那中年男子竟然恸哭起来，我无所适从地望着他。他边哭边说："你是来取书的吗？"我茫然地点点头。他哭得更加伤心，断断续续地说："阿爸走以前一直对我说，有几本书一定要交给一个戴锁的小姑娘！""书呢？！"我问。"我以为阿爸不太清醒，什么小姑娘，应该是在说胡话。我不想看见他留下的东西，触物伤情；我也不欢喜看书，他所有的书，我已经烧掉了，对勿起、对勿起……"

书？烧掉?！没有了……我一边抽泣，一边懵懵懂懂地往回走。在我走的时候，我回头，看见那个小院的门，像所有梦中的门一样，在我身后沉重缓慢地关上了。我走回工地似的市河，市河也已经没有了。我看到的是一片淤泥，淤泥里面嵌着零碎的瓦砾、瓷片。我茫然地在"河面"搜索，突然，我仿佛看见了什么?！就在"河"的正中心，就在一片荒凉之中，有一点美丽的色泽。而那里，仿佛正是梦中男子跃下的地方，我跑下去看，那淤泥里，竟然开放着一朵美丽的五瓣的花，桃红色的花瓣，在风中轻轻铺展。花瓣摇曳的时候，一线银铃般的细微震动，渐渐如涟漪散开。我大喜过望，冲向那花儿，想要倾听她、触摸她。然而还没有到花的跟前，我便陷了下去，觉得自己不断坠落、坠落，好像坠落到无边的污浊之中，我想要抽身出来，却无能为力。我把双手举起，下落的速度却越来越快，终于，我什么也看不见、什么也喊不出来了……

当我醒来之时，已经不知过了几天。睁开眼睛的时候，看见的是温暖的笑容。"爸爸！妈妈！"我惊喜地坐起来。"阿净，我们来接你了，前几日好危险，你差点被河泥淹没，还好有工人救你！也怪爸爸妈妈不好，不在你身边，照顾不了你。"眼泪从我的脸上簌簌落下，妈妈帮我擦拭泪水："阿净，不要哭，我们来接你了。学校已经联系好了，你要开始读书了,你不是让外婆找人写信告诉我们,你最想读书了吗?"
然而,我仍然只是哭,哭了很久很久,然后终于一切都静谧
下来,仿佛有漫天落花,先是伴风而起,在风中回旋升腾,在
日光中闪闪烁烁、灼灼其华,然后飘飘洒洒,又重新坠落回
这片土地,在这漫天的落花之中,我沉沉地睡去……

第 三 章

碧 天 长 桥

你从沉沉的梦中醒来，正是春天的日暮。你打开窗户，遥望不远处的横潭，横潭上淡淡几痕紫色，如将散的梦境，不动声色地抿向岸边。到了岸边，化为暮霭，溶入远远的人家。超山似隐似现，流动抑或静止。

这时候有风从水边渡来，青青清清轻轻亲亲。你的衣襟被风吹动，你亦瞬间怦然心动，心动之际却恍如隔世，你突然迷失，不知今夕何夕，是春是秋，不知自己从何而来，要去往何方。怔怔许久，如在离离古道行走的感觉。直看到月色渐渐亮起，人家的屋檐一角被夜色勾勒出来，檐上疏草摇曳。你的心绪亦被慢慢勾勒得分明起来，你渐渐想起自己是卓珂月，想起自己的年岁来，想起自己身在半月斋，而半月斋又在仁和县塘栖镇。这样的迷失在你的人生中经常会有，每每人生的一切场景渐渐清楚起来，你都会既惆怅又欣喜。到最清晰的时候，你终于知道自己要做什么了，你萌生起迫切的念头——去见好友徐野君！如同王维邀请裴迪赴春天之约，如同苏轼寻张怀民看月亮，你总是有野君在身边，而你这半月斋也总是有野君的雁楼在身边。

野君的雁楼正在横潭之北，无高斋画阁、花径竹垣，仅容膝小楼一间。窗户亦很小，光线会斜斜地从窗户或者屋顶的明瓦安静地落下，在下落的某一瞬间，阳光有时会突然很有兴致地照亮墙上的古琴，琴面上的徽位跳跃出微光，似乎马上会有泛音跳动；有的时候，阳光会把水波投射至暗色的屋顶，亦似有琴声波动。

没有阳光的时候，雁楼只余壁上素琴一张、紫箫一支、山水画一幅，屋内桌一、床一、书橱若干、凳若干。你每次想起野君所言"雁楼之外无他地，读书之外无他事"，总会莞尔而笑。

今夜没有诗社，雁楼亦无过客。从半月斋去往横潭，高高的院墙沉寂在夜色之中，低低的屋子反倒透出暖暖光亮。何处为桥、何处为水，只管信步，无须辨认。你想日间如此妩媚的青青水色与树色，到此刻都无从寻觅，正如午后梦醒，漫天飞蝶与花瓣纷纷跌落，瞬间消失。你想那梦中经常见到的桃红色，灼灼其华，到现在眼前似仍有流光闪现。你如此迫切寻觅野君，但心中又散散漫漫，不知要说些什么。你走至野君雁楼之下，楼上小小窗户融满了烛光，如果扣动门环，就能听到木楼梯吱吱呀呀的声音，木门就会很熟悉地打开。

似乎无须费神再想如何招呼或者说些什么，就是坐于野君案边，相对无言，亦是最自然而然之事。然而，你止步于门口，呆呆伫立。

春天夜间的风不期而至，于是一切树色水色春色，都漫天漫地地渗透开来，如余杭门外的万点杨花一般，萧萧絮絮，飞飞落落，撩拨你的衣襟、你的皮肤、你的心。一种无名的感动和喜悦亦渐渐渗透入天地夜色之中，正如墨色渐渐行走出没于宣纸。你为着此刻当下而沉醉，而欢欣，而不知所措……你突然想到要回半月斋，你要坐于桌边，你要提笔写些什么。

你疾走于河边，你的身上兜满春天夜晚的风。你把她们一直带回了半月斋，一路轻快掠过竹林山石青藤杜鹃。你在圆满的烛火下坐定，百感交集，却无从下笔。

要写诗、写词，让性情如水般流淌？但是烛火如花蕊绽放，花瓣摇曳。绸缪束薪，三星在天。你突然觉得无法自抑，只能去说一个故事，说一个他人的故事，然后，把自己的那个故事小心翼翼地托付进去，那么就是曲吧，虽然在你看来曲落于诗、词之后，但除了它，你如何是好？

于是你开始落笔，你在纸上写道《唐伯虎千金花舫缘》，你要借用一下好友孟子塞（孟称舜）的底本，你要借用一下吴中才子唐寅（唐子畏）的故事，最重要的是，你要借用那远远渡来的花舫，看那花舫上女子身着青衣，浅笑春风。而你心中暗知，那本应是桃红小袄、银色小锁、大红流苏，照亮碧水。

你看着唐子畏与祝枝山、文徵明会于舟中，你听到子畏念道："抱奇文独自哭秋风，枕残书几遍搜春梦。"突然无限怅惘，如饮春醪。有的时候，你会觉得生命很漂泊，或者说即将很漂泊。如子畏般，你知道他在漫漫碧水中挥毫诗画、意气风发，似乎天地之气，尽集一身。有春风如此浩荡吹来，会让你、让他在一瞬间别无他想，别无他想以至会心而笑以至于狂喜。而那只是一瞬间，虽然这一瞬间有如永恒。但是很快，浩浩荡荡的惆怅铺天盖地而来。惆怅物与我终将化尽，惆怅转瞬即逝失之交臂的岁月。你们真正想做的事情，正如秋水伊人一般，被无尽蒹葭隔开。

你看见子畏在无限怅惘中，突然见到无限碧水中渡来温暖而真实的画舫。船上立一女子，着寻常青衣，却色彩明亮；朝自己淡淡而笑，却如桃花暖眼。令人顿悟，令人重新痴迷，原来人生可以无论岁月，无论功名。就是家常相伴、携子之手即可。又何必任重道远，又何必颠沛流离？你看见子畏追随那女子而去，甘愿舍身为奴，而自己只能远远目送……

你因梦而提笔，却无法追随梦境，甚至不能追随你笔下的子畏。

你想起属于你的三月，当年的三月。那如桃花般灿烂的红色夹袄，盛开于彼时，那一叶小舟，拨开春水，搅动明亮的红色倒影。船上女子，莞尔而笑，顾盼分明。银色小锁，随风摇曳。你欲语无语，低头是无尽被照亮的碧水，你突然想起"低头弄莲子，莲子清如水"的句子，你不敢抬头再看那清如莲子清如水的眼神。小船咿呀渐远，似乎有细如银丝的声音隐于风中。你只是远远目送，小船尽处，春色顿收。

你想起自己与野君唱和之词："春色竟归呵，恁快那。春还问，与尔有干么？"你伫立在层层叠叠的桥边，反反复复，自言自语："与尔有干么？与尔有干么？"

你不知当年自己伫立多久，一瞬或是许多时辰。猛惊醒时，发现自己的手紧紧攥着，似乎依然如平日般握着那块玉佩，玉佩温温润润，一面刻着"三元"，一面刻着"及第"，那玉佩现在已不在你的手中，只有暮色如烟雨般黯黯笼罩栖水（塘栖别称）人家，笼罩碧天长桥。伊人已去，此地只余碧天长桥。

栖水人家曲折玲珑，水南水北，一桥飞渡。你喜欢碧天长桥的名字，那桥似乎并非跨越于仁和县德清县之界，而是直抵天际。你突然觉得眼前开阔起来，因为你知道乡贤吕水山曾经于桥头伫立，他写下了"碧天秋水渺，红树夕阳多"的句子，写得很近却很远，如于碧天夕阳之处远眺秋水红树。你试图企及那样的高度。正如杜甫老去，颠沛流离，但初衷不改，凄断百年身也罢，无边萧瑟也罢，毕竟要忧万里之国。人生是否渐老并不重要，因为浩然之气本与天地相接。所以，依旧能够"无边落木萧萧下，不尽长江滚滚来"。杜甫年轻时在慈恩寺塔遥想远方，"俯视但一气，焉能辨皇州"，理想苍苍茫茫，高远却不接土地，而晚年，终于真正得天地之意。

而吕水山，俯瞰长桥之时，他一定能忆起父亲吕塘的言语："镇之有桥，吾先君尚翁尝两助其役，今需更治，度费四百金，吾籍成也力可办也，若辈其相予必继先德。"你亦希望如吕氏一样，轻利急公，为里人修桥造路，济贫救灾。而你最感念的是"必继先德"四字，这四字一直沉吟在你心中，在卓氏所有人心中。可是你突然觉得远路如烟迷雾织，似乎你无法离开病重的母亲，你无法追随远走的父亲。夕阳之下，那些闪烁不定的金色紫色，被春日之水流去。望去迷迷离离，好像难以企及。这样的水，曾坦坦率率出湖广，缠缠绵绵到苏州，逶逶迤迤来杭州，甚至还能浩浩汤汤至燕京。有的时候，出行就是这么简单，好像乘舟离去即可。就像当年你的伯祖父卓明卿，烟波一艇，遍访江浙，成汗漫之游。

而你却不能，既不能追随女子，亦不能湖海漫游，暮色暗千家，你亦需回自己的家。自己的家，一个小小的菜园，一座小小的楼，你把它叫作"半月斋"。楼里面，一些小小的器具，按照你的心意做成了半个月亮的形状，有书有琴，有牵肠挂肚的笔墨纸砚，你会在小楼里面读书而笑、读书而哭。然而一切如同半月一般，总不能朗照。

你在夜色中沉思当年的春色和暮色，你觉得文字是从自己的笔底流淌出来的，高高下下，很痛快亦很曲折。你在他人的故事中圆满了自己的人生。你爱惜唐子畏的无限才思，你为他科考不利叹息；你爱惜的其实是自己的无限才思，叹息的其实是自己的坎坷。你看见子畏言道："道的是浮槎张子布帆一幅，吹到天边。虽然到此，还则是这般寂寞呵！"

子畏追随女子而去，似到天边，然而天边无限寂寞。你让他无限寂寞，暂时只为了那动魄惊魂之女子，你让他无限才思，暂时只成就灼灼其华之姻缘。

你听到女子分明问道："且问你，既是书生，可曾应举吗？"子畏答道："不瞒姐姐说，小生不是唐畏，本贯吴趋里人，名寅字子畏，别字伯虎者是也。"你看到女子惊讶："呀，原来是唐解元。妾自幼读君诗词，便晓得是江南第一风流才子，今日何幸得偕姻配。"你觉得那一刻无限伤心无限得意，如水晶如意玉连环一般，解它不开。

这时，你看见祝枝山与文徵明在长江之上，四顾茫茫，寻觅子畏，感慨人生："酒侠诗魔半世也，尽胸中满贮闲风月，愁怀都弃舍。水国山家随处的歇，便踏遍九重阙，也算做梦里寻花蝶。"你也暂且舍弃愁怀，看着子畏与女子，烟波浩荡，小舟远逝……

你不知写了多久，一日、两日？烛火渐渐熄灭，最后一丝暖意融入清冷而暗色的空气中，你靠在几上沉沉入睡。有一些似断似续的琴声闪烁开来，你已无法去追随它们，只好听任它们在你的梦境中轻轻跳动，每一次跳动，都似有水波慢慢荡漾开去，若有若无，慢慢地，有银色的针线在沉吟般的琴声中泼洒开来。它们细小如毫，却清晰明亮，针线慢慢穿梭成银锁的模样，周围渗透的色彩，也越来越鲜艳，桃红色烂漫而来……你蓦然惊醒，暗黄色的凤凰与桃红色的花，伴着丝绵被悄然滑落。

你看见从弟卓方水，静静地坐在一侧，而东方破晓，天光已渗入明瓦。

你觉得一切如此恍惚，然而遍地是纸，墨色分明。

你随着方水走，你们不说话，各自沉吟。你们不需要交谈，在市河边行走。走过月波桥，便是东园。春日的早上，没有太阳，是蒙蒙冷冷的灰色。你知道，栖水的宅子大抵如此，它们隐于小小的店面之后，你无法判断何处为里、何处为弄。只有打开一扇扇暗暗的木门，那些院落和美好才会纷至沓来。你有的时候会在河岸边恍恍惚惚，似乎觉得每扇木门之后的院落都是不真实的。然而无论你如何设想，你知道，那些门始终是可以打开的。

正如东园，此刻你和方水同时凝视东园之门。你知道、方水也知道，你们会不约而同想象方水的祖父卓明卿。你们似乎看到，文徵明、屠隆、王世贞翩翩而来，而过往的人们，无法在东园之外感觉东园，只能听见或者看见笛声渐渐明亮，勾勒出东园的粉墙飞檐。

你们不愿意去想那些名字，想起就会无限惆怅。东园最繁华之处，却名为大空楼。有名花灼灼、杂草迷迷。有积石幽峻、嘉树列植。坐于大空楼，许久许久，会有习习谷风吹来，会有阵阵凉意生起。然而，当一切尘世隐去之后，有笛声穿越碧水而来。有女子明明亮亮，在笛色月色之中，遥遥焚香，沉吟心事，声无烟火。女子轻声曰："敫桂英愿王魁此去高中，如若不中，愿王郎早日回转，执子之手，度似水流年。"敫桂英于风雪之中救助王魁，后来以身相许，而王魁得中状元之后终负桂英，桂英在当年山盟海誓的海神庙了却此生。你们看见卓明卿与诸友坐于流水之边，听《焚香》《拜月》之曲，座中胡允嘉怅然言道："《焚香》盖桂英王魁事，桂英以负心诉海神，牢骚摧郎，无所不至。"卓明卿慨然评道："《离骚》之声乎？"于是此刻，月下诸乐师诸女子诸士子，如玉树琼林，无限热闹，亦无限清冷。

你们看见月色徘徊，终于穿帘入户，氤氲照见东园之"众白堂"字样，亦真亦幻。堂上有董其昌的题字，无论风雨晦明，总似有云雾暗生，一如当年王维慢慢行走于山间——或草木蔓发、春山可望；或月静山空，桂花暗落——你们望见他渐行渐远，渐无春秋，行坐任意，忘言忘机。彼时只有花自开自落，云自生自灭……董其昌所题亦非文字，而是天机清妙。你们不能想象从天机高处跌落的人生，王维之人生也罢，董其昌之人生也罢，自己的人生也罢。

你听见方水低吟："最怜此地惟幽月，照彻愁城第几峰。"你知道大空楼也罢，众白堂也罢，僻茶轩也罢，至方水时，已尽售吴姓，再不属于卓氏了。你只能陪着方水，在尚未尘封的门口徘徊，要进去吗？似乎无须进去，东园的一切历历在心，此生无处可忘；不进去吗？只怕历历在心的一切，顿时化作春梦，了无痕迹。

触摸到门的一刻，你突然很踏实，你感觉到了真实，东园尚在，那就足够。你对自己说，对方水说："且休问此径谁开，万古谁非过客哉？吾不必将吾室爱，后当复有后人哀。"

这是你的文字、你的语言、你的诗歌，然而如同刘希夷在暮春时分，愕然于自己的"年年岁岁花相似，岁岁年年人不同"，你心中突然一惊，惊的仿佛是"万古谁非过客哉"，又仿佛只是自己。

你和方水并未进门，就让高墙隔开一切，就让一切成为心中的念想。东园已逝，或许并不重要。你知道塘栖虽为一隅小镇，却有几十处园林。国朝初年吕氏园林极盛，后来伯祖父卓明卿之园林又取而代之。吕氏之吕园需借碧天长桥飞渡过去，为吕北野与吕水山之居，积石累山，中有樾馆。当年月光是否亦沉沉映入樾馆万卷诗书之中；读书之人是否会执卷流连，忘却今夕何夕？

你似乎听见竹声松声水声檐前铁马之声，而樾馆之内，小小炭炉中，火光均匀而闲适，整个屋子充盈着暖暖的光线。你看见童子取来早上新鲜汲取的泉水，置于火上汤瓶之中；你看见童子细细碾磨茶饼，用绢罗轻轻筛过。而泉水如鱼目散布，微微似有古琴泛音的声响；须臾四边泉涌，累累如大珠小珠落玉盘；最终腾波鼓浪，水汽全消。你听见屋内水火相战之声与屋外自然之声交融，有如天籁。三沸之后，你看见童子把汤瓶端离炉火。用沸水冲洗杯盏。取少量茶粉调和成膏，慢慢添加沸水，一边用茶匙击拂，而汤花匀细，久聚不散。如雨后山谷，袅袅升腾白色烟雾，迟迟氤氲不散。而吕水山放下书卷，闻香而笑。他是否觉得当时已无他念，抑或只是平常？而如今樾馆书散，唯有暗色之门尘封锁扃。

你想吕氏也罢，卓氏也罢，东园也罢，吕园也罢，一切终将散去，一切亦无法散去。吕氏造桥修路，救济民众；卓氏经业传家，志在兼济。纵然终将人去楼空，又有何憾？你突然豁然开朗，你拉着方水的手一路行走，你要把满地的文字收拾起来，让他与你举杯狂喜；你突然觉得天不负你，你有浩然志向，你有灵秀文字，你有淋漓性情，你年未而立，纵然科场已经五度铩羽，又有何妨？

第 四 章

竹 里 馆

你们回到半月斋，野君已经先你而到。你和野君似乎不需约定，来亦可去亦可，无人亦可有人亦可，人生独处为大自在，而野君相伴亦为大自在。半月斋小窗微开，野君任意坐于地上，凝神看那盛满一屋的文字，抑或盛满一屋的感念。你和方水亦静静坐下。有的时候，你觉得执笔之人虽为自己，然而文字并非己有，只是天地秀气，无所归属，任意飘洒下来。如东风摇动百草，如万点柳絮斜飞，如风飘飘兮吹衣，如漫天杏花、山中空翠打湿人衣，而你，只是四顾茫然、痴痴久久伫立之人罢了。许久，你听得野君问："珂月文字，竟是为谁而发？为何而发？子畏携侣已去，珂月做何念想？"

你没有应对，径自走到琴桌边上，你散散漫漫拨动泛音，有的时候你觉得古琴的泛音，像是无尽雨水，明明灭灭不知从何而来，其中一些会寥寥落落冷冷清清地敲打于门廊窗棜、檐前铁马、芭蕉梧桐、疏竹海棠……泛音会在不知不觉之中远逝，而真正属于人间的吟揉之声终于响起，缠绵往复，一唱三叹。不知为何，每次你弹起《忆故人》，总会想到很多年前，李商隐在巴山夜雨之中，伴一豆飘摇烛光，遥思远想，"何当共剪西窗烛，却话巴山夜雨时"，过往、现在、当下，绸缪往复、永无穷尽。记忆与期望中的是温暖的烛光，而此时此刻，却只是无尽夜空夜雨之中，一息微弱到可有可无的烛光。然而那种真正的思念，却如明亮的火光，穿透时光而来。你要把你的思念说出来，对着挚友真真正正地说出来，纵使此生无缘再见，然而曾经有过的色彩、当下凝聚的文字，都会让人此生无憾，会追忆，但不会惘然。

你起身，琴声未绝，继续着她自己，如昆山腔一般，尾音纯细，杳杳而远……你缓缓渡过满地文字，至书橱前，伸手触摸其中一册暗蓝书籍。你知道它一直在那里，数十页普普通通的花笺，夹于暗黄书页之中。然而你一直不敢去翻阅，有的时候，你望见或者感觉到那个所在时，都会若接神明。你每日擦拭案几，每日展卷苦读，每日奋笔疾书，每日弹琴吟咏，都似乎傍着深情顾盼，而你却不敢相视而笑、莫逆于心。你的半月斋，犹如一方神圣之地，一切只是因着这几纸尺牍。

而今，你终于即时豁然，你翻开书页，怦然心动，而那些宣纸在一瞬间苍老泛黄，宣纸上错错落落的是簪花小楷、细密心事、无限才情。你把一切递给野君和方水，看他们凝神细读，又心怀忐忑。多少年月，似乎很长，长到十年生死两茫茫，又似乎很短，短到昨日凝妆上层楼；多少岁月，你想看而不敢看，不忍看，其实亦不必看，因为那些文字，早已刻入心扉。

你会莞尔而笑的是那活泼俏皮的《西湖柳枝词》："绿遍长桥又短桥，两湖风絮尽萧萧。为嫌湖上春光热，捉得杨花当雪飘。"为了这些句子，你从花园桥追随到月波桥，从月波桥追随到西泠桥、断桥……你追随长桥与短桥，看那照亮人眼的桃色小袄，听那隐约却又分明的银色锁声。你看见女子立于一叶轻舟，美目盼兮、巧笑倩兮，乘兴而去。你想起那"未若柳絮因风起"的典故，你想起多少关于杨花的遐想，飘逸的或是惆怅的，然而都没有这一分浑然天成的赤子之心。你似乎看见女子眉目如画、双颊丰润，总觉得她永远是个孩童，甚至只是年画上的孩童。只有她会在漫天柳絮中，以纨扇扑之，天真烂漫；你似乎看见她捉得杨花当雪飘的同时，早已汗湿衣衫，却笑声朗朗，似乎这世上本无求不得苦、爱别离苦、怨憎会苦、五取蕴苦……

你想，如果人生只有片刻纯然的快乐，也足以回味一生，当得永恒，对于她如此，对于你亦如此。你会失落惆怅的是她的《花朝口占》："年年此日庆花辰，今日人非昔日人。树到春深花自发，人生那得百年春。"是啊，人生哪得年年春好如许。当年花光浓烂柳轻明，那色彩一直到现在，还跳跃在你的眼前，灼烧着你的心。然而你与她只是镜花水月，你们聚短别长，最终她远嫁北地，你亦奔波，奉父之命去往金陵。在许多时候，你欣赏着王守仁、李卓吾，你欣赏着汤若士的"至情"之说，你会用文字一往情深，令人一展卷而魂动魄化。然而，你纵有淋漓情性，终归会回复至深沉的使命与责任之中。你如此，你身边大多貌似放浪形骸的士子亦如此。你们始终秉持着大学之道，希望能格物致知、正心诚意，希望能修身齐家乃至治国平天下。你最痛苦或者矛盾的就是，你似乎不配有如此高远的理想，因为你甚至不能做到齐家。父亲多年出走，远在他乡，你无法侍奉膝下；母亲卧病在床，忧愁终日，你无法使之解颐。

你想起当年，为着父亲，亦为着她，为着自己，离开碧天长桥，离开漫天余杭春色，离开那当日已知为追忆的女子。你乘一叶小舟离去，船桨拨水的瞬间，亦即失之交臂的瞬间，亦即今日人非昔日人之瞬间……

离去之时，你望着运河两岸，似有所思若无所思，而此时，似有春水暗长天，似有秋雨燃青山。在片刻迷失季节、时辰、所处之地之后，你反复吟诵的只是欧阳修的"我亦且如常日醉，莫教弦管作离声"。

你站在船头，照例有风从远方吹来，是冷冷清清的碧色，是一种可以直接映照到心头，寒冷却又美丽的颜色。此时此刻，运河水浩浩汤汤，向你的小船涌过来、涌过来、涌过来……时间久了，会有一种眩晕的感觉，直到那厚重的船桨，以一种凝重庄重的神情，试图挑开水色，试图理清水的方向，试图试探水之多少。然而你想，人世间的船，是无法去领会这无穷无尽、无始无终、无生无灭之水的。如果照庄子的高度，从九万里之高空往下望去，则所有溯洄而上、溯游而下者，所有混泥扬波、餔糟歠醨者，所有破釜沉舟、击楫中流者，所有千里江陵、轻舟飞渡者，所有终日楼头、望尽千帆者，所有投荒万死、君山一笑者，只是融入一片苍茫浩瀚，无所分别。而你这些单薄的情愫，不过是弱水三千中之一瓢罢了。

渐渐地，你的小船，掠过无边的蒹葭，掠过错落的桑林，掠过牧童老牛，掠过野村炊烟，掠过人世间的温暖色彩。而你的视线渐渐离开碧水，看到的是无穷无尽的人家，杭州府的人家、湖州府的人家、嘉兴府的人家……你不由得嗟叹，人卒九州、谷食之所生、舟车之所通，人处一焉。你想，人们最终无法如庄子一般俯视，甚至无法如盛唐士人一般俯视。人们只是穿行在这片土地之上，纵使九天高不可测、苍茫之气涵括宇宙；而氤氲在大地上的，只是无数炊烟袅袅、暖意蒸腾。而为了这一分暖意，可以耗尽一生；而这一分暖意，亦能让一生如同天长地久。

你想，你终究是世人所生，亦为着世人而生，所以你要尽力去孝养父母，尽力去挥洒才情，尽力去应你不喜欢的科举之试，若有可能，则尽力去为着苍生做些什么。

你似乎寻觅到了另外一分开阔。有的时候，你会惊讶，奔波于道中或者颠沛流离，竟也会有出世间的感悟。出发或者到达之处，都有着熟悉的气息，都有着无法割舍的人事。

而在路上，却成为一种暂时的轻快。望着苍茫的天空与沉静的碧水，你甚至有一种错觉，觉得一切都没有发生过，心爱的人儿未曾出嫁，母亲亦未患重病。是啊，你正在路上，在一个不确定的地方，而一切尘世之紧张，突然松弛下来。就这么漫游多好，似乎是从天罗地网之中游弋出来。

你就这么一路慷慨或者沉吟，而河水伴随你，过桥、过渡口、过人家、过郊野、过尽千帆……然而，你终于来到本应桃花烂漫之处，你终于来到淮水，来到桃叶渡口。一切悠悠忽忽的遐思戛然而止，而此时并无花开，然而你看见无数粉色花瓣悠悠忽忽飘落。你觉得自己的心随着花瓣沉下去，沉下去，沉痛下去，沉痛下去。花瓣打在风声中，发出无数细碎的银色的冰冷的如丝的声音。

你仿佛看到王献之，宽袍广袖，立于渡口。淮水河广而方，似有风起波生。而献之守候已久，无数花瓣沾满衣襟。远处有船影渡来，宛在水之中央。你听见献之迎风而唱："桃叶复桃叶，渡江不用楫。但渡无所苦，我自迎接汝。"歌声渐胜风声，而淮水波澜渐收。有女子，身着桃色小袄，照亮碧水，随船渡来。你知道，所有经行此处者都会知道，那确是献之心爱之妾桃叶归来。你听见桃叶歌声清亮："桃叶映红花，无风自婀娜。春花映何限，感郎独采我。"你看到，此时所有未开的桃花都竞相开放；而数百里之外，陌上未开之花亦竞相开放……

你看见王献之和桃叶会于桃叶渡口，携手相望，转盼精彩射人。于是，你痴想，原来无论是蒹葭苍苍，抑或是汉水方广，抑或是澹澹洞庭，所谓伊人，最终都能相会，而是否他们的相会，亦只能是在诗歌中，而非人生中？人生中，则是四顾茫然，连远远地望见，都只是惊鸿一瞥，你们最多的只是文字上的鸿雁传书，然而那样已经让你别无他求。

多年以后，寻访父亲时候那些沉沉浮浮的心境，那些思前想后，如同天气的阴阴晴晴一般，一直围绕缠绕着你，直至如今……你和她并非走失在她逝去之后，而是早早失落于彼此的人生之中……

你初见她，江南无尽桃花开放。你随栖上文友至孤山雅聚，孤山梅花不复，万点桃瓣染乱如烟柳色。你第一次见到她，抑或是他。她随着父亲泠然而至，着淡绿衣衫，胸前挂一银色小锁，装束只如寻常书童，却眉目分明，濯若春松。你忍不住去望她，而她则从孤山上往下顾盼如烟春水。你回忆起这一切，会觉得天地如此明亮，然而每一分明亮里面却又淡淡融含着雾霭。你后来回味商隐之"蓝田日暖玉生烟"，觉得只能如此，竟有文字能够如此，竟有文字不敢多读如此……

你想到宋真宗命"秋水"至，于是有翠鬟绿衣女童，飘然而至，诵《秋水》一篇，声如银铃，一字不差。你竟然把这书童想象成那女童，转念过来，你不由得暗笑自己。你见到大家都拜见书童主人，你亦行礼。你喜欢这样的聚会，你自己曾经写道："每于娇烟净月旗亭画艇之间，必有所遇，非故交则新知，非少年即老宿，非名士则美人。深醪浅茗，雅谑豪歌。不速而来，不辞而去，不夜分不散，不疾风甚雨不家居。"后来你见到自己文中的"必有遇"三字，总要会心而笑，也总要摇头叹息。你没有想到，有一天真的是会"邂逅相遇，适我愿兮"，而你原本以为那只是文字罢了。

你回过神来，又如往日般沉静。听文友介绍新朋，听文友宣读社约……你照例喜欢找一确荦山石，远远地坐着。让自己遥接满湖清气，近汲满山松风。然而方才之明亮渐收，天色竟然迷蒙起来，于是一切嫣红、一切轻绿，都变成淡淡墨色，仿佛梦见在眼前，忽觉在他乡的光景。你不由得吟道："着履看湖面，春愁不可挥。孤烟冲雨起，小鸟踏云归。摩诘诗何瘦，南宫墨太肥。轻舟辞岸去，城郭忽焉非。"

吟罢，突然觉得心被什么东西打动，漫山满湖寻找，却散散漫漫，似有似无。你从自己的思绪中脱身出来，才明白，是琴声。你和文友们都会偶尔抚琴，然而只是粗通技艺。琴声和心思隔得很远很远，你觉得用文字会更加随心所欲一些，琴声只是天籁，可景仰而无法相亲。然而，当真正的天籁响起之时，你却只能在心中直呼奈何，你想起当年桓子野行走于山林，草木蒙茸，灵秀之色，应接不暇。子野怦然心动，忘却言语；然而远隔草木之处，突然有清歌响起，穿林渡水而来。子野潸然泪下，辄呼奈何。

琴声虽如天籁，然而你却不知不觉走近她，她就在那里抚弦，凝神聚气，风籁籁吹过琴弦，吹起淡绿色的衣衫。你并不知道自己已经站在琴边，并且如子野般率性而言，言毕重入痴迷："谁人操缦？此为何曲？"你就这么伫立在琴边人边，而琴声就这么若即若离，牵扯人心。许久，最后一点泛音遁入天地，只余孤山之风声、水声、鸟声、松声……你听得有人言道："此曲即《忆故人》。"你方恍然醒悟，见到近在咫尺之书童朝你俏皮一笑，你不由得稍稍后退，颇感窘迫，想要解释，却不知何从解释。然而那笑容又让你释然，心下真正如同见到故人一般。

你见书童主人走来。他拱手对众人说："此为小女，粗通琴理，亦能诗，平日一直陪伴身边，冒昧冒昧！"你心下大惊，抑或是大惊喜。眼前无法形容，只如张君瑞所言：正撞着五百年前风流业冤。然而亦不妥，君瑞与莺莺确实有缘，而你，从不奢望真有此情此景。你很快为自己心生此念而惭愧，于是收拾心情，重新融入文友，分韵赋诗；重新载笑载言，如同心无杂念一般。

你喜欢此种聚会，可热闹可安静，可于热闹处安静，可于安静处热闹；你欢喜每个人执着于文字的神情，你欢喜文字，你欢喜文字铸就的诗歌，你可以躲在诗歌中哭泣欢笑。你会由衷地写道："诗歌与文字异道，今以文字写诗歌；昆弟与朋友殊科，愿令朋友如昆弟。"在这样的聚会之中，有贵池李源长、吴次尾击钵诗成，气凌五岳；有禹航王祉叔、松陵沈君牧走笔属和；有禾中于子钰后来居上……无论贵贱少长，只以文字为准；不管东西南北，相逢莫逆于心。你会生出心满意足的感觉，和知己在一起，吟诗赏景，好像再无他求；而有的时候，你却会怅然若失，你觉得这寻常的聚会、寻常的湖光山色，会突然变得不寻常起来。你会感怀杜甫的"岐王宅里寻常见，崔九堂前几度闻"。你觉得这些好像容易得来的相聚，熟悉的面容，有朝一日会不复寻常。而今日尤其，在你说话之间、在你低头沉思之间，耳边总是缠绕着《忆故人》之绵长乐丝，透明的清亮的缠绵的，透明如无尽之雨，清亮如沧海之泪，缠绵如超越生死之春心。你饮酒你笑谈，但总觉得喝酒说话的那个自己不真实。而在你身边，孤山上万树香樟、万树梅花、万树苍松，孤山下万树风柳、万树桃花、万树海棠，它们深绿或者浅绿，深红或者浅红，渐渐地，所有的色彩都被乐丝缠绕，变得隐约而不分明，而漫天的雨不期而至，无声无息隐入西湖，你觉得那些隐约与不分明才是真实的……

你醒来，已经身处归舟。文友们在你身边随意小酌，随小舟俯仰。运河上，有阵阵风吹来，只是风声，再无乐声，运河两岸，芦荻于春天独自清瘦萧然。

"珂月，你可醒了。你醉时真可爱，意气风发，诗如泉涌。"

你茫然，无法忆起什么，此时心中安静恬静，好像等待渐悟一般。渐渐地，你想起来：你要回家，聚会之后你总会牵挂家，这两日母亲在家中可好？父亲刚去金陵，母亲身体多病，你总是不敢在外久留。你想起来：你要为堂弟传道授业，此次安顿好母亲，会去方水界河村之竹里馆小住。想起竹里馆,万树琅玕摇曳而来,无边无际的绿色、满目清凉的绿色、春水接天的绿色……而一袭绿衣,亦飘然而至,你突然忆起那翠绿色的书童,忆起那女子。你觉得眸子和身心似乎都被那淡淡的绿色洗净洗亮。

"珂月,你可知今日那女子是谁?"道暗在一旁,第一句话即如当头棒喝、直指人心。你顿觉窘然,只好轻轻接话:"是谁?"

"此女即钱塘才女张佩兰。其父张行远进士及第,历官湖广道御史、山东巡抚,如今还乡,隐居注经于孤山之侧。其父与客雅聚之时,佩兰每着男儿装,作五七韵语,发雏凤清音。世间竟有此等女子!其家与栖里亦有渊源,不日将小住栖里,吾等届时可如《西厢记》中普救寺僧一般,得着机会饱看一番了。"

原来如此,你心中叹息,刹那间亦如释重负,安下心来。你不由得想到禅宗妙语:悟道之前,砍柴担水;悟道之后,仍旧是砍柴担水。似乎正合自身,悟道之前、悟道之后,无非为一砍柴担水之人罢了,心外再无他求。

你登岸归家,迎候你的仍旧是蓬门柴扉。卓氏虽然为里中大族,然而父亲左车先生却颇为清贫。你记得儿时,父亲在小园内置石桌一、石凳二,于小菜园边饮酒念诗。菜地边以枯竹竿编矮篱一围。春日有粉色的蔷薇落落绰绰而开,一隅的绣球也会将花泼洒开去;夏日是蓝紫色的牵牛蔓延,晨开午合;尤其是秋日,菊花重重叠叠,在有太阳的时分,跃光点金、熠熠生辉，在阴雨黄昏之际，却叠愁献恨，澹澹生烟……不管花开花落，远处总能见超山秀逸，而近处则远远见他人宅园，粉墙衬紫竹千竿，竟是大借景大写意的手法了。你喜欢这种感觉。虽没有亭台轩榭、种满园名花奇卉，却亲切素朴，同样能与天地自然相接。你记得父亲总爱啜一口酒，环顾小园而笑，开始是心满意足的模样，但接下来会叹一口气道："唉！要是他日宽裕，定要择一佳山水处，好好经营一番。"如今父亲应试不中，却远走金陵，不知一切是否安好。只剩你在小园中，浇水施肥、修枝除虫，起码维持小园旧日光景。更重要的是，家中拮据，有这一分菜地，也可饭疏食、饮水、曲肱枕之而乐了。你和母亲守候于此，等待父亲随时归来，期待看他在小园饮酒吟诗、自得其乐的样子。

你看到母亲正在小院的井中汲水，她将绳子左右摆动，木桶渐渐汲满清凉的水，似乎已经沉了下去。而母亲出神望着井水，并不将桶慢慢提上。远远打量，母亲着一袭烟灰色衣裙，素净而美好。渐渐走近，见风吹动母亲鬓发，亦掠过她眼角细细皱纹。有的时候，你觉得只能在烛光下打量母亲，那个时候，暖黄色的光氤氲一室，而母亲于暖色中穿针引线，明黄色、葱绿色、桃红色，慢慢跳动出神采飞扬的折枝花卉，而你于一旁读书，亦会渐入佳境，仿佛竟是母亲一针一线，织就了自己的锦绣文章。读书之暇，你会偷偷打量母亲，那时她的眼睛在烛光的映照下，明亮清澈，宛如孩子一般。而当白天到来，母亲操劳于屋里屋外，日光便会无情地展示她的年岁、她的皱纹、她的憔悴，你的心里总会很伤感。你忙走过去，接过母亲的绳子，把木桶引上来，然后进屋倒进大缸。母亲也跟着进来："回来了？"你说："回来了！"你们对视而笑，于是整个家，一下子就充实圆满起来。这样的感觉真好，你希望永远是这么家常，似乎一切都不会改变。然而，你总是在担忧着，因为母亲的癫狂之病不知何时就会复发。你有的时候很忧虑，有的时候又会很镇定，你虽尚未弱冠，但父亲走了，你就应该支撑起一切。

"珂月，珂月！你所念之伊人竟然就是张佩兰吗？"顿时，所有的回忆、色彩与音乐，都如石落闲潭，无限纷纷扰扰之后复归沉郁碧绿。野君与方水正望着你，而满地是纸、是诗、是曲，是思绪万千。你很轻却清楚地说："是。十二年已逝，佩兰已逝。"野君与方水无言以对，半月斋中，旧墨新纸，三人痴立。许久，你听到方水说："珂月，当初不该邀你至竹里馆教习，得与佩兰父女会文吟诗，无端生此情愁。"你说："方水无须不安，此乃毕生之幸。"野君亦痴痴道："佩兰若不嫁往北地，竟与珂月得成佳偶，应不至早逝如斯。"你摇头，沉吟不语，野君呆立片刻，蓦然起身，神色匆匆，不辞而行。

你把诗稿依照旧日痕迹折叠好，虽已释然，但忍不住心动，因为你追随的是当年佩兰的手势，你从来不敢随意破坏那淡淡而亲切的折痕，那是一种很微弱的过往岁月的明证，有的时候，时间可以让一切淡如春梦、灰飞烟灭，但总有一些似有似无的印迹，让人们触摸到，让人们遥遥远远地听到、嗅到。你忽然听得方水说："珂月兄，东园已非我家所有，我想回竹里馆小住几日，若你愿意，可随时来，或可寻梦一番。"你说："好，你切莫……""放心，万古谁非过客哉？"方水一笑，推门而去。

你跌坐琴桌边，望着自己的新作《花舫缘》，一种无边的困顿袭来。你觉得用文字表达之后，心中会突然空明起来，或者了无牵挂起来，当初种种惆怅焦虑种种无法言说，如被泠风、飘风、厉风、扶摇羊角之风涤荡一空，瞬间的清凉轻快之后，人间的饥饿之感、困乏之感应运而生。纵使如此，你还是喜欢这一瞬间的心满意足。你想起曹丕所言："盖文章，经国之大业，不朽之盛事！"经国大业，你不敢苛求，你只求自己对人生的一个交代，或者小小希冀自己的文字能够流传人世，甚至只是流传一时罢了。正如野君所写："呕丝之野、泣珠之渊。穷年累世而无益于人间世。士之文章，士之呕泣也。抽不断、收不穷，究竟何益？幸而售，则无翼飞、无胫走矣。不售则饥不可以为食、寒不可以为衣。况风气三年一变，正如二十四番花信，信老花残，十八姨传消递息在人耳畔。"你想，不管风气更迭如何，你甘心呕丝泣珠、呕心沥血，穷尽自己的文字，让自己觉得不虚此生。你这么想着叹着，不由得沉沉入定……

梦色能够燃烧如灰如雾阴沉的春日，你的眼前开始变幻柔和的声音，似乎是佩兰远远渡水而来，又似乎是妻子丁氏楣君轻轻呼唤。你的妻子，不喜说话，总是静静忙着，如同你的母亲一般。她从离栖水很近的丁山湖，一叶小舟嫁来。如果说佩兰如水灵动、如水澄明；丁氏则如水沉稳、如水相依。和丁氏在一起，你觉得日子很实在，一日三餐、会友待客、养家课子，人生步步行来、日日逝去，似乎本该如此。你从不曾和好友谈及佩兰，然而你却会在一些时候，忍不住向妻子倾诉。妻子总会静静听你言说，她也会为你喜欢、为你失落，然而她不曾表达什么，只是听着。她就如同遍布栖水的古井一般，简单而幽深、稔熟而亲切。她给了你一方安静的空间，在此空间里你可嗟叹、可吟唱、可痛饮、可酣眠。有她在身边，有的时候，你心里很踏实；但有的时候，你觉得很孤单。你知道，她希望尽自己的毕生之力照顾你，使你终能功成名就，使卓氏家族终能声名显著。她和母亲一样，静静而炽热地期盼着你，甚至使你不堪重负。然而大多数时候，你对自己说："有妻如此，夫复何求？夫复何求？"所以，你反而会把那段美丽的邂逅，深藏心底、尘封起来。但是你觉得不管藏在哪里，她总会如同捕捉杨花的孩子一般，倏然从你任何栖身或经行之地跳跃出来。就如同现在，你被笼罩在春天的睡之中、春天的雾之中。而那些干净的灰色慢慢晕染起来，成为淡淡的绿色；又渐渐抵挡不住，让一种最明亮最惆怅的色彩直接照射进来——你的眼前满是明亮的桃红……

你第二次见她，是在方水的竹里馆。

你比同辈的方水和辛彝都年长，加之父辈对你期望有加，因此你自觉担承起传道授业解惑之职。你隔一段时间都会去方水处小住几日。栖水卓氏，盛名在外。大凡来到栖水的名士，最开始是往吕氏宅第而去；后来却径往伯祖父卓明卿家中，东园、芳杜洲、崧斋、竹里馆，都是他们吟咏逗留之处。最盛之时，有王世贞和汪道昆两大诗坛领袖翩翩而至。你回味他们留下的那些诗句，以及回味你自己所写的那些诗句。你会觉得，所有的这些园林，费尽苦心经营的园林，其实大抵相同。山、水、花、树、亭、台、楼、榭，而人们穿行于其中。园林和过客都希望挽留些什么，然而一切终将逝去；而一切逝去之后，当时历历之景却更加让人难以忘怀。于是，衰园颓景与昏黄墨色，勾勒出的反而是当年的繁花似锦。你记得汪道昆写大空楼时说道"尚忆旧游弹指处，不须更问主人翁"。江山风月，原无主人，闲者自是主人，但是闲者亦只能暂为主人罢了。然而，你终究还是要沉醉于园林之中，沉醉于惊风白日之良辰美景之中。甚至你那小小而简单的家，你也要勉力经营。好像时日不会迁延，好像你和你的母亲，会一直相依相伴，直至永远。并且，你相信：时之不远，你会让你的母亲过得更好；你会让你的父亲，实现自己山水家园之理想；而你自己，安顿好一切，就应该扬鞭远游、仕宦济世。你没有奢望，你设想自己的人生只是六十年，你要二十年读书、二十年游历出仕、二十年著书立作，若能如此，此生足矣，此生足矣！而现在，自己尚未弱冠，读书吧，读书吧！

你安顿好母亲，便往方水的竹里馆去。相比东园，你更喜欢竹里馆。东园位于塘栖镇的中心，东园之外，人来人往，总是热闹；而竹里馆在界河村，去市不数里，结庐在人境，而无车马喧。一路行去，渐少人声犬吠，渐有风生水长。未至竹里馆，早早便有千竿翠竹如烟如雾、笼罩绿水。如若乘舟在水光溪草间缓行，则眉发俱碧。而此刻当下，你走在河边的小径之上，一袭白衫汲满若有若无的竹色，似乎已被空翠沾湿。你就这么走着，突然怦然心动，你想起李白的诗句"新妆荡新波，光景两奇绝"。此时有小舟渡来，你不自觉用手遮住额头，似乎有万缕阳光照亮竹林、射亮眸子。你定睛，见到舟上有长者神清气定，你看着长者，不敢旁顾，只是方才一瞬，你其实已经把旁边的女子铭刻在心：女子着桃红夹袄，站在船头莞尔而笑，顾盼分明。身上佩银色小锁，随风摇曳。你不敢把目光移开，亦不敢举步再走，只是入定一般。小舟从你身边渡过，你缓缓目送。这时你看见女子回头，朝自己笑而微颔，你觉得似曾相识，却又无从寻思，如蓝田日暖般既亲切且怅惘。

你沿水沿竹而行，见那桃红渐渐隐于漫漫竹叶之中，只听得风中传来如银如线的声音，宛若古琴的泛音，渐渐散于天地之中。你突然心中充满了莫名的欣喜，你觉得天地之间都是年轻的气息和色彩，你渐行渐疾，似乎前面的路充满着希望。说实话，你并不喜欢科举考试，不喜欢八股之业，不喜欢天下文人束之于一途，你一直无可奈何，国家取士之道如此，多少人皓首穷经于此；而那些应付抄袭刻板无用之时文，又如何得以传世？然而你亦只能如此，甚至要亲自教授方水和辛彝。你们一定要有所成就，无论是功名抑或是经学抑或是诗歌。因为无论贵贱，所有卓氏的子弟都不会忘记，自己是卓敬的后代。你抬头，看见远远的超山起伏，你趺坐于水边，极目远望……

你看到卓敬年仅十五，一袭青衣，瘦小却坚定，行走于宝香山中。山中松声阵阵，如波涛渐渐泛起、如谷底鏖兵声涌、如鹤唳、如虎啸、如鸣金、如擂鼓、如天外黑风吹海立。他穿行于万壑之中，所有的声音幻化成无边的暴雨袭来。他想寻找归路，眼前只是无边飘荡旋转翻卷呼啸淋漓透湿的黑暗。他在天旋地转之中，看见远处一豆火光，亲切温暖。他有了目标、开始奔跑，却觉得自己单薄如纸，在天地间飘飘荡荡。于是索性慢下步子，缓步穿行，他越走越沉稳，在他面前，天地风雨反而如顽劣任性的孩童一般。

你看到他，站立于一扇平常的木门之前，痴立而听。风声雨声之中，竟然是琅琅读书之声。你看到他叩响木门，有童子应声而出，你听得那童子说："吾师知郎君来，使我候此。"而那门额，隐约是"体玄"二字。他进了门，只是一处平常院落。进得屋去，有一老翁坐于长明灯下。灯光氤氲满整个小屋，亦是那漫天黑暗中唯一的明亮。他虽然浑身湿透，但却气定神闲，向老者作揖："这位老伯，可否借我一烛行路？"老者言道："山中无烛，但有萧萧枯叶而已。你且生火，燎干湿衣。"他问："老伯尊姓？"老者言道："无须名姓，但唤我逍遥翁即可。"童子燃炉,一室温暖,一室静谧。许久,老者忽然开口:"若你定要归去,吾有一牛,可骑之而归。"他喜而拜揖。童子出去牵牛,老者从一黯淡旧笼中,取出一顶僧帽相赠。你看见他摆手推辞,脱口而出:"吾志欲匡济天下,翁安得以此相戏?"老者曰:"我昔日亦有志于世,然事有不可为。你但收此帽,他日当自理会。"你看见他再三摆手退却,而老者亦再三叹息而已。他不取一物,转身离开木门,跨上牛背,青牛突然腾空而起,漫天风雨都不及沾染衣襟,已经回到家中。他试图牵牛入门,突然听得一声咆哮,青牛化为黑虎,腾跃风行而去。他望着那去处,惊讶且沉吟,许久许久,见他摇头,点头,然后再摇头,似乎明白了什么。他向前走了几步,然后止住,很快转过身来,打开自家的木门,如寻常时日一般,轻轻带门而入……

你看见卓敬每日依旧读书,读书之暇会绕屋前屋后散步沉思。有时候,他会眺望远方的宝香山,而连绵之山亦会静静打量他。那时他是否会想起陶潜的"采菊东篱下,悠然见南山";是否会想起李白的"相看两不厌,只有敬亭山";是否会想起辛弃疾的"我见青山多妩媚,料青山见我应如是。情与貌,略相似"?陶潜把自身融入山气、融入夕阳,他那时手执淡淡的菊花,望着远山,看着飞鸟以远山为背景,穿越绯红的夕阳。若有所思、若无所思,已入无我之境,任水尽云起、花开花谢,只是顺一股天地之气循转浩荡。李白则是如此自得,如此飞扬跋扈。他以为天地钟灵之气尽集己身,他赞叹自然,为的是赞叹自己。在他笔下,山有无限高度,而他，则更在无限高度之上，指点江山。只要他立于峰顶长啸，就会有万里清风浩然而来，就会有飘飘玉女敬酒而来，就会有仙人抚顶授之长生。而辛弃疾，没有这样的高度，他只希望自然认可他在人间的功业。他把山当作善解人意之故人，能够听他说些无法排解的话。而如果青山聆听了他的心曲，他就心满意足。他穿行于山间，醉倒在山间，摇摇晃晃，满山松树围着他旋转，似乎要扶持于他，于是他以手推松，豪情壮志地言道："去！"当他酒醒之后，他会静静坐于松间。此时松涛阵阵，雄壮如当年南渡时候的波浪滔天。于是他微笑着，与山和松成为知己。你想，有如此之多的与青山的对视，卓敬会是哪一种？你觉得卓敬非陶潜、非李白，亦非辛弃疾。他只是很纯粹的儒家的"仁者乐山"罢了，他从山中汲取的是一种沉稳、一种定力、一种九死不悔的浩然之气。有的时候，他也会遥望"体玄"庐之所在——这个预示着他人生的地方，或者是想要改变他人生的地方。然而，他终究不会归入山中，他终究要走出山林，进入人生，进入那虽成定局，却依旧要尽力而为的时日之中……

你看见洪武廿一年(1388)，卓敬离开自然、离开山水。从容来到京城，从容应试，进士及第。你看到在他的周围，是狂喜，是痛饮，是酣眠，是无休无止的聚会。这种聚会，从唐代开始，大相识、小相识、闻喜、樱桃、题名慈恩寺塔……所有的进士都春风得意，走马京城，一日看尽长安之花，以为从此功业成就、富贵可期。唯独卓敬，深居简出，安静淡然。正当国初，百废待兴。你看见他清晨出门，从前是在无尽的山中行走，而今是在无尽的民间行走。他穿过长街小巷，见到屋舍破败、生意萧然。经历多年战乱，是否应该休养生息、无为而治？无为而治？卓敬不由得想到当今圣上，严刑峻法，以猛治国。作为君主，日夜操劳，大权独揽，看似强权力治，实则危机无限、扰民无限；更何况眼下与汉初相仿，无形的压力与威胁似黑云压城城欲摧。太祖确能如汉初一般决断残忍，诛杀功臣；然而他却不能如汉初一般，诛杀同姓。太祖之二十三子，封王建藩，后患无穷。想到此处，他深深叹气。世事如此矛盾，读书至今，只是想着一个孔子的"仁"字，想着孟子的"浩然之气"四字。然而纯粹以血缘或者道德治国，竟不可行；不得已之时，只能想到法家之"势"、之"术"。你看见卓敬行走、停下，然后呆立于一处草屋，草屋寥落，甚至远不及杜甫当年风雨飘摇之草堂。草屋前却有一棵枝叶繁茂之桑树。可能无人养蚕，桑叶阔大油亮，枝叶披离，经年不曾修剪的模样。卓敬喃喃自语："五亩之宅，树之以桑。五十者可以衣帛矣……谨庠序之教，申之以孝悌之义……然而不王者，未之有也。"若真得如此，该是多好光景；可是如何才能得如此光景？定要如汉初、唐初一般，经过腥风血雨，子弟相残，然后暗暗隐去一切不仁不义之事，才能开辟光辉美好之盛世吗？"进不入以离尤兮，退将复修吾初服？"你听得卓敬吟诵《离骚》之句，是啊，纵使不能兼济天下，总亦能独善其身吧，总亦能文采斐然，沉溺于深爱的诗文之中吧？他一定又联想至那日山中的点化，重复着老者说的"事有不可为！事有不可为？事有不可为……"沉吟许久，突然听得卓敬提高声音，似乎是对整个人间，又似乎是对自己说："知其不可为而为之！"

你看见卓敬以户科给事中之职立于殿中，见到诸王漫不经心上得朝来，顶束穿戴，竟与太子相仿。当年，孔子见礼崩乐坏，忧心忡忡，此种担心不无道理。终于在他之后，三家分晋，大夫取代诸侯，战国取代春秋，而回复周礼的理想，亦彻底覆灭。你看见人略散去，卓敬跪拜于下，却声闻于上："京师天下视效，礼法纲纪攸先。陛下自即位以来，澄清六合，欲家喻户晓，传之万世而无弊也。诸王在禁中，服饰尚有拟太子者，陛下何以令天下耶？"你看见左右失色，整个大殿沉寂紧张。要知道太祖动辄杀人，每日入朝之前许多官员都要与家人诀别，无人敢如此直谏。太祖久久端详卓敬，须臾竟微笑而言："卿言是，吾虑未及此也。"你看见卓敬沉着立起，而旁人却惊魂方定，舒缓声气。卓敬步出殿外，便有人追上前去，恳切劝导："卓敬兄，功名非易，富贵难得。虽为谏官，应审时度势，自保为是。切记切记，太刚易折！"卓敬行礼谢道："敬一介微寒，荷上厚恩，骤登清要，官以谏为名，吾只知尽谏诤之道，上不负吾君，下不负所学而已，祸福非所计也。"

你看见年华如水，如水般流逝消逝，无论是长江抑或黄河，无论是出自高山抑或来自天际。越是浩浩汤汤，越是让人心悸魄动……洪武已逝，建文登基。你看见卓敬已不复当日之少年，虽然已是户部侍郎，但闲时依旧一袭青衣，瘦小坚定，穿行于应天府的寻常巷陌。他最喜欢走尽烟柳、走尽人家，渐行渐远，渐行渐高，于是长江就在他面前坦坦荡荡、一览无余。你和他都觉得，正如当年张若虚来到江边一般，有震撼有惆怅，但最终是一种豁然开朗，一种如江水般无边的平静。于是才可以和江水攀谈开来，和那些无尽的岁月、无穷的过客、无限的生机攀谈开来，心中会洋溢起一种与天地往来的大欢喜。于是突然想起当年孔子临水而言："逝者如斯夫，不舍昼夜。"原本不是哀叹人生消逝，朝如青丝暮成雪；而是希冀着从这自然的生生不息中汲取力量。亦如后来孟子所言："我善养吾浩然之气。"浩然之气正是充塞于天地之间的啊！

你看到这样美好的时分越来越少，卓敬渐渐闭门不出，心事重重。他有时在书房书写大字，速度很慢，却墨迹淋漓，似乎要把每一勾画刻入宣纸。而他的毡垫早已斑斓如云山雾罩、潜龙隐虎之图案。你看到那一个一个大字，稳稳如古松、如磐石、如铜鼎。似乎已不重技巧，只重筋骨。再细看心下恍然，"忠谠罄于臣节，贞规存乎士范。述职中外，服劳社稷。静专由其直方，动用谓之悬解"。原来是颜真卿的《自书告身》之文，然而他亦非临帖，只是凝神信笔去写，似乎形神都已镌入心中一般。

你看见卓敬临完颜帖，似得天地古今之大力度，开始写自己之文字，竟是一字一字写去，每字之间间隔漫长，好像隔着无尽的年月，好像历经无尽之思索。这次的文字，比《自书告身文》要亮丽一些、精致一些，走笔之间甚至加上了些许王羲之的飘逸笔风；然而只是慢，只是费思量。让人一望，就喜欢上那独出心得的楷体，希望能逐字细细赏鉴，甚至希望能读到吟风赏月的好文字。然而细看之下，却令人费解，此非书法作品，竟然是字字沉重、牵动社稷的奏章！卓敬如此苦心经营，是否希望建文帝一望即动心，且字字句句，细细领会？

"燕王智虑绝人，雄才大略，酷似先帝，顾其为人必非久在人下者，且北平天下都会，地方广邈，士马精强，金元之兴皆由于此，今宜及其未备，徙封南昌，则羽翼既剪，变无从生，万一有之，亦易控制。不然彼志得行则谋无不遂，大举而南，建瓴东下，当此之时，势如瓦解。陛下孑然一身，虽有一二特立志士，亦无所为矣。夫将萌而未动者几也，量时而可为者势也。量时而为，非至刚者莫能断，未动而见，非至静者莫能察。惟陛下留意焉。"

卓敬终于打开书房之门，打开大门，又走入重重之宫门。洪武帝已然逝去，天地肃杀之气似乎随其葬入孝陵，一时云淡风暖，不知有秋有冬。大臣入朝，再无昔日之惊心动魄，甚而可以放慢脚步，让乱花迷眼、清风拂面。你看见卓敬却无此闲适，径直入宫。建文帝便殿召见，虽无旁人，却很小心，从衣袖中拿出奏章，奏章已然折叠，似乎怕被旁人见到。你看到建文帝神情急切："卿何得出此言论？燕王乃朕骨肉至亲！朕知亲深谋远虑，然应不及此。"卓敬叩首："陛下以燕王为至亲，杨广之于隋文不尤亲乎？父子之间尚且如此，此岂人情哉？臣察之，愿陛下亦察之。"建文帝沉默许久，慢慢言道："卿休矣，吾方思之……"你看见卓敬退出，摇头叹息，走出重重宫门。回望。呆立。

你听到笛声穿过稀疏的柳枝，又临春日，春水将涨。你知道秦淮河水永远是不紧不慢地流淌着，她似乎承载着太多脂粉的厚重，她似乎静止在喧嚣的岁月纷争之外，总是沉沉的绿、不分明的感觉。你最欢喜又最惆怅的颜色，是苏轼笔下的"半壕春水一城花，烟雨暗千家"。你觉得春天往往是不真实的，不管是明亮的还是黯然的。然而，春天还没有到来，一些消息就夹杂着寒意而来，来不及赏春或者是伤春。河水也罢，东风也罢，烟雨也罢，色彩也罢，自然的一切照旧，然而人们已经无暇顾及。二月，燕王从北平出兵，三月至夹河，闰三月南进至大名。春日就在匆匆的等待与不安中掠过，接下来就是焦热的气息、寒冷的气息。十二月份，燕王终于打定了主意，出兵南下，直指京师。一年就在无奈、侥幸、前途未卜、束手无策中度过。如果安居于应天府，只是散步于秦淮河边，你会觉得繁华而又宁静，似乎每一天只是如此，不会改变。然而那渐渐听得见的战鼓声、马蹄声，如天罗地网般笼罩于古城之上，杀气凝结，云色昏红。似乎人居天地之间，如一苇渡江，茫茫无托，随风随水旋转浮沉，看似远而无极，却又无法跳脱自己的身世命运，山水江湖，到处网罟密布，兜兜转转，已是日暮途穷，无法挣脱。

正月，燕军渡过黄河；五月，燕军渡过淮河；六月，燕军在瓜洲渡长江。黄河、淮河、长江！你不能想这些天地之间奔腾不息的水、生命、血液、脉搏！你看着身穿铠甲、如乌云般集结的士兵，渐渐在绿沉沉的土地上，如墨汁般渲染开来。突然，天边无尽的阵云被狂风吹卷至一处，一星火苗燃起，所有的云层都熊熊燃烧，天空残缺，灰烬如骤雨般降下，淹没宫殿城墙。残垣断壁，在火光中却无比沉静。东吴、东晋、宋、齐、梁、陈，这块土地曾经有过多少的分合离乱。对于人生来说，遭遇的是一辈子的沉沦；对于岁月来说，只是热闹而匆忙的一瞬罢了。哭过喊过撕心裂肺死灰槁木，一切渡过之后，重新又是载笑载言欢天喜地风和日丽……

建文帝逝去在火焰之中，战乱之中，不会有令人慰藉的结果；所有的传奇，只是后人气定神闲的改写罢了。不见玉颜空死处，终是文人的手笔。你见到燕王入城，并未先去看一眼燃烧殆尽的宫殿，而是直接往东郊而去。那里有阴森的古木，有高大的石兽。那里就算是天晴时分，也总是萧森凝重。洪武帝把所有的杀气戾气带到自己的陵墓，而燕王又拜谒陵墓，让自己的手上袖中眼内心头，无处不浸淫沾染孝陵的气质。他整顿衣衫，登基即位。然后策马回宫，大肆杀戮。杀伐决断，干净利落。

你不愿意看那座破碎的古城，更不愿意看到难逃天罗地网的卓敬。然而你还是一遍一遍地看了、想了、痛了,你不知道痛苦亦会化作力量、化作胸中之浩然之气。你看到明成祖竟然会怜惜卓敬英雄才略。杀人无数,亦有犹豫之时。你看见卓敬依旧如平日般昂然站立,然而亦泪湿衣衫。英雄落泪,并非穷途末路,而是感叹自己回天无力。你不知道卓敬是否会忆起当年山中之事,你想他其实早已坦然接受当年之谶,只是知其不可为而为之罢了。你听见卓敬说:"先帝正朔相乘,略无过错。一旦利欲迷心,遂行篡逆,吾恨不得请上方剑死,得见先帝于地下尔,尔复欲我臣之,亦何心哉?"你看见成祖沉吟不语,此时姚广孝进谏:"卓敬虽一介书生,实英雄才略也。陛下若生之,恐养虎为患!"

你看见卓敬临刑,家人亦被绑缚就戮,日光惨淡单薄。从此宝相山中、新亭之上、长江水际,再也不会有一袭青衣、瘦小、亲切而又坚定的身形了;从此他亦再不用为从前往后、国事家事操劳不辍,无限忧思了!卓敬依旧从容,然而亦有无尽之遗憾自责:"国家养兵三十年,一旦变生,略无措置。敬死有余罪,但恨不为兵官,得行其志尔!"你见到卓敬抬起头来,凝神远望,远处是连绵之群山,而当年山中之行走,已如隔天际……

你不忍看苌弘化碧,天地萧索。你不忍听岑寂无声,群峰静立。你只是欣慰地看见三族虽灭,犹有一骑白衣,跳脱于天罗地网之外,又飘零于千山万水之中,不知何去何从。如风吹蓬草般流落至江南,流落至栖里。一息尚存,薪火相传……

栖里，栖里，江南，江南。你缓缓从水边立起，抑或你并不知晓自己是行是坐，何时行何时坐。你突然想起禅宗语录：要行即行，要坐即坐，于是会心而笑。方才之悠悠回忆，似穿越百年；又似天地一瞬、烂柯观局而已。那感觉仿佛坐忘，然而亦非坐忘，竟是难以忘怀了。你叹一口气，觉得心中沉重，而又欢喜这种有分量的感觉，其实你从来不愿意自己如电如露，如梦如幻，轻快掠过一生。

突然，有风刹那间吹过竹林，竹叶纷纷飘落。叶子的边缘如此清晰，划过如烟如雾的绿色，一时拂动琴弦、心弦。你猛然醒悟，自己坐忘的契机，竟然是那随舟而去的女子，以及那摇曳于风中的银色铃声。而前路竹林中隐约挑出的楼阁，又让你忆起自己是往方水竹里馆而去。你摇头而笑，生命中经常会有此种刹那间的迷失，不知是春是秋，不知何去何从，甚至不知自己为何人，何所闻而来，何所闻而去……然而你又很疑惑，这是片刻的迷失还是片刻的明白？你甚至觉得，这片刻的恍惚，当得永恒，仿佛自己从天罗地网、从那受限的时空中，暂时游弋出来，真正做了一次逍遥游。把自己的气息、血脉，融入阴阳风雨晦明之中，得着一番大思考、大欢喜。而天地之阴阳风雨晦明，又如漫天花雨醍醐灌顶，赐予自己一腔至刚至柔至性情之气。

你终于进到竹里馆中。这所隐于竹中安静的别业，今日似乎到处是热闹的气息。让你甚至马上忆起方水的祖父卓明卿，当年他在栖里之时，日日高朋满座、往来鸿儒。塘栖卓氏，扬名四海，亦始自祖父，自他之后，栖里好久未有此种盛况了。今天总觉得不太一样，甚至那竹叶的声响，都透着一种活泼欢腾。你不由得笑了，觉得自己如拂动古琴一般，只要屋外有人，琴声即会改变，而弹琴者则会怦然心动。又如崔莺莺夜听琴一般，终于发现那些不是步摇环佩之声，不是风吹铁马之声，不是疏竹萧萧之声，而是真正的西厢琴声。很快你证实了自己的感觉，隐约于风中的，确实是琴声，而且那曲调似曾相识。你循声而去，正在临水之听竹榭中，四面碎冰纹的隔扇都敞开着，穿榭而过的风把琴声阵阵送出，又慢慢穿透到天地、碧水中去。你心中猛然一动："忆故人！忆故人。忆故人……"然后，你就见到了方才小舟上那桃红夹袄的女子，坐于琴桌边上，如乌云般的发髻略偏，视线追随左手的吟揉，而右手则是淡淡的弹拨。女子周遭，众人或坐于椅，或并坐于杌，或竟盘足于蒲团之上，皆凝神敛息，只有你呆立着。似乎自己渐渐从散音、按音的涟漪中探足进去，然后是整个身体，然后是心，全都沉浸入一潭碧紫碧紫的秋水之中，涟漪亦因你而越发荡漾开去，越来越远，远到尽头，似乎没有了，但似乎还有，在天边，或者竟没有边……

　　一曲已了，众人皆鼓掌，仿佛是无边的水上，降下骤雨，把你惊醒。你顿时明白，这女子，难怪如此亲切，就是上次孤山文会时见到的书童，亦即钱塘才女张佩兰，而她的父亲张行远，亦坐于众人之中，微笑着看女儿操缦。本以为是一面之缘,不想再度相逢。方水之父卓尔昌亦在,见到你,连忙拉着你的手介绍:"珂月过来,见过张行远伯父。行远兄,此为小侄卓人月,写得一手好赋,诗词亦佳。"你连忙低头行礼,抬头只见佩兰朝自己微笑,亲切温暖,又有一丝小小的调皮,像是相识已久的模样。佩兰之父颇有兴致:"早知珂月为栖里才子,今日相见,实乃幸会!珂月既生于塘栖,能否为我解此地名渊源?"你没想到,佩兰之父,第一问非诗非赋,竟直指塘栖之名。"渊源"二字,撩拨人心。你想到方才在水边坐忘情景;想起卓氏飘零至此,从此落地生根;想起卓氏自从七世以来,为里人修桥造路、建寺赈灾。其实卓氏,早已和塘栖融为一体,难分难舍了。于是,你神情郑重,缓缓言道——

"伯父,小侄浅陋,只知一二。塘栖虽为大镇,发祥甚迟,至国朝方聚市成镇,其名亦无一致说法。一说,南宋时此处即有唐栖寺,地以寺名。佛寺早已无处可觅,镇名却显。一说,宋末隐士唐珏,闻杨髡发南宋诸陵,弃骨草莽之间。心痛神伤,变卖家财。邀里中豪侠之士饮酒。酒酣痛哭,言道:'今日饮酒,只为一事相托。乞诸君助我收瘗先帝遗骨。'诸人曰:'山中元兵把守严密,奈何?'珏曰:'予筹之久矣!今四郊多暴骨,取以易之,谁复知之?'众人遂趁夜色潜入山中,捡得遗骨。后造塔钱塘,以纳遗骨。遂于宋常朝殿掘冬青树,植于所函土上。并作诗云'冬青花,不可折。南风吹凉积香雪。遥遥翠盖万年枝,上有凤巢下龙穴。君不见犬之年羊之月,霹雳一声天地裂',唐珏尝避难栖此,后人慕之,故名此地为'唐栖'。鱼盐布米之场,其实亦有可歌可慕之士!"

你缓缓言来,众人皆静默。佩兰坐于琴旁,轻声重复:"冬青花,不可折。南风吹凉积香雪……"你亦重复道:"冬青花,不可折……"

"想不到栖里曾纳此等义士!"张行远喃喃言道。

"是啊,塘栖虽小,然而宋末至今,却曾纳多少无枝可依之南飞乌鹊啊!"

你心中翻腾起无限的伤感与激情,宋元之替,每一汉人、每一江南之人都刻骨铭心;而明初之乱政,此刻只有你,或者卓氏之人心痛神伤了。此时,有佩兰衣袂无意拂过琴弦,如微风一般,顿时吹散了一些凝重的气息。你突然意识到,自己应该化解满屋的沉默。于是继续言道:"除此二说,另有一说,元至正十九年,张士诚发二十万军民,开挖武林港至江涨桥运河河道,历十载方成,名新开运河。自此,运河舍道临平,取道塘栖。明正统七年,巡抚周忱兴筑运河塘岸,自北新桥至崇德界,绵延一万三千二百七十二丈,修桥七十二,又赖民众齐心协力,筑塘而栖,铸此乐土,故名塘栖。"

"塘栖!筑塘而栖!太好了!"佩兰不由得脱口而出,突然发现满座唯有自己率性而言,不由得两颊飞红,低下头去,随手拈起豆青色琴穗,在手中缠绕往复。不留心又触动了胸前之银锁,细细的叮叮当当,奏响的是小女儿家绕床弄青梅般的点滴羞涩。众人亦颔首微笑。

你想看一下佩兰，然而不敢。只是侧过头去，很快看了一下其他的文友，不经意间带过了琴桌方向，眼前亮过豆青、桃红辉映的美丽色彩，然而只是一瞬。你突然浮想联翩、逸兴遄飞，继续言说："伯父，塘栖亦称塘西，小侄最喜苏轼之'明朝归路下塘西，不见莺啼花落处'之句，倘若苏轼果真经行此处，则塘西之名，北宋已有。当年苏轼任杭州通判，游尽四方山水，使得仁和钱塘，尽得其惠。余亦爱其'去年相送，余杭门外，飞雪似杨花。今年春尽，杨花似雪，犹不见还家'之句。余每念此句，真有'休对故人思故国，且将新火试新茶，诗酒趁年华'之感！"

张行远不由得击掌而叹："珂月，真才士也！听君言论，使我如涤冰雪，心眼俱明。"

你忙摆手："不敢不敢！"低下头去，心中竟然不安起来，想起方才长篇大论、喋喋不休，有违本性，不觉汗颜。好在文友们兴致甚高，接着话题，议论起"栖里十景"来，你才渐渐安心。去角落处找了一个坐墩，坐下的时候，竟长长地松了一口气。

有如庄生晓梦，柔和如烟、无尽苍茫，须臾却越来越亮，已是清醒时分，春天的色泽千丝万缕照射进来，最后汇成空明，似乎一切均无遁处。纵使如此，纵使这么多年的岁月水去云回，你还觉得，佩兰一直在注视着你，从第一次邂逅开始，到她逝去，到当下，到往后，到自己逝去，到来生，到无尽虚空……那种注视一直会在。你每次回想到此处，就不敢再忆下去。再忆下去，就是那些人生最珍美的片段了，你小心翼翼把那些片段收藏在膏肓之间，轻易不敢去想、去念。似乎回忆，都是一种极为奢侈之举动；又似乎，回忆之刻，亦成为人生最惆怅最珍美的时刻。岁月已逝，逝去的不仅是让人惘然的当时，逝去的还有日后不断的追忆。

第 五 章

半 月 斋

你站起身来，渐渐收拾回当下的自己，走出半月斋，走下楼去。已过午时，妻儿和母亲应该小憩去了。一股淡淡的清香弥漫空中，整个家中如此柔和。桌上放着一个提盒，你一见会意。楣君一定提着盒子来看过你数次，不忍打扰你的沉睡，又好好放回桌上。你打开提盒的第一层，静静的一个蓝花大瓷碗，里面盛着温润的春笋糯米饭，略撒着些碧绿的葱花。提盒的第二层，是两个捏着兔子耳朵的金色圆子，还用筷子头点上了两个红色的眼睛。小兔子的边上，很风趣地放着两个金色的塘栖蜜橘，几乎就和圆子浑然一体了。提盒的第三层，是两个小碟子，一碟放着暗紫色的风干荸荠，一碟放着炒成碎金色的南瓜子。你不由得会心而笑。丁氏一定是把去年冬天才摘下的大南瓜，和面做成了如此精致的点心。你拿起荸荠，皱皱的深紫色，撕开一点儿，玉白色的肉。

一点冰冰的甜在嘴中化开来。你的心中如此平静。你不由得笑自己,人生就是如此,总是那么跌宕起伏、喜怒哀乐？而你不顾一切地狂喜、愤怒、哀伤、欢乐,亦只是为了奢求那狂喜、愤怒、哀伤、欢乐之后的片刻平静。你一直在想,为何要禅定,为何要面壁,再有定力的高僧,也只是有定力罢了,不平才需定;而坐忘,也是因为有事才需忘。如果本来无一物,就无须如此做作。那么看来,不须另加修行,经历人生,本就是一场最彻底的苦修。

　　你在新鲜的早春空气中坐下,慢慢品尝那些色彩和味道,突然听见撕心裂肺的哭喊声。你放下所有的色彩和味道,急忙向母亲居住的正房而去,楣君也已小跑而来。母亲神情惊恐,双眼向上凝视,浑身开始抽动。丁氏扶住母亲,让母亲慢慢倒在床上,熟练地用一方薄软的丝帕,轻塞在母亲牙齿之间,以防咬到舌头。母亲身患奇疾,已经二十年了。母亲随父亲去燕京,不知为何就发病了。父亲把母亲送回来时,你还只是个孩子,但是你开始学着照顾母亲,与她相依为命。然后楣君来了,你们一起相依为命。你们知道,一切恬静安静宁静寂静,都是暂时。人生是如此不确定,不知何时,就会有揪心的一刻,撕破扯破打破砸破一切;但是你不害怕,因为这一刻亦属暂时,你们期待着再次的宁静。就这样在岁月的消磨之中,你眼见得母亲日渐苍老羸弱,你的心中亦越来越不安。你并不奢望治愈母亲的病,只是希望就这么延续下去,只要在一起即可。有的时候,你甚至希望忘记母亲发病的次数，忘记母亲的年龄。母亲发病的时候，总是害怕地看着上方，你一直觉得母亲望见了什么，而那些东西世人无法见到。母亲每次平静之后，她会久久抱着你，或者紧紧地拉着你的手，不忍放开。她的眼角，虽然密布皱纹，她的眼神，却清澈热烈，她就这么望着你，她就这么抱着你，你愿意被这么望着抱着，清冷而温暖，苍老而打动人心。好像这样的一刻是永恒的，你会有永远分不开的错觉。你坐到床头，随时擦拭母亲的嘴角，随时安慰她。丁氏起身，在暖炉上煨人参橘皮汤，渐渐地，一股淡淡的药香掺杂着橘子金色的清香，在整个屋子中渗透开来。母亲又一次安静下来，你把她拥在怀中抱着，许久许久。

有的时候，你这么抱着，又似乎不是为着自己，而是为着父亲，或者说，为着让母亲感知到父亲。你的父亲，很少回栖里。母亲追随父亲，客居燕京，父亲落第，母亲染疾。父亲一程一程，把母亲送回栖里。那个时候，你只有七岁。父亲后来娶妾高霞，照顾母亲和全家，他则或归或行。等到你成婚之后，他携高霞飘然离开栖里，客居金陵。而你，守着一方菜地和一方小楼，和母亲相依为命。小的时候，你经常会去河边桥边，看船来船往。不为什么，又似乎为着什么，或者不敢为着什么。其实你的心底，一直希望有一种惊喜、一种邂逅，你希望看见父亲，一袭青衫，站在船头，远渡而来。然而看着盼着，你就真的全然忘却自己为何立于水边，你凝神看每一只小船吱吱呀呀地摇远，想象他们会去哪儿。每一个经过的人都是那么神秘，因为你不知道他们为什么经过，会停留什么地方。最让你不能释怀的是，也许以后不会再见到他们了。你这么愣愣地看着别人，有的时候经过的人会冲你笑，你一下也笑了，于是你想，即便你不认识他们，但他们必定是为着认识的人而去的，而那认识的人，就会欣喜惊喜，就会如未来某日的你一般，欣喜惊喜，岂非人生最称意之事，于是你也大欢喜。

母亲已然入睡，你轻轻为她盖上丝绵被，四下安静沉静，你从厢房离开，轻轻掩上门，回到书房。你看到自己的《花舫缘》，重重叠叠，层层页页，铺满地板，好像是被清风吹乱似的，又好像这些文字本非己出，实为天成。你慢慢收拾自己的文字，你把它们叠得整整齐齐，反复摩挲。你想起《琅琊王歌》："一日三摩挲，剧于十五女。"有的时候，拿着自己的书稿，或是父亲的书稿，或是你和野君共同选辑的书稿，你总有点恍惚，你会下意识把文稿攥得紧一些，又不敢攥得太紧。此时此刻，纸张上面尚且留有自己的温度，你与它们似乎同根共命，不知何时，它们便会零落，如你一般。你很长的一段时间，都在到处寻访父亲的书稿。父亲的居处，曾遭山贼。他毕生的文字，都荼毒已尽。于是你开始了漫游，你到处寻访父亲的至交信友，向他们求得父亲的只言片语。每有收获，便大欣喜。纵然佛云聚散因缘，你还是要执着寻访。你一向不与人争吵，但为了父亲的这些文字，你甚至与人反目成仇。归来半月斋中，你日夜工笔抄写，每成一帙，便不觉手舞足蹈，嗟叹快意。其实你心里知道，纵使此刻访得抄得，终有一日消逝如梦。你自己的诗词，何尝不是如此。

当年你从金陵返回栖里，遇大风雨，有天外黑风，吹得江水直立。你的小船飘飞如叶，天地之间，似无归处。你如飘荡在虚空，只觉人生渺茫无依。待要握持，何处可堪握持。须臾风定，一线魂魄，悠悠归来。你看见江水混浊，树枝落叶、草窠浮殍，漫漫洋洋，触目惊心。你与小童检点船舱，所有的书稿已随风随水而去。你趴在船头，看流水汤汤，深不可测，似真似幻，久久目眩。你想着自己苦读寒窗，夙兴夜寐；想着自己一有所得，便欣喜若狂；想着自己十六岁开始破题写诗，从此视文字为生命；你想着自己手持诗稿，吟咏自得，而今却失魂落魄，无依无靠。过往一切，皆成虚空。你把手伸入水中，触处冰凉、流动然而真实；你想从真实的水中找到些什么，触处飞逝，流动然而虚幻。你想着它们飞出船舱，纸溶于水，墨融于水，自天地来，回归天地。你看见远处青山依旧，云收雨霁。须臾江鸟飞鸣，远岸清歌欸乃。似乎并无一事发生，确也并无一事发生。人处万物，九牛一毛，生死须臾，何吝文字？然而文人终是荒诞，终要为文字哭之悼之。文字已失，就如生命了无痕迹一般。

生命之中，终有无限痴迷伤心之事，譬如文字、譬如父母。你从小读《论语》，读至"今之孝者，是谓能养"，便不知如何是好。你奔波于金陵栖里二地，总是顾此失彼，且无功名告慰父母，终不能得一日大团圆。你从来不敢想，也不愿意细想父亲因何不愿意归家，只是因为母亲生病？只是因为求佛出世？只是因为一切皆可委之与你？莲旬居士，名满金陵；而你却与母亲，相依为命于栖里僻壤。你别无奢求，人生短暂，只愿终有一日，大家团圆，你亦可尽养尽孝。

　　你在收拾父亲文字的时候，看到父亲当年写给母亲的诗歌："行行从此辞，船如侣马驰。人生自萍聚，勿伤生别离。少君未足慕，德耀应自嗤。昔时好俦侣，谁念终差池。人无金石固，霰雪互相寻。弹指忽已老，日月其难谌。愿言崇令德，翻飞离釜鬵。俱生无量刹，与子结同心。"你痴痴念着"人生自萍聚，勿伤生别离"这样的句子，你想父亲熟谙佛理，已能彻悟；而你终落人间，无法跳脱。父亲说"人生自萍聚，勿伤生别离"，于是他斩断世网，抛下妻儿，杳然远去；你亦想对自己说"人生自萍聚，勿伤生别离"。你想说的其实是纵使人生萍聚，亦是大因缘，如能当时珍惜，即已足矣；而散离终须散离，人生直是聚少散多，此乃命定之悲剧。你一直不解的是，人生如此，又言戏如人生。然而杂剧传奇，一概欢喜以团圆之结局收场。你读到的最撼人魂魄的文本是元代的《窦娥冤》《西厢记》；本朝汤海若先生的《牡丹亭》。你读的时候如痴如醉，然而读完怅然若失。

　　你看见，天地苍茫，苍茫到万物如雾霭一般。而中间有一线极其微弱的白光，悠悠忽忽、飘飘荡荡，不知何去何从。而那只是弱小的窦娥，一身素衫，被推揉得魂飞魄散。如果只是如此云里雾里，了此残生，便也罢了。须臾六月之间，便有冷风飞沙，揭开混沌，天地瞬间遁形，只余人世。于是，窦娥看见的是嬉笑或者唏嘘的人群、凛凛的刀光；感受到的是沉重千斤的枷锁；无法把握的只是自己的躯体。她想要喊叫，人声鼎沸，淹没了她的声音；她想要哭泣，无数的目光如冰，凝结了她的泪水。她不知道何谓公平，至孝至性，至美至善，杂入苍黄的大地中间，亦不过是不和谐的一抹色彩而已。人世，本不会聆听如此单薄的声音；而天地，难道真的会为人生所打动？那么，还有什么值得留恋、值得敬畏？不如将天地人世都痛斥一番罢了："地也，你不分好歹何为地？天也，你错勘贤愚枉做天！"你看见她无数泪珠纷纷坠落，你看见她一生的泪水尽情流淌，而你的泪珠亦纷纷坠落，尽情流淌。然而你，看见她跪下，对监斩官说道："窦娥告监斩大人，有一事肯依窦娥，便死而无怨。"你心中猛地一惊，生怕她说出那些誓愿来，那些令真正的人生怅惘无奈的誓愿。然而窦娥毕竟说了，而浮云暗沉、悲风旋转，满腔热血，飞溅白练。你觉得到此处真是无以复加了，然而偏有那第四折，窦娥托梦父亲窦天章，窦天章访查执法，赛卢医也罢，张驴儿也罢，发配正刑，大快人心。于是，看客相视一笑，轻快散场。你一直想，如果只有三折，《窦娥冤》才是真正的悲剧吧！或者，也只有那前三折，才是真正的人生吧！

你看到天地苍茫，本难辨苍生众生。苍茫之间却有一袭白衣潇洒而来，渐行渐近，渐行渐大，遮却身后山水，原来人虽渺小，却也能瞬间精彩，光彩暂时遮蔽天地。你喜欢看他驻足远望。远处是连绵群山，群山之后是高悬之日，而长安，更在日色之后；而近处，黄河九曲，风声涛声，天色水色，隔开秦晋。你最喜听他在黄河边高声吟诵："雪浪拍长空，天际秋云卷；竹索缆浮桥，水上苍龙偃。"每每于此，你会矍然立起，并一时忘却自己所读何文，感觉这样的开头，后面可以藏百万甲兵、藏家国大业。然而你会莞尔而笑，马上忆起这只是《西厢》之开头罢了。你见到才高时乖、湖海飘零的张君瑞，如前生命定一般，走向普救寺。小小的一个普救寺，莺莺燕燕，春色满园。走进去之后，如同走进壶里乾坤，从此抛却仕途经济，让自己一段生命，暂时为情而痴，为情而狂。

你看见莺莺带着红娘，捻花而上，回眸而笑。顿时一寺之中，千朵万朵桃花刹那绽放，又有千朵万朵桃花刹那飘零。一时劫灰红尘、明明灭灭。你不敢逼视，你只能看着张生，而张生又看着莺莺。你只是看着张生目瞪口呆，便觉得心中五百年夙愿已了。有的时候，能够邂逅，便是不可思议之缘，便是圆满和合之时，而世人偏不愿意就此罢休，一定要想出无限法门，使得功成名就或是姻缘成就。

你虽摇头叹息，但满心愿意追随张生，多看莺莺几回，哪怕和他一起，暂时抛却兼济天下之志。你和张生，跌入普救寺中，寺门在身后缓缓关上，一切花开花落的幻象顿消。只剩万竹丛中，潇洒西厢一间，中有素桌只椅，烛光昏暗，张生的身影百无聊赖、长吁短叹、捣枕槌床，总无法跳脱昏暗的墙面。日间的一切，明亮然而恍惚；而夜色暗沉，似乎是最为真实的色彩。你们追随的女子，似乎很近，只在厢房之外、千竿翠竹之外、粉墙之外，其实很远，远隔此生。你和张生，各自沉吟，想着自己的心事。

　窗外夜色沉沉，庭院寂寂，很长时间里面，只有黑暗；而沉吟至某一瞬间，一切若有若无的声音，如桌上那盏乍昏乍暗的烛火，突然爆出明亮的花蕊，散作满天星辰、漫天流萤，并且越来越明亮、越来越清脆。你们听见，万片竹叶萧萧，理不清点点片片的风声；你们听见，檐前铁马铮铮，漫不经心敲打长夜；你们听见，更漏之声催人，点点滴滴无处可避；你们听见，风送梵钟，庄严如在云端；你们听见，捣衣之声遥遥，捶打人生平常日月。原来暗夜亦如此鲜明、如此丰富。突然，热闹夜色之中，一丝如银如线的声音摇曳而来，所有的风声、钟声、更漏声、捣衣声如曲终收拨，当心一画，戛然而止。你们听到的声音似断似连，似有似无；亲切熟悉，却远隔天壤。你们凝神倾听、怦然心动——那仿佛是被濯濯月光照亮的环佩步摇之声，被纤纤素手温暖的牙尺剪刀之声，被轻轻气息吹送的吟诗抒怀之声。就这么一忽儿惆怅，一忽儿欣喜；一忽儿沉寂，一忽儿热闹；一忽儿志得，一忽儿绝望；一忽儿痴迷，一忽儿顿悟。直至东方渐白，远远的更声催落一天银河，化作零雨其蒙，淅淅沥沥，尽数跌落芭蕉竹林深处，你们才心智清醒，而一见红日，心中顿生无限希望，又重新疯魔。

　　到了白天，你看到张生理衫整帽，对着日影来回顾盼，你不由得微笑。张生将要出门，目光却邂逅到斜斜靠墙豆青色的琴囊，此时有旧旧的阳光渡过修长的琴身。张生止住脚步，若有所思，他慢慢踱过去，解开带子，小心地将琴取出。是一张仲尼式样的古琴，黑漆深沉，暗金色的徽位闪烁微光，连带着千丝万缕豆青色的琴穗，数不清理还乱地追随阳光，洒落下来。张生长叹一声，索性坐下身来，音也未曾调，似凝神似随意地拨动散音，声声点点，都好像要融化到寂静里面去了，又好像是寂静的春天里面漫天春雨。终于，让人无可奈何的吟揉响起来了，手指在琴弦上面凝滞、流连、跳动、寂灭，似欲倾诉，却不成曲调。最后中指与食指奏出一声撮声，有如钟声、风声、松声……正当此时，不远处寺院钟声响起，于是单薄的相思之音，被佛寺彻悟之浑厚钟声暂时掩盖，然而你知道，古琴的声音是无穷无尽的，只要你一直在聆听，她就一直在空气的最深处，或者在你心里的最深处。如果有哪一天，弹琴之人消逝，听琴之人消逝，琴声消逝，所有的一往情深，都消逝在天地之中，而天地便会为此日渐苍老，须臾，盛满珠泪的沧海，终会幻化成一杯冰冷的春露！

　　张生弹罢一曲，立起。日色已经由旧旧的色泽，变成无边的明亮。张生就在这无边的明亮之中，向着佛殿而去。只余暗黄的书箱，静静撇在床边。而出世空间之中，明明灭灭的香火缭绕纠缠，似无数爱恨贪嗔，欲散何曾散，云空未必空，盈满一殿，不分不明。你立于西厢，痴痴作想。想着张生与莺莺的邂逅，想着他们隔墙酬唱、听琴解琴；想着张生狂草，一封书信退却敌兵；想着他们有情有爱，却如远隔天涯。你想，真正的人生正是如此，美好只是瞬间，美好之后，便是无尽的等待或者虚空，如春日漫天的飞絮，如一川烟草，如梅子黄时雨，似有却空。你想着他们度过那些美好的瞬间，最终分别在十里长亭，而人生终是分别罢了。那时有淡烟暮霭，隔断青山疏林。那时四围山色中，一鞭残照里，遍人间烦恼填胸臆。你想，就是这样吧，人生终须承受分别；就是这样吧，瞬间的美好，亦当得永恒。真实的人世间，张生与莺莺，应该就此别过；就如同元稹，本也是始乱终弃；然而杂剧不然，偏会有第五本圆满收场。张生与莺莺皇帝赐婚，状元夫妻。圆满之余，又有《锦上花》唱曰："朝中宰相贤，天下庶民富；万里河清，五谷成熟；户户安居，处处乐土；凤凰来仪，麒麟屡出。"原来世间只是如此，何来愁苦？于是人群散去，无法警醒，亦不用珍惜，继续迷失于世间。

你踱出西厢，却跌落自己的书房。手里一直拿着的，只是自己的《花舫缘》新作，想到好友孟称舜，他远在山阴，却与你声气相通。真正的朋友，正是如切如磋，如琢如磨。《花舫缘》，虽则是一时心有所动，一笔写就，其实早有宿缘。宿缘就是孟称舜之《花前一笑》；宿缘就是无数经眼之杂剧传奇；宿缘就是你无限疑惑之圆满结局：不论是《窦娥冤》，还是《西厢记》，甚至竟是《牡丹亭》！你看着《花舫缘》，不觉微笑。孟称舜为唐寅故事重写《花前一笑》，写下合他心意的爱情，他易婢为养女，易奴为佣，希望历尽一些小波折，最后成就大姻缘。似乎这样方不失才子佳人之体，方为门当户对之婚姻。而天下事岂尽如此？人生需要历经真正波折，即便历经真正波折，亦未必尽是如意结局，看天下熙熙而来、攘攘而往，热闹美满一时，其实殊途同归，归于大化。你还原唐寅与慯来的爱情，让他们身份依旧，为奴为婢，这样的爱情才能感人至深。然而此虽更能风世劝世，亦非彻悟。所以你改写《西厢记》，把郑恒触树身亡、状元夫妻团圆的结局，改为真正的悲剧，真正的离别。否则王实甫之《西厢记》，前四场如此唯美，观者随张生莺莺辗转反侧，被载着无限之愁的大小车儿碾在心上，留下深深浅浅血色痕印；到了最后一场，却圆满轻快，如华车疾驰而过，卷起俗世风尘，很快消散于碧空，这不是真正的了局，戏曲中不是，生活中亦不是。你要抒发一己之见。众人争论纷纷，着眼点只在文辞或者曲律。汤海若先生重文辞，轻曲律；沈璟则重曲律，轻文辞。是否合则两美，分则两伤？你觉得文辞和曲律固然重要，然而杂剧传奇之全部，只是二者？难道无别处可以着眼？你有千言万语呼之欲出，但由于几日劳累，无法心定神定，再度神游。正如刘勰所言："寂然凝虑、思接千载；悄焉动容，视通万里。"你喜欢创作或者神游时那种澡雪精神，凝神聚气，似佛家面壁、道家坐忘；思想思绪思念思虑，化作无尽文字，如一江春水，从天上流入人间；见到这些文字，会有一种错觉，仿佛不是出于己手己心，你会大欢喜、大惊喜，又会如剖腹掏心一般，嗒然若丧。觉得自己的整个身躯，竟如庄子笔下名为"卮"之酒器，常满常空，倾倒无定。此刻，你已若无所思，难有所思了。这一次心斋坐忘，虽则只是几日，感觉却如十年百年千年，不但度过自己的人生，亦度过许许多多的人生。于是，你想着回到人间，去和妻儿说说话，或者让他们帮你修剪一下园中的枝条，在园中看春条蔓发，春山遥遥。如若母亲醒来，亦可扶她至园中小坐，接接天地之气。

你走出家门，门外即是小院。似乎声气相通，楣君与儿子大丙已经坐于院中。大丙还没有脱去棉袄，鼓鼓囊囊地团坐着，小脸亦圆嘟嘟的，眉目如画，正似观音身边的童子一般。你不禁过去，一把抱住，撑过头顶，让他在春天的天空下面，好好转了几圈，连他的笑声都旋转起来。你把大丙放下，他还紧紧抱着你，期待下一次的奋翅而飞。你笑着看他："大丙，你五岁了，该认字了，想认字吗？"大丙连连点头："想！我还想作诗呢！""哦？你还不曾写字，就要作诗？那好，你看春色如许，你可能吟诗一首？"大丙歪头，狡黠地看你，一字一顿念道："红豆生南国，春来发几枝。愿君多采撷，此物最相思。"原来竟是模仿你平日读诗的语气姿态，形神皆似。你莞尔而笑，似乎几日来的劳累伤神，一扫而空。是啊，卓氏自迁徙至塘栖，前六世隐姓埋名、默默无闻，第七世恢复卓姓后，代有才人。伯祖父卓明卿，结交王士贞、汪道昆，以诗名世，以游为业，烟波一艇，渡遍江南；伯父卓尔康，潜心经学，并通兵书，有大胸襟，下第之时，尚访黄淮河之水道，作《河渠议》七篇；父亲卓发之，诗文俱佳，为文自出手眼，独抒性情。融会佛儒，学古融今。萧萧散散，如神仙中人。然而，卓氏家族，总是困于科举。你发奋教授堂弟方水和辛彝，不知你们三人，何时能得取功名。如今大丙虽未开蒙，亦已灵气逼人。你想，终有一日，卓氏会从科举一途脱颖而出吧。你在春日端详大丙，无限希望，油然而生。你把他抱起来，孩子暖暖的气息，扑满怀抱。你随口问大丙："大丙，早春之时，何景最佳？"大丙脱口而言："柳叶！""为何？""绿！"回答简单直白，正合你心，你接着问："柳叶好似何物？"大丙想想，说道："明眸！""好！"你击掌欢喜。是啊，春天，无数自然之眼都睁开了，天地都亮丽起来；而俗世中人之耳目口鼻心神，亦被洗清洗净洗明洗亮。原来想要做的许多事情，与这春色一比，都黯淡下去，无须理会了。"大丙，过几日带你去爬超山可好？"楣君一直在旁微笑，你回头望她："你也去？最近一段时间我如面壁一般，如今出关，大家赏春？"楣君点头，大丙则从你膝上雀跃而下，满园飞跑，向小花小草宣布喜讯……

第 六 章

栖　　里

不想第二日，竟下起绵绵复复的小雨来。你早上蒙眬睁
开眼睛，很习惯地朝屋顶的明瓦望去。明瓦黯淡，透出灰蓝
色的光。你知道，整个栖里，又浸透在阴天或者雨天之中了。
此念闪过，东南西北、东南西南、东北西北，满天满地，就到
处是隐隐约约的雨丝随风之声了。你拥紧被子，不想起身。
整个屋子流动着暗暗的色调，被子上楣君绣的暗黄色的凤凰
与桃红色的花却异常鲜艳。这样的对比，让你又忆起苏轼
的句子："半壕春水一城花，烟雨暗千家。"你沉吟末句："烟
雨暗千家！烟雨暗千家！"突然有大丙的声音遥遥从下面传
来："父亲好不容易要带我们出去玩，可恼这天，偏生下起雨
来！"你暗笑，索性揭被而起，随意装束，也不漱洗，就下楼
去了。楣君正在厢房陪母亲，一边缝补衣衫；大丙拿着毛笔，
横竖涂鸦。楣君一见你，就起身要去灶间端粥，你朝她摆摆

手："楣君，把我和大丙的雨屐取来，把雨具取来！"楣君略有些吃惊，但未问什么，转身就去了。你对大丙说："大丙，赏春并非只有晴时，雨时亦可！"

大丙随你欢天喜地出门了，他的雨屐太大，每一举步，就有小小的水花，闪烁开来。到底是小孩子，他很快就沉浸在甩水的乐趣之中，在前面如水鸟般高低俯仰，忘记自己是出来赏春的了。你跟在后面，笑了。栖里需要雨具的地方并不多，很快就进入市河边人家密布之处，沿河的建筑都是过街楼，于是到处是廊檐，廊檐靠河处为绵延的长椅，有一个很好听的名字——美人靠。坐在美人靠上探出头去，就觉得廊檐层层叠叠、曲曲折折，竟似没有尽头一般；而深宅大院中，有无穷无尽的里与弄；有嶙嶙峋峋的瓦，瓦上是蔓蔓延延的草，一概沉浸在明明暗暗的春雨之中。整个栖里，如写意山水一般，天地只如宣纸，任深深浅浅墨色穿行。没有水踩的地方，大丙就不欢喜了，他已跑得老远，回头大声呼唤："父亲，我们到远点的地方去吧！"看着大丙，一边跑，还要扛着与身形不相称的油纸大伞，你竟有些后悔了，何必带伞！如苏轼般一蓑烟雨任平生，岂不是好！正思至此，忽听有人呼唤："珂月兄！珂月兄！"循声见市河之中，有小船咿呀，船头立一人，却是好友江道暗。你拱手行礼，问道暗："数日不见，兄欲何往？"道暗笑言："难得一天春雨，行散不能尽兴，于是乘舟赏之，可否以此不急之务，邀珂月兄共往？"你不由得击掌称快，呼喊大丙："大丙！大丙！可愿坐船？"大丙眼快，早就飞奔回来，道暗拉住大丙的油纸伞，大丙轻轻一跃上船，你也随之登舟。于是栖里一切春雨春风春色春意，在眼前缓缓流动……

你和道暗立于船头，索性不撑伞，任细密的雨珠飘洒在发间、额头，大丙亦不撑伞，只是拿着大伞作桨，一下一下划着，看水分分合合，许久你们都不说话。只是隔着春天，打量家乡。好像熟悉，又好像陌生。船很快划出市河，眼前一片开阔，是运河主干道了。碧天长桥，隐约于水汽之中，似乎分外遥远，在这萧萧天地之中，又分外肃穆。船渐近长桥，长桥上的石缝里面，生长着簇簇石榴，此时尚未随春雨蘸上点点细叶，只有一两个干枯的石榴，高悬在桥侧，默然看过往船只。大丙站起来，把伞柄向上，去够那石榴，并欢喜地喊："父亲，我要钩下那石榴！"你和道暗在旁微笑。你不由得想，原来伞有这许多用处，也只有孩子活泼泼天性，才有这无限灵动。船过长桥，忽然有庄严钟声，慢慢掠过来。桥西一带，杏黄色的围墙，成为暗色天地里面最为鲜明之处。你不由得心有所动："是大善寺了！唵嚧法师好久未来说法了。"道暗说："是啊，同社亦好久未集社了。对了，珂月兄近日可曾得见野君？""野君？前日曾来半月斋，行色匆匆，不告而别。这几日家事繁忙，未曾前去雁楼寻访。"说话间，一大片云烟雾气、淡淡绿意，直扑入眼睛，那些初生初长的色泽，却是由铁打铜铸般的墨色树干撑展出去。你和道暗相视一笑，齐声招呼舟子："船家靠岸！去看无心柏！"有的时候，任是自己稔熟之故乡故景,却总也看它不够。正如这古柏,名为无心,却得多少文士骚客悉心看顾;正如这大善寺,从梁大同年间至今,又有多少里人乡贤,流连徘徊?你最喜大善寺中王伯谷题字,看那些匾额,"独树斋""翠云""碧澄""清秀""修身""安稳""栖云""善觉""远尘",看过去、读过去、在心中比画过去,你会觉得有一种安顿的感觉,又会觉得有一种与俗世疏离的感觉。大丙也随着你们仰头看大柏树,看那些匾额。他看来看去,只识得一个"云"字,但已是惊喜连连,得意非凡:"此处是云!此处亦为云!"他索性发挥起来:"难怪是个云字,好大一棵柏树,只如大片云烟遮着呢!"你不觉兴起,拉着大丙的手,带他认识"翠""碧""清""尘",大丙一个一个跟着念,声音亦是清脆无尘。你回头对道暗说:"不知为何,见到这样文字,眼中口中心中,总是勾留,总是不舍,从幼及长,未尝有一日割舍得下,真可谓文字之癖了。"道暗亦笑,"吾闻山阴张岱言:人无癖不可与交,以其无深情也;人无疵不可与交,以其无真气也!吾等痴迷文字,以文字消磨人生,此生足矣!"

　　从大善寺南望,又是一带庄严佛土,轻烟缭绕处,正是资庆禅院之地藏香火。这一片土地是栖里之净界,寺前是流水不尽如因果轮回,寺边是繁华市廛待接引人生。如果再心驰神游,则能遥见天目连绵,接引天地之气,孕育如灵蛇之水,蜿蜒而下。西注则为运道,东折则为武林,东北则为五林桥、为前溪苕郡。迂回环绕,至于栖里。而如今,无尽运河春水，映早春蒙茸之绿，从寺前缓缓流过，让人沉醉伫立。片刻沉静之后，道暗忽然说："募修大善寺、资庆禅院，君家数代，可谓功德无量啊！""是啊，隆庆初先祖即已募金修葺大善寺，伯祖父卓君澄甫，迁山门而广三楹，复益大雄殿文殊、普贤二像，撰《重修大善寺碑记》。余犹记其登大善寺诗曰：'青山今日酒，黄菊故年英。'今日故年，虽知时光如逝，变化须臾，仍致力栖里事功。儒家兼济，佛家度人，实殊途同归。"你言及此处，忽然想起父亲，父亲在金陵过着居士生活，隐居山林，然亦不废科举。看来儒道释三者，本非对立；若要人生完整，竟是缺一不可呢。

父亲、父亲。他此刻是否亦在早春之中感受漫山清气？也许不会，金陵寒气，甚于栖里，花草应迟些萌发，你不由得遥想起清凉山中春色来。道暗真乃知己，他望着你，问道："端午金陵之文会，珂月兄可欲前往？届时亦可父子相聚了。"是啊，父亲去冬就传书邀请，你收到信直摇头微笑，父亲总是写信与你商榷遥不可及之事，故那信札你随意搁置于书箧之中，不曾回复。你觉得，未来的日子原本是混沌一片、无始无终的，然而一旦有了许多约定和打算，一切都变得清晰和急迫起来。父亲的信札，你只读了一遍，而那个日子，就再也无法忘却了。有的时候，感觉每一天就如河水流淌，而你身不由己，跟随着流淌向那个时辰、那个方向，看来这数月是得安排一下栖里的家事，该去金陵探望父亲了。想到此，你感觉有些许兴奋，又有些许不安。这次去见父亲，可以把《花舫缘》和近日诗作带去请父亲指正。父亲的文字，是你奉为神明的，很长时间以来，你一直自觉或者不自觉地追随于他；然而，和父亲的相聚又是如此难得，直让人如怨如慕，恍然自失。道暗忽然叹了一口气："珂月兄，金陵毕竟人杰地灵，文社兴盛，栖里弹丸之地，无法比肩啊！"你收回思绪，说道："是啊，岂但栖里，吾浙文社，均无法与金陵抗衡。""珂月兄何不草檄一书，号召吾浙文人，以壮我声势？"你笑了："甚善，吾虽不敏，请尝试之。来日栖里同社聚会，且听我振臂一呼！"这时听得大丙呼唤："父亲！道暗叔叔！上船吧，我还想再去探春呢！"你们相视而笑，竟然把小友给忘了，于是齐声说："来了！来了！"

重新上船，小舟撑远。长桥处陷入一片迷蒙，迷蒙的水汽、迷蒙的新绿、迷蒙的钟声。你不由得对道暗说："回望出世间，更令人无法排解。小弟总觉得，每每至大善寺或资庆禅院，见翠柏如盖，幡影缠绵，紫雾撩拨人心，钟响怦然心动，日影暗移，花开花落。又有善男信女，对天对佛发尽今生心愿，竟使人更难割舍今生。"道暗笑曰："珂月兄说得极是，难怪张生莺莺，要在普救寺中成就姻缘了。"

舟子默然听你们交谈，似乎亦有所感，也在此写意春日写意放舟，小舟竟然掉头，重新折向东行，渐近长桥时，有运河支流南北流淌，只见顺德桥、圆满桥在两边遥遥相对。长篙一点，舟随心动，竟向南边圆满桥下渡过。大丙不由得叫道："父亲，这里好荒凉啊！"你说："大丙，不是荒凉，是幽深。"只见流水一湾,板桥横渡,弥望桑荫,遥山数叠。大丙感觉荒凉,是因为人烟渐无,只余野地桑林,其间还有无主乱坟。纵使早春时节,也已是荆棘遍地的感觉。"大丙,其实这才是真正的自然。当年长安失陷,杜甫在长安春日,吟咏徘徊,吟诗道'国破山河在'。"大丙忙抢着说:"城春草木深!""对啊,你可知何谓城春草木深?无人之处,草木无拘无束,恣肆生长,这才是真正的自然!""父亲,爷爷在金陵的清凉山,是否也是如此呢?""是啊,那里更加幽深了,真正的无人之境。"你回答缓慢,若有所思。大丙望着岸边的荒茔,说话的声音都小了起来:"那我可不敢去了!父亲,人为何会死?""有生即有死,天地本是生生不息。""那人死后如何呢?"道暗忙安慰大丙:"方死方生,大丙不必担心。"又转向你说,"珂月兄,大丙尚小,不宜与他谈论生死。"然而大丙一发不能排解,他甚为担忧地说:"父亲,我们一直在一起可好?你不要死可好?母亲也不要死,祖母也不要死!"你把大丙搂入怀中:"大丙,我们会尽力陪伴你,但不能永远陪伴你。""我不要!"你笑了:"大丙,父亲若离你而去,定将所有文字赠予你,你读父亲文字,如同有父亲相伴,可好?"大丙点点头,泪水竟然要掉下来了。"大丙,不可哭泣!到那时,父亲文集赖你编定,倘你终日啼哭,父亲纵死,也无法安生呢。"道暗突然拉拉你的衣袖,向你摇手,让你不要再说。舟子亦在船头说:"都是我不好,不该到此荒凉野地,我们就此转回?"你说:"无妨,生死与花开花落、月圆月缺一般,乃最自然之事,无须避讳。船家,继续前行即可。"

小舟若有所思,散漫前行。一时大丙、道暗和你,都不说话。你心中忽然一动,急回头看时,圆满桥已远,圆满桥之西,余一片烟绿,遮掩零落楼阁,似有无限生机与春意,然而春意之中,那些隐约的屋檐墙垣,就如不分明的惆怅般,一直凝结在那里。那片土地其实是属于父亲的,父亲当年曾在那儿读书。每每到圆满桥,你都会看着另外一边草野荒凉之处,希望船就这么轻轻地渡过去、渡过去,把一段岁月如水、如烟般化去,了无痕迹。你不想去看,然而你又不能不看。每每船即将东转至彭家桥,每每将要望不见,你就会回头。就像今天,一直在和大丙、道暗交谈,好像可以掠过去、略过去了,然而如鬼使神差一般,你还是要回头,还是会望见。望见的时候,你就会见到他,如此年少飞扬,让人虽知生死最是自然之事,却仍旧会生出无端奢望。你会讶异,每天都这么神采飞扬,朗朗吟诵。今天如此,明天如此,后天依旧如此,日复一日……人难道真的会老吗?人是在哪一时刻变老的呢?然而岁月终究如同巨浪漩涡,会让任何人身不由己。你看到他春日清晨以水泼面,无数清冷射向脸颊,在瞬间的寒冷之后,是爽朗的笑声。水珠散去,只觉新修眉宇,照亮青春。你看到他凝神读书,一边随手在案上摸索,将饼送入口内,有时饼在墨汁中带过,于是墨香满口,亦痴痴不觉;你看到他击案而起,无限欣喜、无限慷慨。你看到他疾走至中庭,情不能自抑,对天长啸,竟欲随时变化飞翔,与天地精神相往来。有时你觉得他就是你，你就是他。你们本是一体，息息相通，惺惺相惜。然而他终究走了，他没有飞翔于九万里之高空，只是艰难穿行于人间。家乡似乎难以回归，科考终究屡试不第。待要济世，无枝可依；待觅真情，空对病妻；待要归隐，无钱买山；待要成佛，凡俗未了。于是客居金陵，年华渐老。难道就是这样吗，他的人生，难道就是这样吗？那么，你的人生？难道就是这样吗？有的时候，你觉得岁月悠悠，似乎有许多事情等待自己；有的时候，你却觉得人生如梦，甚至如梦魇一般。你不敢想象，如果人生戛然而止，你会如何对待死亡。难道人生的滋味真如李义山所云，只是一杯春露冷如冰吗？你喃喃说："一杯春露冷如冰……"道暗听得，突然拉住你的手，说："同社好久未聚了，今日拉上野君，痛饮如何？"

舟子在前面自言自语："雨又落大了。立春之日雨淋淋，阴阴湿湿到清明。"顿时见无数透明的水花在灰色的水中绽放开来，如琉璃灯笼一般。有了雨声，就无须说话了。你和道暗凝神看大丙，大丙则用伞尖去挑起那剔透的水花，而水花一路盛开，甚是热闹。小舟向南，复向东。过了水南庙，顿时开阔起来，是横潭了。此时横潭之水与天上之水，难分彼此，荡漾于天地之间，小舟亦如一须芥草般荡漾、荡漾……近芳杜洲时，道暗说："大丙饿否？回去吃饭吧！珂月兄，我送你们回去，晚上若能得野君、方回讯息，我们择地再聚，我来做东！"话音刚落，竟见大丙歪头靠于船舷，瞬间睡熟，只是小手仍紧拽着伞,伞尖在水面拉拽出一道小小的若有若无的波痕。你和道暗相视一笑,你想,孩子真是无忧无虑、无心无肝。玩累即睡,睡醒继续玩耍。船渐靠岸,你轻轻抱起大丙,缓步踏上河埠。你回头,道暗朝你轻轻挥手,你轻轻点头。你抱着大丙,穿行在廊檐之下,大丙小手和脑袋搭在你肩上,是一种完全放心的托付,是一种沉沉的温暖。你突然想,如果永远不去点醒孩子就好了,就这么天真烂漫岂不好?可惜大丙已经不小了,该开蒙了,而识字之后,所有的忧患便会纷至沓来。

你回到家,把大丙放在榻上,盖上浅紫碎花的小被。孩子睡着的时候很恬美,会有小小的呼噜,伴着热热的、心满意足的气息,一时之间,好像无数神佛菩萨都在佑护着他似的。你看到楣君站在边上,注视着你。那种注视亦如气息般拂过你的脸,你会意,轻轻和楣君一起走到厅堂。楣君取出一封信,淡淡地说:"公公有书信寄来。"你接过书信,慢慢展开。不知为何,你每次接到父亲的信,心中都会既欢喜,又担忧,然而却总做出不经意的样子。拿着信纸,平静地去看,其实却不敢卒读。你看信的时候,母亲悄然走来,楣君也静静站在一边。她们如你一般,不经意地站着,但又似乎在等待什么。读父亲的信,你一般先从头至尾扫视一下,如若其中无"病"字、"灾"字,你才会定神缓缓再看。而你的神情先是若无其事,接着略微紧张,然后渐渐放松,最后微笑,笑得竟如大丙一般恬美。你将信纸珍重地折叠起来,走过去将母亲扶着坐下，对母亲说："父亲大人一切安好，请母亲放心！"你故意停顿了一下，然后一字一句很清楚地说，"父亲说，五月让我去金陵一聚，他的祓园已基本落成，我先去看一下。他还邀请了野君。过些时日，他说希望全家都能迁至金陵。"你在说"全家"的时候，特意加重了语气，沉甸甸的感觉。母亲和楣君都望着你，你也看着她们，瞬间大家都没有说话，似有千头万绪，千般思量，千言万语，一时却只能沉默……

仿佛是过了很久，又仿佛只是须臾。楣君轻轻说："饿了吧，我先把午饭备好。今天我们吃荠菜的馄饨呢，我在园子里面挑的荠菜，水嫩水嫩的，大家尝尝鲜。"楣君离开，藕色的裙拂过，带着一种清冷的感觉。你望着母亲，母亲转头望着中堂的画幅。那是父亲画的山水，衬在暗沉的壁板上，显得特别邈远。你小的时候，经常会追随那些似隐似现的路径而去，小心走过两笔枯焦的独木桥，是几团山石荦确，有随意的撇捺勾出枯草，隐住路径，然后是漫天飞点沾水的墨色，氤氲出瀑布跌落。迂回到瀑布之后，便是一片空蒙的云气，遥遥云气之中，在画面的高处，有淡淡的墨痕与几缕墨线，勾勒出杳远的佛寺。整幅画面，只有独木桥边的梅花鹿最是生动，仰望瀑布，眼神温暖。你试图追随那些路径，想象自己会去哪里，想象父亲会去哪里，但总是想不分明……如今母亲出神望着画，你也不觉望着画，再次试图走进去。这个时候，你听到母亲说："你父亲那里，我是一定会去的。

但是……"你望着母亲,她淡淡说:"但是,你父亲六次科举不第,你也是五次落举了,我一直希望在你们功成名就之日,全家团聚。"你不敢再看母亲,重新让自己注视画面,目光落下、落下,一直落到瀑布的尽头,到了尽头,你轻轻叹气,说:"母亲,其实……好的,孩儿一定不辜负母亲大人的期望!"这时,你们听到楣君在门外说:"母亲,珂月,晏饭好了,大丙也醒了,一家人热热地吃了吧!"你搀扶着母亲,在八仙桌旁坐下。母亲、你、楣君、大丙,正好四个人,坐定四方。窗外雨仍未止,浅灰而湿的光亮,屋内映着橘色柔和的烛光,烛光里面是袅袅缕缕的热气。一时之间,竟很圆满的感觉。你快快地吃完荠菜馄饨,并未品出这春日的鲜美。你站起,勉强笑了一下,向母亲拱手说:"母亲,孩儿去书房看书了。"

你来到书房,望着自己半月形的砚台、半月形的笔山、半月形的案几,想起自己的名字人月,父亲当年向长耳和尚乞子,生下自己,等自己长大一些了,因为佛经中称颂如来有"永作人中月"之语,为自己取名人月。你不知道这样的人生开端有怎样的意味,是悲是欣,是美满是残缺?感觉昊天之中一直有光华淡淡笼罩着自己,然而却不分明;你觉得自己也会发出淡淡的光华,然而终究又能照亮几人?甚至都不能照亮自己。你的人生,似乎和遥远的父亲息息相关,然而却又难以终日相聚,团团圞圞。你不知道母亲怎么想,或者你其实知道母亲怎么想,你只是不敢去想母亲怎么想。母亲很纯粹,她出身栖里名门,她深爱父亲,希望他有所成就。她一直在等待、等待，等待父亲以某种方式归来。然而父亲终究带着高霞走得远远的，他的信中也终究没有母亲希冀的只言片语。父亲要把母亲接到清凉山中去，接到一个叫作祴园的地方去，你如今静下心来为母亲想，她确实不会去。而楣君，她就是从栖里之南的丁河，缓缓坐船嫁来的。她深恋的，只是栖里，只是你，只是大丙，只是这个小小的家。你曾经和她出游过金陵一次，一路之上，在她看来，都是风涛险恶。那么你呢，也就只能等待，也就只能一人奔波于路途，奔波于流年似水。你猛然想到，过了春天，四月十二将至，那是你的生日。在你之前四日，是释迦牟尼的生日；在你之后二日，是吕纯阳的生日。而佛也罢、道也罢，和你有关系吗？没有关系吗？你的生日，你的三十岁（卓人月计算的为虚岁，实岁二十九岁），有意义吗？因为你不过是一个奔波的凡人罢了，前路漫漫，亦可能前路并不漫漫。你提笔在纸上，书写的时候，所有的风尘似乎从远道吹来，夹杂着昏黄色，然而有几分苍凉，亦有几分慷慨。你写道："男儿三十不得志，慷慨历落空尔为。头颅如许爪牙缩，独弹宝剑声差差。云中双轮太驰骤，谁举金梕而系之。三十以前之岁行已失，谓我得岁何相欺。"你摇头嗟叹，继续写道，"我父去此一千里，我母在床疾已久。不富不贵，我母不怡。不圣不贤，我父不受。"写的时候，你的心不再如以前那般刺痛酸痛，而是一种沉沉钝钝的感觉。

你的诗墨色淋漓，你把它放于竹篋之中，你看到竹篋的色泽越来越昏暗，从当年的青翠变成如今的苍黄，而文稿亦渐渐满溢出来。层层叠叠的都是字，字覆于字，字叠于字。密密麻麻的，都是过往的每一瞬间，每一次心潮起伏、每一次黯然神伤、每一次欲言又止、每一次欲罢不能……有的时候，你读自己的文字，竟如同读他人的文字一般。而逝去的那些空间里面的自己，似乎也不是自己了。你想到苏轼，一生之至乐，即在于执笔为文之时。心中错综复杂之情思，皆可以笔畅达之。你喜欢此言，一直念诵此言。有的时候，你觉得功名也罢，求仙也罢，都是虚无缥缈之事，而可以把握的，只是文字。然而你深知文字最易消逝，纵使文字容易消逝，起码它在自己的人生中，曾经陪伴过自己。而百年之后、千年之后，又有谁会翻动你的诗文而怦然心动呢？你想起百年之后、千年之后，突然心有所念，于是起身，去箱中取出一沓厚厚的文稿，你摩挲文稿上的每一个字，那文稿的首页上，写着"古今词统"四个大字，那是野君的行书，书稿中是你誊抄得密密匝匝的小字，小字虽然娟秀，但很有神采，如镌刻在纸上一般。你莞尔而笑，自己的诗歌纵使不能传世，自己的赋是否能够传世，自己的传奇是否能够传世？和野君合辑的《古今词统》是否能传世？

　　你想到那些日日月月，你和野君或于半月斋，或于雁楼。那时候，所有的案几皆看不见了，桌上、地上满满的是各种文集、词集。你们在书中踱来踱去。随随便便就踱过隋唐；踱过后唐、后晋、南唐、前蜀、后蜀；踱过北宋、南宋；踱过金、元；然后来到当下。你喜欢看烛光涤荡过昏黄的页卷，照亮青色的书面。你和野君，见到无数个过往的他或者她，见到他们在文字之中，邈远而执着地望着你们。你们喜欢词，词只消执卷浏览，就会有旋律慢慢轻轻溢出纸面，细细微微如尘埃一般，悄悄静静。然而当有炽热之目光与之邂逅，就会发出空灵的声与光。就像日光突然明亮，于是世间全部之尘埃都被照得透亮。于是你们清清楚楚望见了他们，听见了他们，触摸到了他们。而你们，是照亮他们灵魂的人吗？抑或是你们的灵魂，被他们的灵魂照亮？你很自然想起了汤海若的至情说："情不知所起，一往而深。生者可以死，死可以生。生而不可与死，死而不能复生者，皆非情之所至也。"其实那情原非只是儿女之情，原是世上一切之热爱。正如你，虽则是科举屡次不第，但你深爱文字，深爱自己的文字，深爱所有美好的文字。在你之前，无数过客；在你之后，无数来者。你们的文字穿越生死，你们的至情穿越生死。于是所有的你、所有的过客、所有的来者，如同所有的尘埃一般，一旦开启那些文字的扉页，便照亮天地。

　　你就这么矛矛盾盾、缠绵往复地想着。有时候你会自怨自艾，有时候你竟会为着自己感动，感动之后亦会豪情万丈。正想之时，书斋的门被轻轻开启，道暗进来。你并没有回头。你在这书斋中，熟知每个人开门的声音，长短高下，都不一般；熟知每个人踱过来的脚步声。你熟知的那些人，就是栖里同社之人。你有的时候不敢去想，如果没有他们，生命将会如何？道暗总是会轻轻打开门，如古琴暗暗地一声吟揉，你甚至觉得，他在开门之前，已经在外面伫立片刻。好像就要提笔作诗了，就要抚琴一曲了，就要净手焚香了。他仿佛很沉静，但做好的却是满身心的准备。道暗过来，轻轻说："珂月，今晚绿雪堂一聚，杜鹃不知为何，竟提前开放如雪，半纮邀同社众人赏花饮酒。"你没有转头，继续聆听，"只是，遍寻野君不见，不知去往何方！"你心中一动，猛见自己手执的正是与野君合辑的《古今词统》，心中有一种隐隐的不安。道暗没有追问，照常坐于案几对面，随意翻看你的书或你的文。

下雨的日子，天地昏黄，一切色彩隐去，只有雨水如时间般，点点滴滴漫天洒下来，然后有无数声音坠落尘埃。你和道暗，各执一卷，在烛前默然闲看闲听。你有时抬头看道暗，竟会出神凝视，他脸庞清瘦，然而神态温暖。烛光流动的时候，会映照他的双眸，清亮照人。你看着他的眼睛，如同看见自己的眼睛；你看着他读书，如同看着自己读书。你想，栖里同社，十九人结为挚友，真好，也真令人惆怅。野君、道暗、辛彝、半纮、昭世……这些人、这些名字，直是同自己的生命融在一起，何尝一日不念及？然而又想起杜甫的诗"人生不相见，动如参与商。今夕复何夕，共此灯烛光。少壮能几时，鬓发各已苍。访旧半为鬼，惊呼热中肠。焉知二十载，重上君子堂"。二十年之后又如何？二十年之后同社中人各在何方？有几人能志得意满？纵使志得意满，岁月逝去，又待何解？此时，道暗看到会心之处，忽然淡淡而笑。笑容亦如眼神般，在烛光中瞬间映照，如此明亮，如此简单，如此安静，于是你的一切惆怅刹那化解。不知不觉中，你也笑了，于是低下头，继续低头看野君和你所编的《古今词统》。

整个身心沉入文字，如不打伞走在漫天斜飞的春雨中，清气渗透入肌肤毛发，淋漓尽致。不知不觉，窗外之雨渐渐停了，而暮色的昏黄也取代了原先雨色的昏黄。道暗似乎是在很遥远的地方提醒："珂月，想必人已齐聚，我们可去绿雪堂了。"于是，二人起身出门，门刚开时，大丙不知从何处蹿出来，想必他一直守在书房外之天井里："父亲，能否带我同去？"你有点犹豫，道暗即刻拉上大丙，言道："同去甚好！我们去看那初放的白杜鹃！"并对大丙、亦对你说："大丙，你长大了，对吧？就要开蒙识字了呢。"你心有所动，点头允诺。你看见大丙小脸绯红，连忙用手去摸，竟然滚烫炽热，再摸额头，未曾发热，看来纯是兴奋所致。你紧拉大丙的小手，感觉到孩子纯然的高兴，自己的心里亦激动起来，一时间仿佛当年自己拉着父亲的手，去参加他的聚会一般。

半纮的绿雪堂在月波桥之西，门洞不大，宅第亦不大，然而其中亦有叠石疏池，古松奇卉。园子虽小，周匝藤蔓缠绕，内中老树枝繁，望去却显得林茂宅深，隔绝俗世。栖里有许多这样规模不大的院落，门扉紧闭之时，只有花木透出消息，让过往之人费无限思量，若有机会进去，里面亦如壶里乾坤,错落有致,更让人费无限思量。门开之时,大丙"啊"的一声,只见满园树枝上挂着小小的纱灯,炳炳烺烺。沿石子甬路曲折前行数步,眼前即清凉小池,此时藕花全无,只有一些水金钱或浮或立,点点娟秀,倒也添些绿意,池中以石雕成莲瓣,渡人至绿雪堂前。绿雪堂前庭院之中,以石栏杆围一杜鹃,栏杆上周匝竟置龙凤大花烛,栏中杜鹃满树盛开,如落满雪片般的白蝴蝶,在红烛的映染之下,白色染成月色,闪闪烁烁,泼洒开去。你呆立花前,眼前繁繁复复,似无尽期。半纮已出来迎接:"珂月,道暗,堂中已备好酒,本想在花前畅饮,下了这一日的雨,故移至绿雪堂中。"道暗笑言:"半纮兄好情致,点起这大蜡烛来,只恐夜深花睡去,故烧高烛照红妆吧?"

大丙是不愿进屋了,小孩子就是如此,给他方寸之地,他可以玩出无尽兴致来。他把滴落的红色烛油,小心仿照那杜鹃的花瓣,在一方青石板上慢慢点染,竟如作画一般。你知道大丙的秉性,随他去耍,自己则和道暗一起,进绿雪堂去。堂正中放一张旧漆卷草纹大方桌,桌边两列乌木椅。绿雪堂的桌椅最是可人,好像特为同社聚会所设。方桌坐定可围十六人,而那椅,大可容二人,然而无论桌椅,均色彩暗沉,毫不张扬。堂上悬硕大二盏布灯,此亦为半纮别出心裁之处,灯罩为本色麻布所制,外面手绘大枝粉白杜鹃,里面是如春日华枝般的烛架,照得一室春意盎然。此时,半纮入内招呼茶水,吕躬三、徐仲和、沈大予坐于右侧,俞惠公、严子问诸人坐于左侧，你刚一进去，心中便生出无限欢喜。似乎一天之阴晴不定，至此竟化为云淡风轻。于是向诸人拱手问候，竟开起玩笑来："吕兄、徐兄、沈兄，栖里高姓，竟聚一堂啊！"仲和不由得微笑："万姓皆备，只缺你卓氏了。"你环顾一周，同社中人到了八九位，不知为何，遍寻不见野君。道暗看着你，不觉微笑："卓兄，是否寻觅野君？一日不见，如三秋兮？"你忙摆手落座，"哪里哪里"，心中却着实不安。

　　须臾半纮出来，身后小丫头端茶出来，你忙接过。此时清明未至，新茶亦未出。然而那青瓷杯中颜色却甚是好看。有丝丝缕缕暗金色的陈皮、浮浮沉沉碧青色的烘豆，细细点点的野芝麻，自然还有圆圆润润暗绿色的茶叶，你正看时，仲和笑言："半纮真是好心思，这些茶叶、烘豆竟收藏得如此之好，竟如时令鲜货一般。"半纮微笑："也没有什么，只是密藏于石灰鬶中罢了。难得聚会，新茶未出，若单品茶叶，索然无味，索性以咸茶代之。这咸茶，是乡中打茶会时必备的，今日不妨俗为雅用。"你端杯细品：那青豆，是用文火慢慢烘干的；野芝麻，是用盐细细炒过的；陈皮，亦是用蜜糖精心腌渍的。一时青豆之鲜、茶之醇、芝麻之香，和着淡淡的咸味，融在一起。你最爱栖里的这些色彩、味道，不由得赞叹："吃遍南北，还是家乡风味最佳。"半纮颇有兴致："今日，我确是安排了一些栖里家常小菜，不过吃个亲切新鲜。野君、辛彝想是不来了，方回亦不在，我们便吃起来如何？"

　　两个小丫头便张罗起来，一会儿就碟儿果儿摆满了大桌，醉红酥绿，颜色甚是好看。同社中人纷纷落座，你连忙出去唤大丙，见他欢天喜地进来，紧挨着你坐下，眼睛便东张西望，抑制不住地兴奋，你亦被感染，呵呵笑道："小孩子到底不懂掖着藏着，想吃直是想吃，不比吾辈，还要假意推脱一番，其实腹中早已辘辘。"半纮亦笑："正是正是，同社中人堪比自家兄弟，无须客套，直接下箸即可。"只听仲和却言道："不可不可，让小弟先饱看一回。"果然那菜，搭配得清爽宜人，把栖里的口味都罗列出来。红焖东坡肉、烂糊鳝丝、酥炸小鱼、粢毛肉圆、细沙羊尾、凉拌马兰头、田螺嵌肉，一律配上折枝花卉的瓷盆。中间一只大蓝花鱼盆，滚得雪白的鱼汤，配上雪菜笋丝。大丙爱吃甜软之食，夹了一个细沙羊尾，你不由得用手轻拦："烫！大丙慢食！"然后转向半纮笑道，"真是好心思，做这麻烦细致的菜。""是啊是啊，红儿用上好的红豆蒸得酥烂，淘澄数番，得这泥软的细沙，搓成圆子，外面裹上猪油，在文火中慢慢煎成金色，竟要大半天工夫才做得呢。"小丫头红儿立于一侧，着一件桃红的袄儿、青缎背心，微笑着瞥过一眼，眼神水清水灵，你不由得心中一动，似乎尘封已久的泛音又遥遥响起。你不敢多想，连忙招呼喝酒。酒是山阴黄酒，加上姜丝温过，热热地喝下去，心头烫烫的，眼前便只是同社中人，再无他想了。

大丙吃得飞快，且只拣喜爱之菜，须臾便溜下桌去，去堂外杜鹃树下捡拾花瓣，一点一滴，一点一滴，抛在水中。在烛火的照射下，花瓣如雪般慢慢散落，并荡漾开去；甚至如眼泪般，融化到暗暗的水中。你出去看了一会儿，只嘱咐他一句"大丙，离水远些"，便继续回去与同社中人喝酒闲谈。自然先是谈起半纨这棵从西川移来的白杜鹃，又称毛白杜鹃，映山白。半纨如照顾美人般朝夕相处，已有十余年。这花也不辜负人，每年开得雪般繁华，半纨亦将别业名为"绿雪堂"，久之竟成栖里一景，花时引无数士子前来求谒。半纨又是欢喜，又有些不舍，大有看杀卫玠之担忧，同社中人均取笑之，"半纨兄，花开花落，乃天机也，非俗人能预之也！""半纨兄，倒是你，尽日只管盯着花看，又生得风流俊俏，让此花含羞而谢。"半纨只顾憨笑点头。须臾话锋一转，大家开始商量同社春日起社之事。道暗道："今年这杜鹃早开，似催促春社，开社之文，自非珂月莫属。""岂敢岂敢！"你微笑，举杯敬向众人。你酒量不佳，大抵数杯即醉。今天也是如此，你数日劳累，至此时心中轻快，抛却一切，只管自己小酌，渐渐听不见半纨他们的言笑之声，似乎红儿轻轻过来，在你杯中斟酒。一抹桃红在眼前闪烁而过，须臾便飘然不见，你想追寻那似曾相识的色彩，回头却直接望见门外，你看见烛光无数，在黑暗中若有若无。你仿佛看见苏轼，他和你一样，酒量虽窄却意气飞扬。你听见他颔首言道："一杯即醉，和千杯才醉，其醉一也。"你在蒙眬醉意中，似乎看到他在密州，在一个遥远的地方，回忆遥远的往事。当时四处很暗、很清冷。有烛光若有若无，你听到所有的交谈声如潮水般退去，有风隐隐约约吹来，须臾越来越大，如从长林中穿越而来，好像很多年前眉山的松风，越来越低沉，越来越厚重。松风是天地的呼唤，这种呼唤会穿越草木、穿越人的身心，它随意回旋于茫茫宇宙之中，拉扯着人身不由己随着它，前后左右上下漂泊。于是，你和他看到遥远的往事，是一片迷离与旋转；你和他看到遥远的前路，亦是一片迷离与旋转。好久方才慢慢安定下来，突然一切都清晰起来，烛光、小窗、松树，以及不知何时出现的、遥在天际的月亮。而这清晰又是如此孤寂，你看到他喃喃吟道："十年生死两茫茫。不思量，自难忘。千里孤坟，无处话凄凉。纵使相逢应不识，尘满面，鬓如霜。夜来幽梦忽还乡。小轩窗，正梳妆。相顾无言，惟有泪千行，料得年年肠断处，明月夜，短松冈。"不知是他在吟，还是你在吟。最后只剩下那一句"十年生死两茫茫""十年生死两茫茫""十年生死两茫茫"不断回旋在茫茫宇宙之中。突然你的眼前亦清晰起来，仍然是轻盈的桃红，以及一杯青绿的茶。桃红、青绿、秋水、佩兰。你猛地握住那茶、那手，温暖而实在，很多年了，你的追忆是如此渺茫、如此清冷，而现在，终于温暖而实在，你不由得潸然泪下，你感觉那泪，亦温暖而实在。突然，你听到遥远而真实的呼唤："父亲，父亲！"你恍然惊醒，一切桃红青绿消失了，只有大丙的小手温暖地握着你的手，是大丙，叫醒了你。

酒阑人散，同社中人均要送你，你没有想到，大家亦未想到，大丙一直紧握着你的手，此时竟对众人清清楚楚地说："不劳众位叔伯，我的父亲，待我来送！"半纮、道暗均在旁颔首,直道:"好!真好!"你心中无限感怀,不知不觉中,脸上再次有温热的泪淌下,心中亦无限温暖。大丙还那么小,怎么会说出这样有担当的话来,感怀之余,你甚至生出无限欣喜,想立即把此语传书给远在金陵的父亲。于是,道暗在旁边若即若离,大丙则努力挽着你的手臂,你们走在高高下下的石板路上。近处是依人的小桥,远处传来桨橹之声。一切自然的色彩与人的情感,在夜间,均隐于无边的静谧之中。回到家中,大丙扶你上床,你拉住大丙的小手,把他带进温暖的被中,你和他相拥而睡,一夜无梦。清晨,你在一种温暖的气息中慢慢醒来,但一时尚不分明,似乎是大丙轻轻暖暖的气息,似乎是柔软明亮的日光,似乎是清香透热的晨炊,又似乎是轻轻呢喃的鸟鸣。你慢慢睁开眼睛,觉得一边的胳膊很沉很沉,有几分酸软。大丙还在尽着他的责任,纵使熟睡,也靠在你的身上,小手紧紧攥着你的胳膊。你轻轻抽出手起身,帮大丙掖紧被子。站起的一瞬间,你突然心中一动,原来,春天的阳光终于如期而至……

你不顾大丙正在酣睡之中,大声喊道:"大丙快起,我们去超山赏春!"楣君在门外应道:"天才放晴,就要出发,山径想必还湿滑吧?大丙,起来也好,赏春暂且不急,起来品春吧!"话音落了,果然一阵清香和着暖香,飘入房中。大丙其实已被叫醒,闻见此味,便翻来覆去,按捺不住。但又不舍一夜之温暖,将一床凤凰被拥得更紧些,睁开一只眼偷觑春天的明亮。原来楣君昨日见父子同眠,便未曾打扰,自去睡到母亲房中。早上第一丝天光放晴，楣君便起来，轻手轻脚到园中，饱饱呼吸了一番春天鲜绿色的空气；看看远处淡青色的超山，又看近处的小园，想着过些日子，便可点种，让葫芦茄子齐齐下地了，突然看到杂草中成片的马兰头打着露水，新新鲜鲜，于是迫不及待地择叶摘下。楣君总是如此，想着要做什么了，一刻不会耽搁。她将马兰头焯一次水，轻轻挤干，打入鸡蛋，放些许盐，和着面粉，加上温水，慢慢搅匀。将柴烧得不旺不弱，在锅底放一点油，慢慢地煎马兰头蛋饼。嫩绿金黄，甚是好看。楣君用青花碗盛好，先是给母亲送去。又怕饼冷了不好吃，早就到房外守候几回了，却一点未想起，其实自己亦尚未吃。你闻着空气中这春天的味道，不由得微笑，楣君虽不通文墨，但自有她的诗意，有的时候，在楣君面前，你觉得自己竟是孩子了。楣君刚才，分明是在叫两个孩子起床呢。你大声应道："楣君，且停下手中活计，今日我们携大丙同去赏春可好？""你们去吧，我扶母亲到院中，暖暖坐着看春天即可。若你们真要去，且待我煮些鸡蛋茶干，路上带着。""楣君！楣君！"你再叫时，楣君早已走开，想是准备去了。

你回头看大丙，屋内悄然，并无动静。你走近床，大丙小脸通红，闭着双眼，唯睫毛不住扇动。你凑下身去，未等你开口抑或伸手，大丙就忍不住"扑哧"笑出声来，他一下坐起，脆生生一口气说："父亲，我要品春嗅春游春看春折春踏春！"你笑了，这段话想必大丙在被窝里琢磨了许久，难怪自己与楣君说话时，一点声息都无。你抓住大丙小手，他一下立起来,自己就要穿衣系带,你放开手,在旁边欣然看着。大丙立于床上,竟也和自己差不多高。小孩子直如春日之竹,稍不留意,便已挺拔秀美。你原本想着大丙十五六岁时,可携他读书作诗游历山水,未承想现在父子即可携手赏春。十五岁、十五岁……你望着大丙,心中怦然而动。你突然想起自己十五岁时,也是与父亲在一起,读书于水一方。而水一方,就在超山附近。距镇三四里,远不在山,近不在市。

你那时,也与大丙或是这春色一般,新鲜欣喜。随着绿意在天地间蔓延开来,你的心中满满盛着的是纯然的快乐,是无法言说的美好,整个小小的人就如柳条般飘拂起来,就如春水般荡漾起来,于是奔跑跳跃,远远跑到父亲前面、前面……在他眼里,感觉你就要扑入超山、石目溪的卷轴里去了,却见你又调皮地往回奔跑,他总是在后面高声喊:"月儿,累了,歇息片刻!"你就这么来来回回地跑,而他则是一路慢慢地行,直至水一方。

水一方面山临水,你喜欢;水一方小楼曲径,你喜欢;水一方可听渔歌欸乃,你喜欢;水一方有疏竹萧萧,你喜欢。然而,你最不能忘怀的是最初那一刻,你看他慢慢打开书斋之门,满室幽明,阳光斜斜射入,你一瞬间有些恍惚。阳光的色泽与满架书页的色泽几乎浑然一体,都是暖暖的黄,处处明暗斑驳参差浓淡。而窗外青山绿水桃红柳绿的色泽顿收,收入架上无数经史子集黑色素朴的文字中去。你一下子收拾起烂漫的心情,变得宁静、若有所思。从那一刻起,你

追随他在水一方、南屏、法华山读书三年。这就是你们二人
人生中最完整相伴的三年。而这三年，注定让你追随他一辈
子，或者让他牵挂你一辈子。你们一直记得的是你破笔的
第一首诗。就如你看到文字第一眼的感觉一样，那些纯然
的欢喜顿时收起，你如遇神明，肃然静思。而进入文字之后，
心中一股散漫无法归属之气，慢慢凝结，越来越重，压在心
头。你渐渐无法承受。你会想自己，母亲卧病在床，父亲难
得一聚，欲要报效家国，但愁前路无明；你会想卓氏，千里流
落江南，终不能重振家业，文学治国均无建树，愧对先祖卓
敬；你会想文学，唐诗宋词，已极尽能事，而时人只能追随撺
掇其后，终不能成一代文学；你会想佛道，到底如何算是度
人度己，涅槃羽化，何种才算真正的了局？是先入道，还是
先济世？你如面壁一般待于静室，任窗外花开花谢、风雨晦
暝；而你沉思的时候，突然听到高高远远的风，掠过长松槛
竹而来，盘旋呜咽而去，好像正合你心头的旋律，于是你也
想发出声音来，你想要倾诉甚至长啸！于是你提起笔来，一
气呵成，那是你的第一首诗，也是你们共同的第一首诗："如
何千古恨，尽贮余怀里。世上杀英雄，苍苍亦如此。有眼难
向天，无朋将觅鬼。唐衢哭是痴，刘生醉亦鄙。我欲踏莲花，
消此宿块垒。"

　　"父亲，我自己穿戴得可好？"大丙一句话，将你从回忆
中拉回，你看见大丙已经将棉袄穿得团团实实，罩衫也拉扯
得平直，着实细致。你说："很好，大丙真是好孩子！"你拉

着大丙的手走，一团小小的温暖，从昨晚到如今，一直牵扯在你的掌心。你不由得想，这样的温暖好真实，真实得可暂扫一切人生之不快。既然如此真实，那就一直牵着握着吧。楣君见你父子二人拉手而行，不由得微笑，早把马兰头蛋饼之盖碗打开，热气一直氤氲到日光中去。楣君说："你父子二人若要登山，需雇舟去往超山。或者同社中人有愿同行者，亦可同去。"大丙等待不及，早就香香甜甜吃起来。你突然想起野君，数日不见，让人直是牵挂。然而你亦最知野君，此时无须刻意寻觅，正如你前些日子的入定一般，野君定是在某处，隐于几前，任窗外鸟鸣花开。而一旦他出关之后，雁楼抑或半月斋，随手开门之时，便又是相逢一笑。你只是心中颇为期待，不知野君又有何种念想发于文字，等你去与他一起欣喜痴迷。"野君几日不见了，道暗定在家中吧。"楣君在旁言道，道暗？你突然想起，欢喜道："昨日借道暗之舟游栖里，今日即可邀道暗同舟！大丙，我去修书一封，你一会与道暗叔叔送去！"

楣君打点好提篮，你雇好舟。摇摇曳曳，拨开鹅黄碧绿的春水，须臾便至道暗宅前。你立于舟中，大丙上岸叩门，拿着书信进去。须臾道暗出来，高声喊道："好个'陌上花开，得同游乎？'我本闲人，怎可不往？"于是道暗、大丙、舟子、小船和你，荡漾于春风春水之中。一路过埠过桥，直往超山而去，须臾人家渐远，眼前开阔。大丙问道："父亲，何谓陌上花开，得同游乎？"你和道暗都笑了。道暗开始给大丙讲王维与裴迪春日之约、苏轼与张怀民之散步、陌上花开之典故……

你们看到他，他回到了自己的辋川别墅。有自己的家、有自己的山水园林，出去哪怕只是几日，就觉得已经很久远。而一切熟悉的景，亦会变得新鲜起来。即便是腊月，即便天地间只是清冷的空气，空气里面一点春色全无，即便枝丫苍老，如铁画银钩般纵横在冷灰的山色中。然而，他看到的却是树上满攒着紧紧的芽，暗褐色，或者透出点红色来。他轻轻折断一根暗色的枝条，里面竟是一星嫩绿。就是这似有似无的红色、一星半点的绿色，让他突然欣喜若狂。他俯仰天地、环顾四荒，似乎听见了什么，看见了什么。他开始行走，宽大的衣袖带过清冷的风；或者是清冷的风吹动宽大的衣袖。他经过一些人家，看到自己最熟悉的门。他知道，只要自己轻轻叩门，熟悉的声息就会让里面的人欣喜出迎。然而，他听到里面传来隐约的念诵之声，自己的好朋友裴迪，此刻正在温经。于是，他轻轻从门前走过，行至蓝田山下。他总是这样，慢慢走着走着，似乎并无目的，但最后总是会走到山中寺中。他在寺中与山僧闲闲地聊，寺中敲钟开饭，又与山僧淡淡地吃。似乎道别了，似乎未曾道过别，就像来时一样，他慢慢走着走着，看月亮的清光渐渐在灞水中渲染开来。走着走着，还是走回自己最熟悉之处——辋川别墅。他登上华子冈，有月色山色远火之色明明灭灭，有犬吠钟声村墟夜舂错错落落，不分明间，仿佛有玄机渐生暗长，仿佛天地间蓄势待发,变化将瞬间而至。

你们和他都看见,草木即将在山中滋生蔓长,润满天地之卷轴。而春天的山色舒展开来,如女子眉黛,清朗秀美。灞水不再是黑色阴沉,水波中跳跃着一条一条小鱼,银鳞闪动;而白鸥轻轻掠过水面,倏然又掠过岸边春露碧草。所有的人,眼前都越来越明亮,眸子也越来越清亮。于是,他在这腊月之中,在这暗夜之中,按捺不住,开始修书。他的文字如辋川之水、蓝田之云,流淌自如,随心而出:"当待春中,草木蔓发,春山可望,轻鯈出水,白鸥矫翼,露湿青皋,麦陇朝雊,斯之不远,倘能从我游乎?非子天机清妙者,岂能以此不急之务相邀?然是中有深趣矣。无忽。因驮黄檗人往,不一。山中人王维白。"而你们看到他的文字的时候,满心欢喜却摇头叹息。千载而下,多少性情中人,难得相逢,又难得心通神合,而当你们或他们际遇之片刻,便当得永恒……

你们看见,苏轼在黄州,贬谪业已四年,又逢秋日。你们无法想象的是,乌台诗案之后,人生已全然没有希望,苏轼怎么还能直面春花秋月?你们看见一日即将过去,并未发生什么,而明日也将如今日般到来,如今日般结束。苏轼解衣欲睡,又将度过在黄州的一天。这一夜,他未曾饮酒,也没有小舟在远远的江海等待他浪漫远行。好像已非浪漫的年月,四十而不惑,而他那时已经四十有六。所谓四十而不惑,是一种人生的睿智和清醒。而太清醒了,却又让人生出沁骨的寒意和铭心的无趣。那应该不是苏轼的人生，也不是你们的人生。于是，就在某一瞬间，你们和他的眼前都亮了一下，其实不过是屋内小小的一方青砖，探入了些许斜斜的月色，显得分外明亮。你们看见苏轼的眼角皱纹深沉，眸子却异常清亮，他重整衣服，欣然出户。你们和他都看见，月光如水，直从天上倾洒下来，洒满整个大地，而日间的一切乏味简陋阴暗杂乱，沉浸在月光之中，犹如增添了梦境般的光辉，暂时明亮起来。于是，他欢笑嗟叹，来回踱步，一时竟不知何去何从。然而须臾，他面带微笑，开始行走，衣摆带起清光轻风。你们看到他直接走到承天寺中。而承天寺的井栏边，亦有一人夜深难寐，欢笑嗟叹，原来正是他的好友张怀民，而深夜中能寻访到的赏月之人，也只能是他。于是两人在中庭散步，如凌波泛水一般，而竹柏之影如水草般随风荡漾。望去两个贬谪之人，却如神仙中人一般。你们和他们一般释然，月色如水，流年亦如水一般，然而这些又何妨，就让你们和他们做一回天地间的闲人，哪怕只此短暂的一生、只此短暂的春天或秋天、只此短暂的一日，那又何妨？

　　你们看见，苕溪水青碧，掩映于天目山中，正当春日，山中花发，无数杜鹃丛丛簇簇、点点团团。日色明亮，花就沿着日光、沿着碧水一路开放，天地间生机勃发，一股云蒸霞蔚之气从山水之间，升腾而上。你们大震惊大错愕，从来花开之时，便是惜花伤春之时。然而当此大手笔大写意，心中早已鼓荡浩然之气，与天地之气相接。便觉一切酸楚哀婉如怨如慕之小情小调，皆荡然无存，心胸肺腑之间充盈的只是色彩与明亮。你们看见有女子高高下下隐隐约约走于山路，正如苕溪水高高下下隐隐约约闪亮于山间。女子未曾回眸，只一袭藕荷色衣裙，在这山中却素雅冷然。溪水曲折之处，有竹林茅舍，女子便走进去，回身扣紧柴扉。天色渐暮，有炊烟温暖升起，散入春日的一切景。暮色合着烟色，渐渐模糊你们的视线。你们也希望沿着山花、沿着碧水，慢慢走过去，轻轻叩响柴扉，然后进入那个温暖的小屋，而那个小屋，则若有若无地栖居于无边的春色之中。而夜色渐浓，白日的一切色泽宛若梦境。然而满山的风、满溪的风，让你们仍旧心满意足。你们看到，又是一夜过去，柴扉边静静守候着一位信使，他翻山越岭而来，却不敢随意叩门，怕惊动屋里之人，似乎还怕惊动这漫山的春色。而屋里之女子终于陪伴着父母走出来，一起呼吸这早晨最淋漓的清气，享受这一年一度春日的天伦之乐。女子见到信使，并不惊讶。只是轻轻接过信来，慢慢展开。信上字迹温暖熟悉，只有九字："陌上花开，可缓缓归矣！"女子微笑摇头，回头看父母，而父母则朝她微笑点头。看来，在这春天的日子里，她也该归去了。此时此刻，远方的吴越王钱镠正看着无尽春花，翘首企盼；此时此刻，青山碧水之间到处响起《陌上花》之山歌；此时此刻，苕溪水正一路奔流，终于由余杭而入于栖溪(塘栖别称)。而此时此刻，你们，则荡漾于栖水，荡漾于栖里的无边春色之中……

道暗的声音在春日里，犹如暖风一般拂面，大丙不由得喃喃道："太美了，太美了……"你望着大丙，他的眼睛望着水面，眼中流淌着波光，然而却定定的，似乎若有所思。你不由得笑了，这么个小小人，也能听懂这些典故，也能为真正的美痴迷。须臾，大丙抬起眼睛，直接看着你的眼睛，说："父亲，我何时才能开蒙，我想要自己去读这大好文字！"你笑了："大丙不急，终究要学的。"讲到"终究"二字，你收起了笑容，亦若有所思。你将头转向道暗，缓缓言道："道暗兄，文字文字，究竟是一生之挚友，还是一生之业障？"道暗摇头，一边微笑："就如这春日罢了，赏春之时亦伤春之时。其实花开花落，不过天机罢了，吾等直须尽此生赏玩，何必追根究底？"你点头，看着道暗。道暗神气闲散平和，每每与他在一起，你心中便无限平静，于是三人安静，只听小船摇橹之声，声音里面汲满碧色。你如小时候等待父亲一般凝神看着水面，水面虽是缓缓荡漾，然而看得久了，竟会不知身处何方，心神都与之荡漾起来。突然，一只胖胖的小手进入你的视线，如一只调皮的小鸭子般拨动河水，并泼洒出无数水花来。大丙歪着身子，把手伸于水中，衣袖都已经湿了。你不由得微笑，说："大丙到底是个小孩子，读书可是要真正长大才可哦。"大丙一边拨弄水花，一边言道："父亲，我这是在学诗呢，苏轼说'春江水暖鸭先知'，怎能让鸭占了先机，我想感受一下春水之暖意！"道暗伸出手，抱住大丙："大丙，尽管触摸这水，有叔叔护着你呢。"你接着大丙的话问："大丙，你触摸到了春意，你可曾看到春、听到春、嗅到春、品到春？"大丙歪着头："我看到了，又未曾看到，因为'草色遥看近却无'。"道暗不由得拊掌大笑："太好了，柯月，大丙竟是个真正的诗人了。"你也莞尔："那你听到春了吗？""当然了，'春眠不觉晓，处处闻啼鸟'呀。不过，嗅到春，到处能闻得春日之花香，然而现成的诗句，我却一下想不起来了。"大丙满脸遗憾的样子，不过他还在努力想着。你随口说："'时有落花至，远随流水香'就是了。'归来笑拈梅花嗅，春在枝头已十分'亦可！"大丙点头："父亲，这两句我未曾听说呢，不过好美。那品春的话，早上母亲做的马兰头的饼，就是最清香的春日的味道了。""是啊，是啊！"你大欣喜，若不是在船上，你此时真希望将大丙一下子搂将过来，好好亲热一番。道暗说："大丙，其实作诗不难，你今日就已尽得诗意了！珂月兄，祝贺你有如此聪慧之子，将来又是一才子了。"

道暗话音落了，有春风无遮无碍而来，似直接从远处超山之巅飘洒而来。你抬头，惊喜抑或意料之中，你又见到超山，而超山，亦又见到你。你莞尔而笑，超山与栖里，应是再也无法离弃了。栖里之人，行时坐时，有意无意，抬头总能见那远山轮廓；而栖里所有的园、第，均面山傍水而建。水为野水，蓬勃发自苕溪、运河，依庭入院；山为野山，超然水网平原之上，入目动心。你经常想，栖里人真是得着地利，无须似姑苏人家费事，叠石理水，费却无数周折。而栖里则可直接从天地之间借景。然而，你突然心中一动，于是你叹气摇头，却又面带微笑。大丙经常见你如此神情，每每不解，每每又不敢多问。此时，舟行山水之中，尽是开阔气象，又有清风涤荡胸怀，所以再无禁忌，直接问你："父亲，为何你且笑且叹，似乎欢喜烦恼一并而来？"你也索性在春风中敞开胸襟，你用手遥指自己最稔熟之处："大丙，你可知那水绕山掩之处为何方？"大丙亦向彼处遥望，他没有接话，只是静静等待。你慢慢说出那个总能让自己怦然心动的地方："大丙，那边即水一方。是当年你祖父带我读书之处。你祖父伴我读书三年，随即远游。"道暗亦慢慢说："有此三年足矣！"你点头："道暗所言极是，有此三年，可当一生。每每念及父亲，就会忆及此段岁月，就会忆及人生识字之始。心中且喜且忧。喜的是受父亲如此教诲，似镂刻在心，忧的是三十而立，功名无缘，无法回报父母深恩；喜的是此生觅得文字为伴，忧的是无不朽之作可以传世；喜的是人生曾有此等岁月，忧的是从此之后，再未曾享天伦齐聚之乐。"大丙似懂非懂，他轻轻说："父亲放心，祖父一定会回来与祖母团聚的。"你微笑转向大丙："大丙，我卓氏到栖里之后，耕作经商，终于至今日规模，然而终未能有所成就，既无文章之盛，又难续祖上功业。大丙，看来振兴卓氏，要留待你辈了。"大丙很认真地点头。道暗则轻轻拍你："珂月休发此言，你正当三十，又有此才华，当发奋而为之。"你点头，又摇头；微笑，又叹气。大丙突然扑哧笑出声来，因他又见你此种惯常之神情。你突然意识到此点，加之受到大丙感染，竟开怀大笑起来，笑声散入蓝天碧水、散入摇橹之声。道暗和你一起开怀大笑，还有大丙银铃般清脆之声。你好久没有笑得如此畅快淋漓，抬头之时，你看见超山越来越近，看见超山远远地看着你，会心而笑⋯⋯

栖里水路七八里，可直通超山。你们的船，就这么简简单单，一路寻春而去。你有的时候觉得：唐宋时诗人更为随性，他们的诗歌，有时亦会告诉后人经行之处、同行之人，然而并不刻意记录，主要在意诗歌本身；而到了现在，众人写诗，很少为了诗歌而作，太多应酬之作，故何等聚会、何等同行者、何等热闹，竟成了首要之事。其实，最好如王子猷一般，乘兴而往，兴尽而返，心性直合天地，无须文字赘述。就像当下此时：看大丙纯然天性，春阳照其眸子，顾盼清澈；看道暗淳厚天性，微笑沐于春风之中，无语缄默。你突然觉得，内心无比圆满，似乎一股暖暖的气息，从口鼻纳入，在心中流淌，经自己深情呼吸，最后重新汇入天地之间，只是如此循环往复，生生不息。而你、大丙和道暗，亦是相通无碍的。突然，舟子一声"大明堂了！"心随船荡漾几下，突然平静，船已靠岸。其实大明堂还需步行片刻才到，你们所见，满眼只是春山蔓发、石径盘迂罢了，不知舟子为何不直接通报超山已到，而言大明堂已到，是否超山终日见到，栖里之人太过稔熟？抑或舟子只是随口随性而报，你却觉得有别样感觉，仿佛若偈语一般，一下引自己入佛教境界。大丙说："父

亲,我们要去拜佛吗?"你说:"拜佛亦可,爬山亦可。"大丙
直接喊道:"我要爬山!"你亦微笑:"爬至山顶即为佛。"你
话音未落,大丙已经跳跃而上,他一下跑了十余级石阶,在
高处回头,向你和道暗招手微笑。你和道暗,只看见漫山鲜
绿清爽的色泽间,一个眉清目秀、粉团儿般的孩童,咧嘴而
笑。棉衣有些过厚了,实实在在地包裹着他。他如山间新
叶一般,要绽破那暗色厚实的芽,舒展出照亮人眼的叶片来。
你喊道:"大丙,此山虽则只高三十七丈,但有山路十八弯,
山中多险怪之石,你须慢慢上去。你若太热,可把棉衣脱去。
先不登山,先至山脚大明堂赏梅!"话音刚落,大丙就开始
解衣带,他拾掇了很久,才把那棉衣脱下来。道暗笑了:"嫂
子真是怕孩子着凉,竟做如此厚实之棉衣;春天了,也不早
些换衣。"你笑道:"楣君就是如此。"你看着大丙,大丙如你
幼年时一般,向上奔跑,路转山回,似乎要看不见了;但他又
调皮地蹦跳回来,向你们遥遥招手,待你们向他示意之后,
他又径直往上跑。道暗说:"大丙如此爬山法,一座山当得
两座山了。"你说:"随他去吧,孩子就是如此。"

　　你和道暗慢慢拾级而上。你想,超山最为难得,附近一
片平原地带,突然有此山喷涌而出。虽则不高,但亦山光明
灭,岚气吞吐。山下梅花如雪,山上怪石似林。一山之中,
佛寺道观环绕,香火颇盛。山中又有海云洞,有黑龙王庙,
据说有龙出没。此处应为天地间之秀气凝聚而成。想到此处,
你不由得深深呼吸,一股清气似涤荡全身。

不觉已到大明堂，大明堂实为俗称，此寺本名报慈寺，建于宋绍兴初年，寺前开阔，无遮无碍，只是一片烂漫梅树。如今正当冬末春初，蜡梅将尽，红梅白梅方盛。才一抬眼，百株千株，如云如雪，便有勾魂摄魄之感觉。望之久矣，会觉得飞雪漫天，会觉得心神身躯亦渐渐幻化成漫天飞雪，漫天花瓣，随雪而去，随花而飞，飞舞于天地之间。大丙穿梭树间，如花瓣随风飘落一般，转着圈儿打量树树梅花，半晌无语，竟如痴如呆。你和道暗似乎同时忆起宋时卢梅坡之诗，道暗对大丙言道："大丙，好看吗？"大丙只是点头。道暗笑言："只有梅花亦不足，要有梅、有雪、有诗才成！所谓'有梅无雪不精神，有雪无梅俗了人。日暮诗成天又雪，与梅并作十分春'。"大丙听得认真，笑问："我听父亲言道，苏轼曾云'无竹令人俗'，现在道暗叔叔又云'无梅俗了人'，到底如何才能不俗？"你和道暗相视而笑，你说："大丙，待你长大，定要读屈原之《离骚》，看了你便知道，原来人之性情，原与自然相通，与自然之山水、自然之植物相通。屈原峨冠博带，以兰为佩，以菊为饮，望之若神仙中人。正因其汲取自然之清气，故修得内心之高洁。故不限修竹清梅，但与自然相通，皆为不俗之人！"大丙问："定是一个不俗之人，种得这许多梅花！"你莞尔而笑："确有不俗之人，在杭州孤山下，种得梅花无数，以梅为妻，以鹤为子，终身便无他求。此人即宋时文人林和靖，和靖先生曾言其志非室家，亦非功名富贵也，只觉青山绿水与其情相宜。吾最喜其梅花诗，其诗云'疏影横斜水清浅,暗香浮动月黄昏',大丙,你可解诗中之意?"大丙凝神于香雪海之中,慢慢说道:"父亲,仿佛是梅花之香,化至整个世界中去;亦仿佛整个世界,只是梅枝纵横,水波浮动,正如此刻。"你和道暗对望惊喜,你走过去一把将大丙抱了起来,举得高高的,在梅花林中旋转。花瓣飘落下来,大丙咯咯直笑,笑声如花瓣一般,洒落梅林。你放下大丙,道暗似乎想起什么,补充道:"不过栖里之梅,多数非文人墨客赏花之用。从超山至丁山湖,一路过去,春日梅花、李花、杏花、桃花、梨花处处开放,弥望如雪。实因栖里水路纵横,田地甚少,故乡里之人,均于蚕桑间栽花果,实为谋生营利之用。即一种李树,便有鹅黄李、紫粉李、青绡李、无仁李之别。到夏日枇杷、杨梅成熟,色彩喜人;冬日甘蔗成熟,清甜沁心。"大丙笑言:"道暗叔叔再说下去,我都馋了!"道暗似与大丙玩笑,继续罗列:"当年吕水山先生,见各种果品无法久置,故以糖腌渍。遂有大香片、雪梨片、橘饼、黄橙丝、蜜罗片等;以蜜腌渍,则有金橘、青梅等。"大丙不由得以袖捂嘴,笑着说:"道暗叔叔,我都垂涎三尺啦!"道暗言:"大丙莫急,叔叔家中有上好蜜浸青梅,随我回家,任由你吃!"

你、道暗和大丙,在梅花林中凝神聚气,看每一朵花,每一个花苞。她们随风摇曳,又似乎镌刻在空中。她们在春日的午后,凝固住了时间,仿佛从来没有以前,也不会再有往后。还是大丙小孩心性,想起了什么似的,突然叫道:"父亲,我还未拜佛呢!"说拜即拜,他即刻如雀儿般跳跃入寺中,还未等你们进去,他已经拜完,又跳跃而出。他喊道:"父亲,山上还有佛否?"你说:"半山有中圣殿,山顶有上圣殿。你尽可一路拜上去。"大丙跑来,用一双小手同时握住你的手:"父亲,我们上山!"你只觉得他的手潮潮的、软软的、温暖的,突然心中一动,想起那日自己酒醉,大丙搀扶自己回家的光景。你不觉向前迈步,仿佛是大丙的小手,携带着你而行。

到中圣殿的路还算缓和,可信步看山边溪水,溪中游鱼,与光影嬉戏,与游人嬉戏;听松涛渐起,如潮水涨落,袭人而来,离人而去。你们沿着迂回的石阶,于翠微之中、于春日之中缓行,偶尔回望山脚,梅花如云雾弥漫,似真似幻。不觉木鱼声夹着风声而来,峰回路转,早已有佛庐几椽,映入眼中。大丙很快进入殿中跪下,他俯身向下,似乎将身心都贴在垫子之上。而殿中玄武之神,双目似睁非睁,神情似笑非笑。似乎正打量着这个垂髫小儿,不知他拜神何为,所求何事,煞费猜想。你不由得笑着对道暗言道:"大丙无论何处,只要有像,都要跪拜的。"道暗说:"以赤子之心,毫无机心,广结各方之缘。看似一片天真烂漫,其实无意中,正养心中淋漓之元气,大丙日后定会善缘不断,珂月兄可以无忧矣。"你点头而笑,你会不经意之间,便想起自己的出生,那日子似乎亦暗伏天机善缘,然而又似可望而不可即。一切颇费推敲。你的生日,居于吕纯阳和释迦牟尼之间,是亲近佛道，抑或无所归依？珂月珂月，若为天上之月，又有阴晴圆缺，你到底为朗月还是缺月，人生到底是普照的，还是黯淡的？这中间，似有天定，然而任凭人心多巧，也无法得知。你就这么看着大丙小小的跪拜的背影发呆，突然大丙转过头来，朝你们粲然一笑，问道："这个神是谁啊？"道暗逗他："你都不知何方神圣，怎么随意跪拜啊，不怕拜错吗？"你向大丙解释："此乃真武殿，奉的是玄武，玄武为北方之神、水神，超山为镇南离方，而栖里之人又赖水而生，故奉此神，以镇南方。"大丙继续笑道："玄武不是乌龟吗？"你说："玄武为龟蛇同体。"大丙随意问道："道暗叔叔，你说，我应该拜谁才不拜错呢？"你和道暗一怔，互相望了一眼，竟不知应如何回答。你沉吟片刻，说："大丙，其实天地之气本是相通的，无论道佛，其道理亦原本是相通的，皆欲救世人于有生之中，你只心诚便可。"大丙拜毕，你和道暗也双手合十，在圣帝前虔诚礼拜。道暗言："这玄武之神，还是明卿伯祖父请来的呢。"你点头，正是当年明卿伯祖父为栖里民众建得此殿，百里之内，士女云集，香火称盛，直至今日。

你们步出中圣殿，大丙兴致勃勃，准备再上超山绝顶上圣殿。你和道暗却有些犹豫，你拉住大丙说："大丙，中圣殿至上圣殿，已无石阶，虽距离不远，却如履蜀道，难于登天，我们还是就此折回吧。"大丙不依："父亲，我要拜尽这山上之佛！"道暗连忙劝阻："大丙，这超山虽小，神佛却多，就凭一日，是拜不尽的。方才我们已拜过报慈寺，栖里之人一般称其为大明堂；超山尚有海云洞，为祷雨场所，原为惠济庵，后并入安隐寺；龙洞之上，有紫云庵、倪娘娘庙；山之北麓，有青莲庵；山之南，有聚秀庵；排马坑之北，尚有东山寺。"大丙听得惊讶："为何一山之中，有这许多可拜之神？"你静默片刻，大丙等待回答，山亦静默，忽然有鸟鸣由远及近，转瞬又远去，似在空中划过一圆满之印迹，转瞬归于无声。你望着满山青翠，说："佛寺别名出世间舍，清净无极园。原欲在人间营造出世间之境地，让人彻悟此生，故多建于自然清静之处，道观祠庙皆然。栖里皆为平地，只超山秀拔而起，步于山中，让人有离尘之感，故此处多神佛道场。"大丙点头："父亲，方才梅花林中，我已忘却一切，真如拜佛一般。"你继续言道："人有生苦、老苦、病苦、死苦、怨憎会苦、爱别离苦、求不得苦、略摄一切五取蕴苦。一生之中，风尘奔波，求各方佛，避万般苦。故虽则小小一山，亦有各方之佛，实因人生艰难，无处安顿。"大丙懵懂点头，须臾却粲然而笑："父亲，莫管这许多苦，也莫拜这许多佛。我只管向上，上到这超山绝顶如何？"道暗说："此言甚妙，甚有机锋，罢！罢！今日就依你，我们也心无遮碍，陪你登山！"

从中圣殿至上圣殿，其实无路；或曾经有路，而今路已湮灭。此山颇为奇特：山脚至山腹一派烂漫温和，有花草繁茂，有溪水潺潺；山腹至山顶，突兀峭拔起来，只余纵横乱石，似欲隔断世人念想。你们行至草穷之处，仰望前路。只见山石磊落，直入碧天。大丙并无犹豫，手足并用，努力向上。

道暗忙从边石上去，立于大丙上方，援手相助。你亦跟随大丙，在下方用双手护持。才攀得二三巨石，三人均已汗如雨下。至一略平坦处，你忙唤住大丙："大丙不急，险峻之处，愈需心静缓行。"你们在石上坐下，喘息未定，忽然有春风淋漓无碍，扑面而来。大丙一下站起身来，用双手去满兜春风。你和道暗相视而笑，道暗突然记起什么，言道："珂月兄，你父定居金陵，可认识徐弘祖霞客先生？"你摇头，道暗道："我听人言，霞客先生为江阴人，幼年发愿，要问奇于名山大川。三十之前，苦读舆地之书；三十之后，万里壮游。而今已游遍黄山、嵩山、华山、恒山诸名山，所到之处，采石探源，记录详尽，已成游记一卷。你我登超山之时，不知他又飘然何方了？"你不由得颔首："此志甚妙！不过亦可知世风转移，我朝之初，风气甚简，不倡游历之风，凡游山水，皆称为冶游。士子只可如宗炳晚年一般，卧游山水画册，以接自然。万历以来，风气渐变，士子以山水为友，直欲访遍名山。"道暗道："明卿伯祖父当年，造舟遍游两浙，不但访尽山水，亦访尽天下名士。"你笑着说："此言甚是，弇州先生为'后七子'之领袖，曾赠诗与明卿伯祖父，诗云：'念尔真成汗漫游，烟波一艇傲深秋'，可见伯祖父何等率性，何等情致！"道暗亦微笑点头。三人继续攀登，就这么且行且歇，竟渐至山顶，上圣殿亦渐展全貌，仰望只一极小之庙，朱漆陈旧，衰草杂生，无钟磬之声，仿佛亦无寺主，然而竟持一种肃穆威严之气，于乱石之上、碧天之下，峭然屹立。大丙到底年幼，虽奋力而上，终觉疲累。三人再度坐下之时，他只是向旁一靠，便沉入梦乡，你和道暗也坐下休息，你将大丙棉袄盖在他的身上。许久未曾如此登山，你竟有些头晕目眩起来。此时将近山巅，俯视来路，不知为何，巨石已失却险怪之气，变得神采飞扬。无论是朝鹰石，盘陀石还是石笋峰，均各有姿态，亦若有所思。你们的左侧，是一片连缀缠绵、形态各异之石，亦即超峰最具盛名之八仙石。望去似乎真有仙踪，然而处于此山之中，尘路隔绝，又太过凄清寂静。你凝视许久，轻轻言道："此石应非八仙之石，而是当年天竺国灵鹫山飞至杭州灵隐寺途中，遗落之石。飞来峰已成众生膜拜之处，此石则虽亦有补天之才，落于此处，亦只能独守寂寞了。"道暗良久未发一言，似乎亦在沉思之中，大丙睡得香甜，渐渐入你怀中，而你则遥望北方……

　　良久，大丙悄然醒来，他从棉袄中探出头来，新鲜张望，片刻才忆起爬山之事，他坐起来，有些惭愧："父亲，是我要登山，我竟睡着了。"你和道暗亦从坐忘中归来，道暗笑道："大丙，其实只差数步，即至山顶。继续攀爬，立于最高处如何？"你们又上得数石，终于站在上圣殿之前，超山之巅。你突然惊讶，登山竟是如此奇妙之事，只是数米之遥，视野却会随之无尽变化，而心境亦随之悲喜杂陈，但到了最高处，便一片浩荡，直与天地相接，再无所思所想了。而无数春风，竟是直接穿越身躯而去。大丙不由得拍手道："山顶真好，我以后也要像霞客叔叔那样，去黄山、嵩山、恒山诸山。"他突然歪过脑袋，冲你一笑，"我还要拜遍那边的佛呢！"说罢，大丙转身跑入上圣殿。你们追随他，才进殿堂，便觉无限天光，瞬间一收，变成无边黑暗。要适应片刻，才能慢慢辨清殿内光景，同为玄武之神，此处塑像，早已不辨色泽，尘笼土罩，连眉目都已糊涂。大丙则昂然跪下，直接拜于尘土之中，似乎并不在意，然后照旧俯身向下，将全部身心陷于尘埃之中。你和道暗互相看了一眼，你的心中，竟升起无限感动。大丙跪拜完毕，你和道暗亦依次跪拜，任凭尘灰扑面。跪拜完毕，三人走出中圣殿，也无须拍打拂拭，任春风吹却身上与心中之尘，站立片刻，你们开始往回走。下山途中，大丙不说话，道暗不说话，你也不说话。只是一味下山，一路有鸟鸣圆满，伴你们至水岸之边，舟子候之久矣，将你们重新渡回人间，重新渡回栖里。

第 七 章

雁　楼

回到半月斋，大丙雀跃而入，柴门吱呀而开。你看见楯君正陪母亲坐于院中。清明未至，小菜园尚未播种，看似寥落，却酝无限生机。金银花冬日苍绿脱尽，蔷薇嫩叶初发。一院新绿如烟。二人坐于其间，冬日之服已除，母亲一身豆青色，楯君则一身藕荷色，明亮如梦，似乎隐去岁月之痕迹，让你一时恍惚。楯君见大丙汗湿衣衫，便要忙着为他烧水沐浴，一边起身一边说："也好，沐浴之后，可换春服了。"你的心，一直沉浸在超山的开阔之间，突然听见"春服"二字，如遇神明，莞尔而笑，反复沉吟："春服，春服！春服既成，春服既成！"

你坐于小院之中，看见漫天春色，亦看见他，他是无数士子不敢仰视之人抑或神。他和学生们团团围坐于春风之中，各言其志。你看到他年华已老，端坐神闲，若有所思，若

145

有所待。而环侍者青春照人，意气飞扬。你看见自此之后，无数士子，皆青春照人，意气飞扬，皆如子路、冉有、公西华般，心怀兼济之志。你听见春天的声音，隐隐约约而来，却渐渐动人心魄。好似漫天透明之春雨，拨动无尽隐约之春芽。而你穿行于此间，似无所闻似无所见，却慢慢沉浸沉醉沉迷沉思，不知何刻，不知何地，突然所有声音所有色彩，猛然绽放。你听见的无尽透明，都变成流淌的锦瑟之声；而所有隐约，都已变成春日之鲜亮色泽。你明白了，原来是曾皙鼓瑟于旁，须臾音乐戛然而止，你听见曾皙朗声道："吾志异乎他人，只愿于暮春之时，着清亮之春服。携冠者五六人，童子六七人。至沂水中洗却尘埃，登舞雩台上沐浴春风。慢慢歌咏归家！"你听见夫子摇头微笑，脱口赞曰："吾与点！"你亦脱口赞曰："吾与点！"你一直想，儒道之间，是否有相通之处。道法自然，儒尽人事。然而身处天地之间，有春夏秋冬拨动心弦，有风雨日月泼洒世界，怎能只着眼于君臣父子，纲常伦理？ 你从夫子的赞同声中，听出了那种对自然的欢喜，听出他欲将人生的最后安顿，托付自然情性。然而人生苦短，尽力而为或知其不可而为之的人生，再无罅隙去感受春日、率性歌咏，抑或天地开阔，乘槎浮海。你摇头叹息，不知自己之人生，如何安顿？ 你想：五度科举铩羽，兼济之志，只能暂置一旁；方此春日，不妨尽兴融入自然，尽兴吟咏。"咏而归，咏而归……"是啊，文字本从自然中来，你突然忆起同社春日起社之事，于是快步走向书斋，磨墨起草。你借

超山之浩荡之气,借春日之萌发之气,挥洒自己心愿,亦挥洒同社所有之人心愿:

"吾浙为诸省之冠,所产异人亦非诸省所敢拟……至于今则以文气披靡,为四方所姗笑。揆厥所繇,亦唯社事之坏毁,以至于此……是与吾浙诸兄弟约,各出珠玑以畀,刳剔鸿文,既集之后,必有一代英杰出乎其中,以为领袖。如余所谓丕变风俗者,而余或幸不为诸君子所弃,得以父事兄事于其后,固所愿也。一国之善士互为师友,则已解脱乎一乡,而徐将旁薄乎天下,斯浙社之所繇征也夫。"

写完之后,你呆坐片刻。突然听得楣君轻轻呼唤:"珂月,吃饭了。"你看着自己写的"刳剔鸿文"四字,突然心有触动,说道:"你们吃吧,我去去就来!""也罢,你早些回来。"楣君并不问缘由,抑或心中早已知晓,笑笑转身而去。你拿着刚写就的文稿,离开半月斋,疾步而行。你沿悠长之廊檐行走,然后过桥穿巷,仿佛行走了久远的时间,终于来到横潭。此时夜色已晚,横潭之水深远难辨,唯有渔火摇曳,照亮星星点点之水面。你总是这样,快到地方了,却不敢马上转身去看,仿佛隔了太多岁月,仿佛是极难得之际会。野君自上次看完《花舫缘》,便匆匆别去,杳无音信。虽则只隔十余日,但一直让你惘然若失,魂牵梦萦。

你忆起当日初闻野君之名,却无缘相会。你后来方知,其实数次文会,野君亦在其间,只是有意规避;而你的半月斋,与野君之雁楼,亦只隔二十余户人家。然而你们的初见,竟如此奇妙慎重，好像需做毕生之准备，好像唯恐相见不如闻名，唯恐辜负对方。你阅尽栖里文字，却从未一睹野君片言。终于有一日，你遇见野君好友薛谐孟，得知野君将外出访友，与谐孟说定，引你遍观野君之文。你从半月斋出发，走过缠绵往复之廊檐，走过高高下下之廊桥，走过婉转深幽之弄堂，来至水波荡漾之横潭。这些往日熟悉的路径，今日变得如此陌生而新鲜。你到了横潭，望一眼水色，整一整衣衫，安顿好心情，然后郑重转身。在你眼前，只是一狭长逼仄之木楼。栖里人家，大多深宅大院，隐于店铺之后。而野君之雁楼，上下二层，无遮无掩，直接以木门迎客。你迟疑片刻，叩响门扉。谐孟守候已久，引你上楼。你见到满屋文稿，欣喜若狂。你随意翻开，野君之文字，便如秋空之雁，翩跹而来。一时之间，哑口无言，眼前只如月明雪满花放鸟鸣……

你忘却落座，只是站立，页页字字痴看。谐孟不敢打扰，静坐于旁。终于，你开始轻轻诵读："或踞山巅，或临水浒，或辟明窗，或拭净几。锦轴初抽，牙签载启；蕊笈累累，瑶编缕缕。谡谡系助煮茗之松风，霏霏兮似落花之春雨。停句字正，伊吾对圣贤而谈许，掷地金声，随风玉举。"读罢叹曰，"昔日欧阳文忠公有《秋声赋》，已叹为奇绝。今日野君复有此《读书声赋》，真乃奇思妙想。里有名士，生二十有余年，余亦生二十有余年，而不相闻名，余过矣，余过矣！"说罢，你将野君数卷文集，揽入怀中。如怀抱婴儿一般，小心行走下楼，离开雁楼。谐孟在后呼唤，你亦不闻。

　　你将文稿带至半月斋，终日诵读，欢喜嗟叹，竟不出门；你让楣君将家中洒扫一新，备好新茶名香，取出珍藏之笔墨纸砚，日日摘择鲜嫩蔬菜，等待野君到来。十余日过去，野君并不曾来，你心中惆怅疑惑，却不敢去打听些什么，甚至不敢往横潭经过。终于有一日，你的书斋来了访客，不是野君，却是谐孟。

　　一番寒暄之后，便是静默。你知道谐孟应为野君而来。你近日所写诗词正杂陈于案上，谐孟轻取赏读，有意无意之间，你听谐孟自言自语：“好诗好诗，恐怕栖里无有他人当得了！”你脱口而出：“谐孟何出此言，野君胜我十分！”你见谐孟面露欣喜之色，放下诗稿：“珂月兄已尽阅野君之文，野君亦早知珂月兄之名，你二人若谈诗论文，真乃栖里盛事啊！”你急答曰：“自那日携野君文稿而归，小弟终日等待野君来访，数日来不见野君踪影，心中惴惴。是否野君嫌小弟太过唐突，抑或野君不喜小弟素日文字？”谐孟笑曰：“你二人真是情性相同啊。野君归后，亦终日惴惴，又欲前来拜访，又恐文字不入珂月兄之目。小弟见野君终日不安，故特来问询。”你不由得释然狂喜，一把抓住谐孟之手：“烦劳谐孟兄传话，小弟已备好清茶粗馔，今日在半月斋等候野君到来，做彻夜之谈，结生死之交！”

　　文字至交，文字至交，这是你一直期待的，也是你一直缺失的。很多年后，你突然发现，见野君、见佩兰，还有，见父亲的感觉，是一样的。都是生命中的一桩大事，需要无比郑重，需要打点好所有的心情。见面之前，欣喜期待担心惶恐；见面之时，恍如梦境深沉美满；见面之后，恍如隔世失落惆怅。很多年后，你突然发现，你期待野君的那种感觉，其实更深层次地来自你少年时候的欣喜与失落。你的父亲，是真正的才士。你如此庆幸，卓发之是你的父亲；你又如此遗憾，你和他只有三年的相伴。那三年，成为你最甜蜜的回忆。父亲携你读书法华山中。你那时如此勤奋，唯恐辜负父亲每日教导。你有的时候觉得这样相伴的日子是不真实的，担心有一天父亲离开你飘然而去；而父亲三年后终于离开你的时候，你又后悔，为何当初如此惴惴不安，不珍惜相聚的每一天。与父亲分离的每一天，你都在发奋攻读，做父亲喜欢的任何一件事情：写性情之文，看佛道之书。你的心中，有一些小小的奢望，那就是有朝一日，父亲会对你刮目相看，会和你平等交谈，你甚至想和他成为文字之友。可惜，父亲终究很少回来。而自从你认识了野君之后，你的心安顿了许多许多。而这种安顿，是从第一眼见到野君，就开始的。

你看见半月斋虽是陋室，却被擦拭得一尘不染，而你的所有文字，很郑重整齐地放在案几之上，似乎亦和你一般惶恐不安，等待某种目光的注视；而野君的文字，放于最中间。用一个全新的竹篑盛着。你最欢喜的墨色沉香已经放入梅青色的龙泉香炉，紫砂隔火被细心地放置好，明火已灭，香如时日一般，慢慢暗暗地焚烧着，一种气息淡淡而缠绵地萦绕在屋中，似乎是某种隐约的期待。楣君则在灶头准备菜肴。

小林出产的淡金色的嫩姜,用文火慢慢煨着肉;藕被切成薄片,玲珑剔透,只是清爽凉拌;一尾黑鱼加上龙爪葱、用自家腌的雪里蕻,炖了一锅碧绿的汤;火红的风腿薄片,用暗绿的腌梅子一起蒸着;院里种的矮脚青菜、葫芦,选最嫩的采择清炒;煨肉炖鱼的温暖气息,也慢慢弥漫开来,加入到某种期待之中。你在家中踱进踱出,一切都清爽利落,温暖宜人;又跑至小院,用剪子修剪了几处杂乱的花草,将小石桌小石凳掸尽灰尘。似乎无事可做了,只剩下等待了。然而你发现天色阴沉起来,你看着天,双手合十,希望不要下雨。天邪,你有那么多日月,何苦择此一日下雨?你踱回书房,正襟危坐,侧耳倾听。你终究听到了些什么,然而,却不是你所期待的。似乎是萧萧风声掠过无边的竹叶;似乎是梵刹钟声余韵不断,而小屋光线顿收,只剩下烛火摇曳,一时之间,竟如身处山中世外一般。你心中猛惊,你终于清醒过来,下雨了,而且是疾风骤雨。你顿时无限沮丧、无限担心。你想,雁楼离此不远,应该不碍行程吧;你又想,如此大之雨,应该不会来了吧?!

　　你就这么在风声雨声中左思右想、心情烦乱。然而终究,门轻轻开启。野君走了进来,他衣衫透湿,然而笑容温暖,他看着你,作了一个揖:"珂月兄,小弟来迟了。"你顿时释然,起身拉住野君之手,莞尔而笑,感觉只是久别重逢,多日来那种惴惴惶惶,皆无影无踪。你大声喊:"楣君,有干净衣衫否?"这时你才看见,楣君早已站立于一侧,微笑着,手里捧着新浆洗好的襕衫。野君换好衣服，也不多说什么，向你一笑，直接就取起案头文稿浏览，一边随意问文中情境，你也随意回答，好像只是兄弟间的絮语。屋外之漫天风雨，越发衬得屋内安静温暖。而后来的一切，小酌论文，分灯联诗，正如水流风起般自然而然：不觉夜半，不觉雨停，不觉人欲眠，不觉分别，不觉天明，不觉重晤，不觉岁月已久……回忆起来，恍如昨日，又恍如隔世。

你就这么望着横潭之水，如当年一般左思右想。你慢慢回转身来，忽然，你看见楼上有一豆烛火，暖意透出小窗。你狂喜，野君回来了，野君出现了?! 你疾步走至门前，推敲门扉。门轻轻开了，正是野君站于门口，与往日一样，笑容温暖。野君向你作揖："珂月兄，小弟回来了。""这许多时日，你去哪里了？"野君笑言："只是十日，却如隔数年。小弟自从见兄《花舫缘》一剧，心有触动。便至丁山湖万顷水泽之中，寻一清静院落，发愿著传奇一出。今日返家，整理文字，静候兄来。"

你和野君上楼，暗色地板上，文稿一地，整齐而期待，你莞尔而笑。这是你和野君的习惯，喜欢将文字铺陈整个小屋，特别是文稿初成之时，你们喜欢看到那些文字，从心底笔下流淌而出的，属于你们自己的那些文字，铺满一地，让它们静默而又狂喜地展现出来。于是，所有辛苦逝去的时间也罢，所有以往生命的空间也罢，都那么真实充实。你踱到书斋深处，看到三个字闪烁跳跃出来：春波影。你低吟："春波影，

春波影，好名字呵！"你席地盘膝，取野君传奇细细读来，野君亦盘膝坐于你身旁，屏气敛息，追随你的目光。

你们看到小青，她年可二八，一身豆绿衣裙，立于船头，天地之间只是一抹若隐若现的绿色，飘然来到钱塘，嫁给冯子虚为偏房。她一到来，钱塘便是满眼繁华，正逢元宵灯会。你们看到，六街喧哗，漫天灯彩。笙箫爆竹，无尽绽放。她看着无数色彩从眼前掠过，看着无数色彩落于西湖之中。同样是水，而今已是西湖之水，扬州已远，二十四桥之明月亦不知何时能见。而天地如此之绮丽完满，似乎已经容不下别的世界别的情绪。突然，一阵清冷的风，从七声五色的缝隙中逶迤而来，吹起鬓发，拂过面颊。你们看见她于迷醉之中，恍然惊觉。她想起自己的幼年，曾经有一老尼，将手轻轻拂过自己的面庞，叹一口气，说："是儿早慧福薄，当乞作弟子，便不呵，无令识字，可三十年活耳……"老尼飘然而去，只遗一卷《心经》。而她，终究未入佛门，终究渐渐痴迷于文字。只是时时会觉得如有手拂过面庞，如闻轻轻叹气，她会心悸，然而不知何去何从。

你们看见夜晚已逝，春日已至，明亮的日光与西湖之水渐渐融汇。花信风催，画舫浮空。小青随大妇冯二娘、杨夫人等人，乘舟摇曳于湖面。你们看见她寻寻觅觅，却不见小六娘。自从她嫁到杭州之后，只有杨夫人和小六娘，时时来陪伴于她，解她寂寞。她轻轻问杨夫人："小六娘怎的不来？"

杨夫人答:"她身弱多病,近日回家去也。"她轻轻叹了一口气,远望西湖,远处虽则明亮,山水相接之处,却是雾霭,不辨烟景。你们听见船家问道:"请问杨夫人,还是撑到湖心亭、昭庆净慈、西陵桥岳坟去?"西陵桥?西陵桥!你们亦怦然心动,而小青亦脱口说:"西陵却也幽雅。"于是一袭水波,一叶轻舟,渡往西陵桥。

你们看到西陵桥畔虽则新叶初发,阳光泼洒上去,却如雪般清冷夺目。杨夫人对小青说:"小青娘,这便是苏小小的墓。"你们看见她,看着小小的坟冢,被荒草随意涂抹。似乎有无边寒意袭来,她以手扪心:"这个地方,好熟悉啊,我在哪里曾见到,只是想不分明了。"然后轻轻吟道,"幽兰露,如啼眼。无物结同心,烟花不堪剪。草如茵,松如盖。风为裳,水为佩。油壁车,久相待。冷翠烛,劳光彩。西陵下,风吹雨。"吟完背过身去言道,"一代佳人,荒索至此。梅香姐,借我一杯酒儿。"你们看见她,将酒慢慢洒于墓上,随口赋诗,"西陵芳草骑辚辚,内信传来唤踏春。杯酒自浇苏小墓,可知妾是意中人。"你们见到杨夫人连忙上前扯住小青衣袖:"小青娘,莫说这没要紧的话,且向这湖边踏春,休要痴迷愁闷。"你们看到,游春之人渐远,又有游春之人渐来。远望西湖,不见小小之墓,不见墓边之人。只是无限热闹,无限春景。

你们看见澹荡之水,泛起巨大的涟漪,一圈一圈,渡向远方。到了湖之尽处,融入一片雾霭,雾霭中又似有树影重重;树影重重之中,又似有庭院深深;庭院深深之中,又似有烛光幽幽。你们知道，那里便是孤山。那里便是小青幽栖之处。小青不为大妇所容，被遣往孤山别业独居。偌大的湖山，偌沉的暗夜，只一点小小的烛光摇曳，而那烛火是有还是无，是生还是灭，都无关天地人世。烛火前是一抹倩影，单单薄薄地执一卷文字，痴痴迷迷地看着。只有那眸子清亮，照亮暗夜。你们从那眸子里面，看到的竟然是虽则热热闹闹，却又荒荒凉凉的春日。

你们和她一起看见了她，她就是杜丽娘。她正在细细梳妆，仿佛要去赴一场盛大的聚会，而你们知道，那亦不过是一场无人的盛会。你们看见她在春日里越来越明亮，竟让人不能直视。她似乎亦为自己的光华打动，想趁无人之时打量自己一番，于是侧身去瞥菱花镜，在目光触及自己时，若有一道日光拂过，她似乎很惊喜，突然又娇羞起来。她将视线闪开，镜子瞬时暗了下去。只听她轻声埋怨菱花镜："哎呀，你怎敢偷看于我呀！"这时春香正好进来，一见到她，便脱口而出："呀，今日穿插得好！"她慢慢站起来，轻轻言道："你道翠生生出落的裙衫儿茜，艳晶晶花簪八宝瑱，可知我常一生儿爱好是天然。"你们几乎是和她一起说出此句。你们看见小青，读到此处，起身走到窗前，掀起纱帘。此时夜色已深，一切景，一切人，似乎皆归沉寂，小青久久凝望，似乎暗黑之夜，会有瞬间的光华绽放。就如暮春，纵使已晚，也会有漫天的牡丹开放。小青转身，慢慢踱回桌前，欲待看下去，似乎又不舍得。久久停留于《步步娇》《好姐姐》片段。

你们看着她，慢慢翻动书页。你们知道，那上面，每一页都是唯美而令人惆怅的文辞，都是让人不敢久久打量的春日。而真正的人生岁月，其实就像杜丽娘游园回转小楼独坐的时光。刹那间一切色彩一切景都已远去，真实的只有沉闷孤单的岁月。一支映山紫插在瓶中，亮紫的花瓣染上昏黄，又被沉水香的雾气缭绕而过，亦似乎从明亮的梦境中醒来，跌入岁月的色泽之中。你们听见小青喃喃自语："没乱里春情难遣，蓦地里怀人幽怨。"她在书页中寻找着，似乎能够直接望见她……

而她，正坐于桌前，将睡未睡。她其实不想睡去，如此美好之春日，如此美好之年华，怎愿付与黄粱；然而醒着的时光却又是那么淹煎，那么迁延。她终于沉入梦境，那个非人世的地方。在梦中，你们和她都听到了那句话，那句话很简单，却让人瞬间潸然泪下："小姐，小生那一处不寻访小姐来，却在这里！"你们一回头，见到的是清澈而温暖的眸子，映着最缠绵的一段柳枝！

一段柳枝！所有的你们都怦然心动。你们看到天地突然开合旋转起来，白云苍狗、沧海桑田。唯独不变的是中间一棵如天地般高大的柳树，枝条从天垂落至地。你们看到无数人影飘过，每个人摘下其中一小段渺渺茫茫的柳枝。无数吟唱汇成如水之旋律。须臾是大漠杳杳，雨雪霏霏，有征人遥望归途，遥望杨柳依依之处。纵使金戈铁马，心中却存着一丝缠绵，欲待相会，却我行不来。须臾是春色青青，空气中润着水般的气息。王维与朋友依依惜别，此去西出阳关，似乎要别却所有故人，似乎要别却所有柳色。劝君更尽一杯酒，西出阳关无故人，其实，西出阳关，岂止别了故人，亦是与过往的自己，做一长长远远的告别。须臾是河桥柳色，霍小玉曼舞于河边，如柳枝般轻柔牵缠，她清唱道："(柳呵)纤腰倩作绾人丝，可笑他自家飞絮浑难住。"小玉折柳，李益催马，二人身影随风旋逝。须臾是寒蝉凄切，骤雨初歇。兰舟催发，千里烟波。酒醒之时，孤身一人，直面晓风残月，直面无边之杨柳岸。一时之间，所有吟唱、所有人影，飘拂过柳树，渐行渐远、若有若无。最终，只剩下天地之间那一棵大柳树，随风摇曳，目送无数之行人，而上面永远有摘不完的青青柳枝。纵使如此，他们都愿意去摘上那一段渺渺茫茫的柳枝，或者，他们都愿意接过那一段如梦如幻的柳枝。

你们凝神看着丽娘，看着柳梦梅，看着他手执柳枝，站在丽娘面前。你们听见他说："恰好花园内，折取垂柳半枝。姐姐，你既淹通书史，可作诗以赏此柳枝乎？"而丽娘惊喜不言，你们亦惊喜不言。有的时候，人生如此平常，似乎永远处于寻寻觅觅的状态，年复一年，空看春风春鸟、秋月秋蝉、夏云暑雨、冬月祁寒。短暂人生之无限期待，只能随岁月流转。所谓的邂逅相逢，似乎只在梦里书中。而就算梦里书中得遇，就算心中无限欣喜，你们也会心生疑惑，不知是真是假，不知当进当退。正在逡巡犹豫之间，所有的你们，都听到了那一句："小姐，咱爱杀你哩！"怎么可以这么简单直白，怎么可以这么直入人心，而其实，又是如此踏遍世间难得、如此令人千年期待。你们方待惊喜，方待整衣行礼、重新相见，又听得生曰："则为你如花美眷，似水流年，是答儿闲寻遍，在幽闺自怜。"一瞬间，春风寂寞、春鸟幽鸣、秋月凄清、秋蝉哀婉、夏云惆怅、暑雨绸缪、冬月孤清、祁寒伤心，所有的自怜自重自怨自艾，所有的人事物候之惊，瞬间涌上心头眼中，所有的你们，差一点落下泪来。是啊，空看似水流年、消磨如花美眷。而今日此刻，一切都化烟云，似乎并无过往，亦不想来日。你们看着柳梦梅，温柔抱丽娘而去，你们欢喜唏嘘、久久伫立。忽听得一声叹息，原来是小青掩卷，书页合上，则一切花光人影、春意柳色，顿时收却，漫天光华熄灭，此时唯余一点小小的烛光，昏暗却真实。

你们听小青幽幽道："我道世间只有小青痴得没要紧，还有个杜丽娘早则恁般也！"她提笔凝神书写，字字昏黄、如烛影一般，映上纸页。你们不用看，就知道她在写什么，那些文字，早就刻入你们的心骨，你们只是陪伴着她默念："冷雨幽窗不可听，挑灯闲看牡丹亭。人间亦有痴于我，岂独伤心是小青。"

你们看见小青如丽娘般日渐憔悴，小六娘亦已逝去。小青央求丈夫冯子虚觅一画师，是否亦想如杜丽娘般留下身前之真容？你们听小青言道："慢掂掂写咱瘦形，香艳艳画出风神。若此时不留个模样儿，我越瘦得不堪也。今春更比前春恨,一分流水二分尘,不认得旧时人。"你们不觉亦举手抚脸,日复一日,年复一年,揽镜自照,脸庞儿只如花瓣般慢慢枯萎凋零;而时间久了,甚或连镜子也不愿照了,甚或自己也忆不起如花美眷之时的容颜了。你们见到画师慢慢勾画,一处一处小心点染。你们且看且摇头,是她吗?好像不是?人儿灵动,一颦一笑,岂是画儿能够描摹?正如文字,费尽心力,其实也难穷尽自己所思所想。而后来之人,尚能对画对诗,潸然落泪。然若无画无诗,那人生岂非连雪泥鸿爪都没有,连春梦之灰烬都没有了?你们摇头之时,小青亦言:"看这丹青,得吾形似矣,未尽吾神也,你且再画一图咱。"于是小青管自笑语、扇茶检书、整衣调色。而画师此时终得自在,泼洒如意。你们再看那画儿,终于添了不少灵动神采。而小青再难支撑,由杨夫人扶着,走到桌前,将自己的书递给杨夫人:"此书赠你,尚有花钿数物,赠你女孩儿。"她随意扯下桌上诗稿,欲包花钿。杨夫人忙言:"这是青娘你的诗稿啊!"小青言道:"我身且不保,哪管甚么诗词!"说完,她跌坐榻上。此语一出,如当头棒喝,如冰水遍体,你们都呆立沉吟:"是啊,身且不保,哪管甚么诗词!"平时如此呕尽心血、如琢如磨、终日推敲、欣喜若狂之诗词,其实与生死相比,又算什么?而人若逝去,又怎知自己的诗词会流落何方,是否与自己一样,终化土灰?此时若有一阵轻风低吟弱香拂过,瞬息不辨踪影,再看小青,已泯然逝去;再看则人与别业都已不见,只余孤山冷月、梅花万点;再看则山与月都已不见，突然有细细天音传来，依稀在云间见得小青与小六娘缓缓归去；再看小青与小六娘都已不见，只余一地文稿，雁楼依旧，你与野君对视无言……良久，你喃喃曰："因情生梦，因文生缘。因我之《花舫缘》，而有君之《春波影》。野君，你真是我的知己也。纵使百年之后，你我心血之作，无人翻检、无人痛哭。此生此刻，有兄如此，小弟心愿已足！"

第八章

同　　社

　　从雁楼归来，你彻夜未眠。春天之夜晚，与夏秋冬一样是暗色的，然而却萌发出无限生机。因为你知道：暗色之中，有当下的万点绿芽、万枚莺雀、万缕清风，万分情性；有过往的万点绿芽、万枚莺雀、万缕清风、万分情性；亦有未来的万点绿芽、万枚莺雀、万缕清风、万分情性。虽前不见古人，后不见来者，然而声气相通、万物为一。真情至情之人，从来能如水晶如意玉连环般超越时空、感悟天地。你似乎见到小青、丽娘，与你同在这暗夜之中；你似乎仍然能与野君、道暗等友莫逆对望；你见到真情至情，始终与你同在。

　　既然无法入睡，你索性翻身而起。家里已经十分静谧，但并非寂寂无声。你喜欢听夜里闲适的辗转、轻轻的鼻息、偶尔的虫鸣、丝缕的春风。然而今夜，你无法平静，索性饮一杯残茶，借一豆烛火，磨墨狂草：

"临川遣笔如针刺，还魂一声天下肝肠绝。色鬼与情骨，夜夜疑来笔尖立。双梦亭前梅影白，孤山顶上梅濡血。白者杜之魂，血者青娘恨。泪随风沥，野君捣取梅花汁。红冰隐隐凝为墨，邀取芳魂自天末。挥毫代展喉间咽，梦里临川来献笔，文成纸上犹闻牡丹泣。莫恨两家写照不可得，只在汤生徐生之妙舌。吁嗟乎，情根一点如灯接，添油传火皆才客。古来书籍将心灭，经不及史史逊说，唯有歌曲能将心洗出。君不见娄江路、广陵路，魂如织。魂兮不归乃在亭之侧，欲赋招魂正无策，野君又续销魂集。"

你觉得自己想了很久很久，又写了很久很久，从牡丹亭到孤山、从杜丽娘到冯小青、从汤临川到徐野君；不是写，是歌，是一曲长歌、感魂动魄；亦不是歌，是招魂，招天下有情之魂。而草就之后，你又觉得只是须臾之间，仿佛一阵涤荡灵魂之飓风，灌顶入心，如入烂柯山中，百年只是一瞬。

你正在悠长与瞬间之中恍恍惚惚，混沌旋转之时空，突然被一声弧形的鸟鸣划过，于是阴阳分开，时空万物、重新清晰。继而无数鸟儿开始鸣叫，而无数花儿随着鸣叫绽放。你起身卷帘，看见小园青青、桃李灼灼，真实依旧。有的时候，浸淫文字、坐忘神游之后，要慢慢才能忆起当下何时、我为何人。于是，你终于忆起，今日同社集会。你也终于见到，自己一晚所写之文字为何。

你轻轻下楼，先去看了大丙，大丙尚在酣睡。没有大丙之前，你自在游弋于文字、文友之间，有了大丙之后，你就多了几分牵缠。一夜未见，竟会相思难耐。大丙将自己埋于暖被之中，只露出小脸，鼻息均匀、睡得心满意足。你不觉莞尔，又生出几分羡慕。似这般了无心事，纯粹童心，该有多好！

"你又一夜未眠？"突然，有轻如耳语的声音响起，原来是楣君，不知何时，她已立于你身后。楣君总是早起晚睡，收拾得整齐清简，似乎从无困顿劳累之态。你拉着楣君的手，走出门外，站在小园里，和她一起呼吸吐纳春天之气。你不说话，听楣君说话。她说："清明之后，又可葫芦黄瓜下地了。往年我总是心急，早早种下，结果寒潮复来，蔬菜冻馁。今年一定按捺性子，清明过后再播种。"她说，"母亲最近好些了，老人家过了冬日，就会身体清健起来。"她说，"大丙今年也该开蒙了，不知这孩子，是否能承继卓氏之文脉？"她说，"你也该休息调养，如此呕心沥血，怕于身体不利。"她认真说，你笑着听；她说了很久，你只轻轻说了一句："楣君，你也要保重身体，切勿操劳过度。"楣君突然沉默不语，她将身子靠着你，拉着你的手，如孩子一般。在你们的周围，江南草长、杂花生树，群莺乱飞。

你对楣君说："今日同社集会，野君又有新作《春波影》传奇，真佳作也！"楣君笑着说："你方写完《花舫缘》，他便草就《春波影》，不愧为知己也。若今年大比，你与他皆能取中，该有多好！"你心有触动，望着远处的超山。似乎庄子逍遥游之后，重新回归人间。想起五月将赴金陵拜见父亲、八月乡试，南北行走，又将是奔波的一年。然而年过三十，本应齐家报国,不知何时得酬志愿。你突然觉得,如此静谧的春晨,实为人生中难得之刻。然而,你又发现,如此春晨,其实并不静谧,四周越来越明亮,越来越热闹。开始这种感觉如涓涓细流,点滴打破宁静,偶尔才能感受到;慢慢地,就如一江春水一般,浩荡而来,将你和楣君、将同社好友、将所有栖里之人,都卷入春潮之中……

你打开小院之门,天地便旋转铺展开来。运河之水、栖溪之水在阳光下闪着清绿的光芒,奔流而来;绵延无尽的长廊与栖里人家从身边缓缓掠过;不知怎么会有那么多人,脱下冬装,清爽地走来;除了行人,还有一船船欢喜的人儿缓渡而来,他们是要去访亲探友,烧香拜佛;除了船上的人,还有美人靠上闲坐闲聊的人儿、楼上打开窗儿张望的人儿、井边汲水洗衣的人儿、酒肆茶楼举杯笑语的人儿、走街串巷高声叫卖的人儿、扶犁耕土辛勤劳作的人儿、花前柳下发呆欣赏的人儿、河边埠头钓鱼摸螺的人儿。每个人都新新鲜鲜、精神焕发,都带着清新温暖的笑容。突然,你和所有的人儿都停下了自己的遐想,听到远处似有春雷翻滚而来,那雷声越来越近,才知道原来是迎春的铙儿鼓儿敲起来了。而原本如烟如雾的柳树,柳眼也分明起来;原本半含半开的花儿,也完全绽放开来。

你随着人群,一样新鲜精神,走过花园桥、月波桥、玉龙桥、八字桥、车家桥。浩荡的春风吹过浩荡的人群,从身体里穿越过去。于是一切忧思杂念都被吹涤一空,代之以天地初始之气。你走到芳杜洲，才想起，自己并无目的，只是欢喜地走着。而今日是同社聚会之日，上次约定是在绿野堂，该回家取上自己所写之社约、诗稿。你随着人群、随着春风，慢慢流淌回半月斋。楣君已在小院门口守候，她手拿一笺，无须你看，便直接告诉你："珂月，方才道暗来过，今日集社竟在方水之竹里馆，路程稍远，但竹里馆春日去正当其时，你去吧。若饮酒太多，千万莫走夜路，就歇于竹里馆吧！"你笑了，楣君总是如此周到："好，我去取文稿，外面春色甚美，你可带大丙在河边略走一走。不过人多拥挤，须得当心。"你与楣君相互嘱咐一番，收拾停当，你便出门。

去竹里馆之路，你总是希望走慢一些，却不敢走慢一些，这些路、这些景，处处熟悉。当日每走一次，都兴奋期待；后来每走一次，都惆怅惘然。你想起马致远有《破幽梦孤雁汉宫秋》，不由得轻吟："返咸阳，过宫墙；过宫墙，绕回廊；绕回廊，近椒房；近椒房，月昏黄；月昏黄，夜生凉；夜生凉，泣寒螀；泣寒螀，绿纱窗；绿纱窗，不思量。"你能明白马致远为何如此写汉元帝。昭君去向一个全然陌生的地方，她的伤感自不待言；然而留下的人儿，是否会更加难耐？因为他走回的是一条最为熟悉的路。那条路上，每一个地方，都有一段回忆，都有旧日人影，都让人反复沉吟，都让人随时触景生情、心惊神伤。

你一路行去，渐入水边竹中。春日竹林，许多纤细鹅黄的嫩竹新发，有的笋衣尚未褪尽，在春风中颤颤巍巍，似难自持，与边上挺拔有力的老竹相映成趣。这样一来，熟悉的景致倒添了几分陌生。而水似乎没有变化，依旧和着风声，清澈流淌，春日的竹影，婆娑斑驳于水面，明明暗暗地荡漾流动。一切似乎如此安静，一切又似乎在不断生发。在水边走，水声渐响，你会有一种错觉，总感觉水声中夹杂着几丝银锁摇曳的声音；而水波会突然荡漾起来，似乎马上就会有一叶小船渡来；而天色会一下明亮起来，似乎船上有女子着桃红夹袄，立于船头，向你莞尔而笑。再细细追寻，竹林还是竹林，溪水还是溪水，自己还是自己。那些东西，似乎已经逝去、消散在天地之间；然而你知道，其实它们存于自己的肺腑中、生命中、呼吸中。你以为你很艰难地忘却了，一切都淡了、化了、随风去远了；然而在某一刻，它们会猛地牵动你，你在还没来得及调整自己的时候，就已经潸然泪下、伤心动魄。你只能愕然看着自己哭、自己痛，却手足无措。这种追忆的感觉，最近越来越强烈，你被牵动的次数也越来越多。然而，纵使每一次都让人痛彻心扉，你却喜欢这样的感觉。因为你知道它们还在；你知道自己，还能为情而哭，还是个深情痴情的人，还可以一息尚存，在天地之间去吟咏、嗟叹，去以自己的方式，表达自己。

　　你慢慢走着，仿佛天地之间、竹林之间、山水之间，只有你一个人；而确实，很长时间，也只是你一个人。你突然想到，最简单的，才是最打动人心的。因为此时此刻，并无其他文字，心里反反复复的只有汉末古诗中的十个字。起先它们只

是蛰伏在某一深处，慢慢地，它们慢慢清晰，而你仍旧没有
察觉，然后，它们出现了，而你，依旧丝毫不知。在安静的时
候，一点点光线的明灭、声音的变化，可能都会如季节变迁、
风雨突现般让人惊觉。你看到，水波突然荡漾过来，竹林慢
慢被清风吹开，一只窄窄的船儿，滑入了原本无人的境界。
而清亮的吟诵声响起："所遇无故物，焉得不速老。"你抬头，
一袭白衣照亮了竹林，野君立于船头，向你微笑。你大惊喜：
"野君兄，你怎知我心中沉吟之诗？""珂月兄，是你自己一
直在念诵啊，你竟不知吗？上船来吧，我们一起去赴同社之
会。"小舟靠岸，舟子以船桨助你上船，于是你与野君，一起
荡漾于春日之中。"珂月兄，我亦喜欢汉末古诗，不知为何，
如此简单之文字，却如此打动人心？而后来之人，再不能得
此境地。""是啊，此诗句前一句，'四顾何茫茫，东风摇百
草'，亦深得我心。悠悠长道、茫茫天地、花开草盛，孤身缓
行，故人难觅，寂寞终老。真让人无限感慨，而后来盛唐陈
子昂复古，写道'前不见古人，后不见来者。念天地之悠悠，
独怆然而涕下'。此中深意相仿。""珂月兄，所遇无故物确
令人怅惘，然而应是曾有一段温暖岁月，曾有故人故物，才
发此语。人生寄一世，奄忽若飙尘。苦短之人生中，若有令
人难以割舍之岁月，纵使故人故物如风逝去，再难觅得，亦
足矣！"你不觉拉住野君之手："此解甚好，正如当下，执子
之手，便无憾矣！"

你们的小舟，慢慢滑行至竹里馆。自从东园售于他姓之

后，方水便栖居于此。此处原为方水之祖父卓明卿避暑读书之处。小园山色临窗、水光溅绿。此时除了有千竿翠竹，还有桃花、梨花烂漫点染。园外有茶树新绿，起伏如烟。一条溪水，引领访客。一路山色水光，使人不觉眸子明亮，神气清爽。你们下舟，进得门去，那溪水也在旁追随你们，被引入园中曲池，环池为竹树云石。你抬头，听竹榭依旧，竹光树影，缠绵映照。你怦然心动，此时只听得笑语盈盈，同社中人早已云集一堂。你和野君进门，早有张君山拊掌笑迎："两位才子，姗姗来迟。听闻二位新作告成，早欲拜读！"你笑道："不急，先待我读新草之同社征文檄。"于是诸子皆环坐静听。你读到"是与吾浙诸兄弟约，各出珠玑以畀，剞劂鸿文，既集之后，必有一代英杰出乎其中，以为领袖"，众人皆鼓掌振奋。"珂月，振兴浙省文章，吾辈责无旁贷！"读罢，你与野君各择一白梅印花坐团坐下。座中只听秀初言道："珂月兄与野君兄真性情中人，为诗为文为传奇，可抛却天下之事。小弟平日总是心绪难平：欲待作文，八月乡试将至，则恐温习不及；欲待钻研时文，却心生厌恶。"秀初说完，众皆默然。你摇头叹气："八股实无用之物也，使世人不得自出手眼，安知天下文人，怎可以一途束之？"方水打破静默，笑道："今日集会，暂且抛却诸般烦恼。今日我请得二人，一司笛，一清唱。可助文字之兴。"众人环顾："二人在何处？"方水笑道："你们且静心品茗，稍待即至。"

须臾，众人皆听得春风拂过万竿翠竹、一池水面，其间一丝隐约之声，穿竹拂水而来。又有人声启口轻圆，渐渐明亮："好——天——气——也！"四字念白已毕，你们皆将目光投向水边竹林，并未见到有人，只是翠竹桃花，光影交错。小径深处，隐隐约约，仿佛有桃花片片飘摇。定睛才见一女子，上着桃红小襦，下为十幅月华之裙，风吹裙摆，仿佛吹皱满池碧水，女子执扇飘然而至听竹榭前："原来姹紫嫣红开遍，似这般都付与断井颓垣。良辰美景奈何天，赏心乐事谁家院……"而笛子，只在远远竹林中伴着，渡水而来。你看到桃红色跳动于满目翠绿之中，跳动于山水之间，仿佛当年佩兰之舟，突然经行你的眼前，仿佛当年灼灼其华之女子，仍旧盛开，竟一时若醉。"遍青山啼红了杜鹃，荼蘼外烟丝醉软，春香呵，牡丹虽好，他春归怎占的先？成对儿莺燕呵，闲凝眄，生生燕语明如剪，呖呖莺歌溜的圆。"女子的歌声渐远，仿佛燕语莺声，在空气里溜了一个圆，便绕梁而去。再看，女子又已隐入竹林，只剩下风吹竹喧了。

　　众人在春日里凝神敛气，又等待了片刻，并无人无曲再现，严子问笑曰："方水，你排演的好剧，仿佛春色突现，又仿佛蓦地春归！"方水以手掩口暗笑。野君鼓掌道："我最爱汤若士传奇，最爱这《游园惊梦》，文辞太美，痴情太美！"你亦笑道："我只道春已随伊人归去，却原来尚在人间。我们不妨以春为题，不限诗体，尽情泼墨如何？""甚好！甚好！"众人会意散去，或散步园中，或盘腿坐于蒲团，或磨墨凝神。而你觉得这一日，仿佛春水一般，流淌得尽情尽兴。

而文字亦无须寻觅，直待流淌即可。于是径直奔向画案，提笔便写：

迎 春 词

　　春光春光在何所，家家望得春如火。接取春光亦何为，空教儿女心肠左。弟兄相强姊妹行，姊妹不言心自可。船上风华楼上艳，迎春未见春先见。须臾铙鼓动地来，舞女低腰甲士战。好风拂拂响鸾铃，疑是春魂来一片。仙音吹绽梅花萼，柳眼模糊心已觉。遥看彩胜烂于霞，聊当百花连夜发。土牛竭蹶带春犁，今日方知春有脚。巷里蓬蓬唤打春，街头又听卖牛声。闺内惜春闺外贱，相呼共取买春银。买得春来交馈送，谁知更有恼春人。恼春不愿看春过，草草归来独深坐。东家阿姊葬红颜，抛春却往秋郊卧。西家阿妹有良缘，等春不来先嫁破。眇眇愁予守春老，不死不嫁终无了。春光亦似迎春人，云马风车俄杳杳。徒使人间笔墨忙，迎春词续送春稿。

　　你自己亦不知写了多久，渐渐地，众人皆集于画案，看你锦心绣口，抛洒文字。不知何时，不知何人，悄悄进来，坐于西窗琴桌之边，将一纸诗笺放于桌上，于是文字便与琴声一起流淌。当最后一句"迎春词续送春稿"草就之时，瑶琴之泛音亦收尾散尽。你立起，她亦立起。辛彝喃喃道："望春接春迎春舞春种春打春惜春恼春抛春等春守春送春，春已被珂月兄写尽了。"你不语,只是去寻觅那泛音之尽处,回眸时一抹桃红跳跃,你脱口而出:"佩兰!"只听女子道:"小女子打扰诸位清兴了,适才见小诗,虽则四句,却写尽春色,故而起兴操缦。"你方认出,正是方才唱曲之女子,不由得低头。方水忙道:"此即方才唱《游园》之女,名唤竹素。"辛彝道:"此处珂月长诗已将春写尽,你又觅得短诗一首,能否吟诵于春色之中?"女子拿起诗稿,柔声道:"此诗搁于石凳之上,竹素擅自拿走,请写诗之人见谅。因见其中有蓑衣鳜鱼之语,故起兴弹奏《渔樵问答》一曲。待我诵读之后,完璧归赵。"女子虽为诵读,却发音清亮,抑扬如唱曲一般:"春风吹得鳜鱼肥,柳雪满天桃雨霏。雨雪到春吹不尽,随风粘住绿蓑衣。"读罢众人拍手:"好诗好诗,何人作此?"你看见野君笑而不语,走至女子面前,轻轻接过诗稿,便走出听竹榭去。半纮道:"原来是野君之作,珂月野君,真为同社双璧也。"

你走至琴桌边坐下,任凭众人笑语,只是静坐。八年多了,你再次听见这张琴被奏响,虽则旋律不同,然而那熟悉的按音、散音、泛音,不像是被重新弹奏出来,而是本来就蕴在这听竹榭中,或者说本来就蕴在你心底,现在竟又振动在空气里、春意中,如此真实,却又如此短暂。让你感觉到有熟悉的眼神打量着你,有如兰的呼吸拂过你,有飘摇的衣带掠过你。你用手轻轻拂拭琴弦,摩挲漆面,似乎上面仍旧有故人的勾挑抹剔,仍旧有故人的气息与温度。

　　你见到她，她正笑意盈盈地看着你。那张灵芝纹的画案上，放着诗卷。"珂月哥哥，此为姐妹们集社之诗，劳烦哥哥评点指正。"你不敢正视她，只是低头走向画案，任凭一抹桃红色在眼角跳动，任凭那银锁之声在空气中轻轻摇曳。你一页页细看，不由得感慨：女子虽不能壮游天地之间，然而心思细腻沉静，情感纯粹投入，反更能感受四季更替、人间冷暖。男子之诗，则多了世俗功利、周旋应酬之气。诗词多由小楷誊抄，秀美干净。你边看边颔首："好诗，好诗！吾辈男儿不及呀！""珂月哥哥，父亲总赞你才高气清，故而央父亲拜你为师，望不吝赐教。"你摇头笑道："诗以真情为贵，不哭不笑之诗，余无取也。姐妹们深情尽托文字，真好！"此时，你才敢抬头注视佩兰，你看见她嫣然一笑，略一侧头，以手触耳，俏皮地说："哥哥只管倾囊相授，小妹洗耳恭听。"只此瞬间，眼神如温暖之春水流动。你连忙低下头去，继续翻阅诗卷。佩兰亦过来，站在旁边一起看，你随手取朱笔在纸上圈点。当见你写下"得辋川诗之境"时，佩兰言道："诗自《诗经》《楚辞》起，至唐时臻于极盛。我常见父亲身旁文士，皆言盛唐为最，不必效仿他诗。哥哥意下如何？"你摇头，走至窗前，看着千竿翠竹，在阳光中泼洒色泽，光影瞬息万变。你慢慢说："余自成童学诗，历七八年矣。意之所嗜，与时而迁。初从李贺入门，喜其凿空构造、险涩异常，然而心中情怀，无法流畅抒发；于是借太白之酒杯浇之，又觉得太白之诗过于粗豪外露，缺乏萧淡自适之致；于是学习王维、陶渊明，以安其性情。时间久了，又不耐其寂寞之久，语言之素朴，欲寻华美之辞藻，复读齐梁之诗；然齐梁之诗抒情美艳，却流于纤靡轻薄，沉溺久了，又希望回归浑厚沉雄之境界；于是始觉杜甫诗歌浑厚深沉，而力未逮也。子美曾云：转益多师是汝师。学诗岂可限于一时一家，然而学诗亦非单纯之模仿，最终应自出手眼，回归本心！"妙！妙！"突然有鼓掌之声，原来是佩兰之父与方水二人，不知何时进来，与佩兰一起听你论诗，"看来小女随先生学诗，定能精进！佩兰，何不乘兴操缦一曲？"你看见佩兰走至琴前坐下，静默片刻，调理气息，若有所思。左手轻点琴弦，右手以勾挑起音。散漫几声，琴音便弥漫开来，须臾按音进退往复，如透明之蚕丝、雨丝、柳丝、情丝、斜飞密织、吹拂缠绕。将整个听竹榭、将你整个人朦朦胧胧牵缠包裹起来。让你无法扯断理清，也不愿意扯断理清。你喃喃道："忆故人，忆故人……"

"你想听《忆故人》吗？我曾习过此曲，然而弹不出其中深情，可试为君一弹。"你抬头，原来是竹素，笑意盈盈地看着你。你忙站起行礼："多谢竹素姑娘，此曲多年前听得，只是而今再不敢听、不忍听。"竹素笑道："何时想听，竹素随时可弹。"你点头，"姑娘，请弹你心爱之曲，只要有这琴声响起，珂月便如闻禅语。""禅语？"竹素笑道，"那就是我心爱之《普庵咒》了。"于是竹素坐下，才一弹拨，琴声便如萧寺钟声，缓缓庄严而来。你便立于窗前，窗外是万缕清风点竹；窗内是十几社友论文。不知何时，野君也走进来，与你并排而立，他在你身旁轻轻道："珂月兄，近日小弟收到孟子塞书信，约我们赴山阴一会。""好啊，小弟早就想与子塞一会。只是诸事头绪万千，且待一一安排。近日父亲来信，让我至海昌一行，探访他的老友，并帮其整理李卓吾先生之年谱。待我海昌回来，再赴山阴？五月则将赴金陵父亲处，父亲亦邀请野君兄同行，不知可否？""金陵盛会，当然要去！待你海昌归来，我们同往山阴道上一行。""好！"你微笑着，期待这奔波而又充实的岁月。

你们在这竹里馆中谈诗论文，竹里馆又在栖里一隅，栖里又在杭城之北，杭城又在江南之南，江南又在春色之中。不知不觉，春色已成暮色。竹里馆千点蜡烛燃放，似乎继续着春日的花开，而千竿翠竹，竟做竹影，映于粉壁纸窗月光之中。同社诸子，不觉醉矣。有先行散去的，亦有余兴未了、秉烛夜谈的。方水张罗着送客、沏茶、留宿。你和野君，则早移步至听竹榭旁留月斋中。留月斋中无床，却有卧榻禅椅，可供清谈。斋中有一张黄花梨的书桌，桌面阔大无漆，只赏其自然纹理。时间久长，桌面暗色莹润。斋外是中庭粉墙，花草不多，只栽竹数枝，夏日则有芭蕉泼洒。留月迎风，清爽惬意。你倚于榻上，野君盘腿坐于禅椅之上，一盏书灯放于桌上，只是一片青绿铜荷，擎着一朵花苞似的火焰。

野君提起子塞之约："此次山阴之行，子塞应有新作。我们亦可将《花舫缘》《春波影》携去。"你微笑道："好啊，我甚爱子塞之论。《古今词统》一书，最喜子塞为我们所写之序，序中言道‘词与诗、曲，体格虽异，而同本于作者之情’。我亦持此论，诗、词、曲，同为文士所为，或同为一人所作，为何要排出高下优劣？"野君莞尔："难怪子塞言，予友卓珂月，生平持说，多与予合。你二人真知己也。"你亦莞尔："人生得一知己，已是难得；偏生我得二知己，是否会为天公所忌？"野君忙摆手笑曰："珂月休发此语，你文采超众，千万莫被天帝知晓，罚你撰文写记。"你叹了一口气："人间尚不知晓，何谈天上？"野君正色道："纵使此生终不得志，文章终究不会埋没。纵置于断瓦残垣之间，光芒亦会映照星汉。"你听言振奋，从榻上直起身来："是啊，小弟不求功名富贵，亦不求金石寿考，宁可如李贺般呕出心来，呕出锦绣文章来。""好啊，如切如磋，如琢如磨，我二人相交已近十年，再十年，再二十年，直至白头，此志不违。"野君说完，你们相视而笑，此时无言，胸中激荡之情，却如明月春潮，滟滟而来。

　　你和野君，不知有多少次这样的秉烛而谈，不知有多少个日夜，在一起读书晤诗编书。你们在一起感受夜晚如何渐渐生凉，夜风如何变幻音韵，烛光灯影如何曼妙生姿，心儿如何欢喜惆怅。而今夜，似乎在这之外，更增添了些什么。你们谈话的间歇，总觉得这夜晚不同平常。你们仿佛看见崔莺莺，她正在月色中添香，她小心翼翼，用纤细的手指，在香盒中拈出小小香丸，再将小小香丸放入小小香炉。香炉中一星小小的炭火，慢慢便有一丝似有似无的香味温润飘摇，将她那小小的心事，慢慢融化到苍茫月色与苍茫天地中去，以为杳无踪迹了，谁知过了一会儿，那淡淡的香味似乎又随风飘散回来，摇花穿竹，发出微弱却清凉的低吟。那低吟声越来越清晰。你们看见莺莺顾盼左右，左右只是粉墙儿高似青天；你们看见莺莺侧耳倾听，你们亦随她侧耳倾听。叮叮咚咚或是萧萧飒飒。仿佛是女子步摇随风，寂寞生姿；仿佛是空等一天的女子，放下帘帷，金钩惆怅作响；仿佛是佛寺钟声敲响，直接叩上人心；仿佛是漫漫长夜，剪裁缝作，让忙碌的声音填补夜色；仿佛是无时不在，催促人心的滴漏之声；又仿佛什么都没有，只是一夜风声掠过萧萧疏竹。你们看到崔莺莺沉吟许久，突然微笑，望向西厢，然而又突然叹气，回过头去，任那声音流淌在天地之间。

她已听懂，你们也已听懂，原是那远风送来的琴声。野君突然言道："这夜晚，怎有琴声，好像是听竹轩中传来？"你点头。野君又道："这琴曲好生缠绵，好生熟悉。"你缓缓道："我已多年未闻此曲，然而多年心头始终盘旋此曲，此曲即《忆故人》。""想必是竹素在弹？""是啊。""珂月，多年之情，你始终难忘。想不到佩兰如此薄命，令人嗟叹。""是啊，闻知佩兰死讯，小弟始终不信，直至今日，耳边只是一曲《忆故人》罢了。今日重回竹里馆，往事直待追忆，却不敢追忆。"

你和野君看见她，她要与你告别，她马上要出阁，别离少女生涯了。她没有穿那桃红小袄，亦未戴银锁。而是穿着沉香色纱褙子，下面是素白色的曳地长裙，绣着淡墨色的折枝梅花。发髻上简单地插着珍珠簪，手拿一沓花笺，素净清雅。你望着她，她朝你微笑："珂月哥哥，小妹不能随你学诗了，今日特来告别。"你无言，这样的告别，你早就知道了。从见佩兰第一面起，你就知道所有的相聚，只是相离，只是镜花水月，你与她本无丝毫缘分，能有短短的共论诗词的时光，已是奢求。她就这么看着你，你不敢直视，走至窗前，望着秋日之竹，言道："珂月亦是来告别的，珂月明日便要去金陵父亲之处，父亲来信，已催促良久。"你转过身，望着佩兰，"今日妹妹穿插得好，真如画儿一般，仿佛长大了呢。"佩兰微笑道："哥哥知道小妹为何素日常着桃色小袄，戴银锁，如孩童一般？"你看见她将诗稿放于画案之上，慢慢坐下，你亦坐下，静静倾听。

"幼年之时，父亲常年在外游宦，只有母亲与我相依相伴。母亲最喜诗词及操缦。她经常提及未出嫁时，与姐妹们诗文结社之情景。她说女子最美好之岁月即闺中之时，眼中只是烂漫花草，耳边只是清音雅韵，心里只是赏心乐事，每日家读书作诗画画弹琴刺绣品茗，将人世间最美好之事物件件品味赏鉴，每每于春花秋月，便觉得自己如有苍天眷顾，为何竟有如此良辰美景？然则又总会凄然心惊，因为此种岁月看似真实，实则虚幻。女孩儿一出嫁，便如真正入尘世历劫一般，再不能闲看花开月满，甚至无暇闲愁万点。总是要操劳牵挂，身不由己。她说自己当年结社之姐妹，或早夭，或音讯沉寂，纵有偶遇者，也早搁却诗笔，只是夙兴夜寐，持家教子。她似乎不愿我长大，故总让我穿桃色小袄，挂幼时即有之银锁。闲时她就倾尽心力，教我读诗弹琴。"

你看着她慢慢站起来，走到琴桌边，坐下。凝神，缓缓拨出泛音。那泛音，虽则散漫，却将无序无绪之岁月，一下穿插起来，让杂乱之人生，有了真实流动之情感或者旋律或者温度。泛音结束，余响在空气中慢慢散开，一丝寒意渐渐沁入发肤，渐渐沁入心脾。

她弹不下去，沉默良久，又开始慢慢道来："珂月哥哥，今日我将自己心里事儿，都告诉你，以后不知何人能听我言讲了。父亲后来将我们接到金陵，终于阖家团圆。父亲很喜欢我，又希望能中年得子，故经常将我打扮成书童模样，带在身边。母亲终于身怀有孕，我们全家都喜出望外。我朝夕盼望，日里梦里都在想象弟弟的模样。母亲临盆那天，我身穿桃红小袄，戴着银锁，欢喜等待。但是……但是却未能等到，未能等到弟弟，也未能等到母亲……"你看到她俯身在琴桌上，无声哭泣。你连忙起身过去，却不知如何是好。终于，你伸出手去，用自己的温暖，小心包裹住佩兰冰凉之手，慢慢地，你们的手，都温暖起来。而慢慢地，这种温暖的感觉，就植根于你的手里。很多年后，你都能在自己的手上，寻觅到佩兰当年那一点小小的温暖。

过了许久，你轻轻安慰佩兰："佩兰，拥有值得追忆之事，已是人生至乐。你母亲教你诗词琴曲，其实她一直与你在一起。凡天地间，有文字处、有音乐处，皆是你母亲踪迹。"佩兰点点头："珂月哥哥，就如与你在一起谈诗论文之时光，如此之好。以后凡有文字处，也皆有珂月哥哥在。"你听得此语，心中如被巨钟震动，感动、喜悦、惆怅、失落，竟融在一起，不知当哭当笑，不知如何是好。你此时终于敢直视佩兰的眼睛，如同探入秋水深处，潺潺如烟、脉脉生愁。佩兰亦久久凝视你，她轻轻叹气："珂月哥哥，我常常嗟叹，天地间生出人儿，如此多情、如此才华横溢，却不如草木。草木尚且岁岁枯荣，人却为何要生老病死，且生之日短而死之日长，忧之日多而乐之日少，聚之时骤而别之时久？是否天亦妒人之乐，妒人之才？你我今日一别，想来相见无期。有时静思，竟盼望当初未曾邂逅……"你不知如何安慰佩兰，亦不知如何安慰自己。尚未开口，便觉无限心酸，不觉脸上温热，簌簌泪流。你取出丝帕，还未及为自己拭泪，先轻轻为佩兰拭泪。你想起什么，解下自己常戴之玉佩，温润温暖，一面刻着"三元"，一面刻着"及第"。你递给佩兰："佩兰，这是我常戴之物，是父亲远游之前送给我的。我虽不喜上面所刻之字，然而多年来思念父亲，见玉佩如见至亲之人。今日送给你，只当我一直陪伴于你。"佩兰小心接过玉佩，放于手心合拢许久，然后摊开双手。你看见玉佩玲珑，纤手玲珑，如一颗小小之心置于玉手中。"谢谢珂月哥哥，我也有物相赠。小妹这几日挑选自己所写之诗，书于花笺，送与哥哥。"

佩兰收好玉佩,走向画案,将一沓花笺一页页慢慢折好,夹入书中,然后递给你。你接过书。佩兰向你微笑道:"佩兰原想终老江南,未料此次竟要嫁往北地。若他年尚有机会,仿效闺阁才女,将自己的诗词付梓,定会寄给哥哥。"你点头:"珂月会静待妹妹佳作。""珂月哥哥,你我明日都要远行,佩兰再为哥哥奏一曲《忆故人》,望哥哥山高水长,莫忘故人。""妹妹千万珍重,珂月岂敢忘怀……"你坐下,看着、听着佩兰轻轻弹出第一个音,随之而来的旋律,直接让你置身蓝田沧海,四顾茫茫,日暖烟霭,月明泪闪。而你和佩兰在渺渺茫茫中挥手作别,渐行渐远……

四周一片寂静,琴曲已结束许久,再无从寻觅。你听见野君悠悠道:"珂月,与君相识,应为君与佩兰别后,我去半月斋找你几次,皆见你独坐一隅,如痴如醉,入定一般。唤你名字,亦不闻不问。""是啊!"你走至窗前,窗外不辨竹树春秋。你摇头叹息:"本以为是生离,想着虽不能再度相逢,然而这世上总有一刻,有一处,有一人会与自己共同举首,望月听风。会有无尽牵挂,如月老的红线般,牵在两头,纵然有千里之远,却再不中断。谁知一年之后,便闻佩兰操劳家事,且不耐北地天气,旋感风寒,已杳然仙逝。想起佩兰临别之语,竟似谶语。"

野君亦走至你身旁,言道:"如此有慧性才思之女子,奈何薄命如斯?"你拉住野君之手,哽咽道:"其实,小弟常常思之,当日若不相见便好。无相见,便无别离。无欢喜,便无愁苦。甚至会痴想，若不相见，佩兰亦不至早逝如斯。"野君握紧你的手："珂月莫做如是之想，世间至美至情之人，必不愿久留俗世，定会觅桃源福地而归。虽则如花落月逝，然亦使世人知天地之间，原有一种俗人不可企及之美、之情；倘若竟能一遇，实则人生之大幸矣！正如你自己所说，凡有文字、音乐之处，皆有佩兰踪迹……"书灯渐暗，天光渐亮，渐有日光漏洒进来，照见你与野君于榻上抵足而眠……

第 九 章

海　昌

你雇舟东行，去往海昌，开阔之河面渐渐变窄，你由下塘河转至上塘河。春草漫长，春野荒凉，有废弃的小船随波横斜，岸边人家渐渐寥落。你立于舟头，听舟子说："到临平了！"你怦然心动。

你看见临平山正当五月，如深碧一抹，而临平山塔只是一点烟灰色，汲取天上人间之气，迎客西来送客行。你看见碧痕深处转出一点身影，渐行渐近，却不辨眉目，只是一袭僧袍。而那一点身影，与你隔着无边无际之水，水中有万千粉红深红之藕花，藕花上飞舞着漫天蓝绿透明之蜻蜓。风吹过，蒲草猎猎，蜻蜓微斜。你看见那一僧人，伫立良久，不知其心随风动、心随莲动，或是心随蜻蜓飞舞。你知道，藕花洲之外，是热热闹闹的上塘运河，热热闹闹的班荆馆，是热热闹闹的市镇。你知道，那身影正是宋时诗僧道潜经行于此。

他在岸边吟道："五月临平山下路，藕花无数满汀洲。"道潜飘然而去，又有一点身影出现。只是此时，万顷藕花已经凋谢，只有残枝如铁，错画倒映于水中；漫天蜻蜓亦悄然远去，只有漫天黄叶飘飞。你见那身影，似乎正在挥手作别，而水边之小舟，正欲催发。你知道，那身影正是苏轼经行于此。你会感慨，苏轼提及余杭门外，不是黄叶飞秋，就是杨花似雪。余杭门外或者临平山下，似乎成为送别之地，是否繁华美幻之时，即已寓悲凉感伤之兆。从宋至今，所有的身影与热闹，均已远去。你看见的临平，只是一普普通通、人烟稀少之僻镇。只是临平山与临平塔依旧，一抹碧痕中蕴一点烟灰色，沉静地俯视着下界。

你看着上塘河清冷的水面，不由得摇头感慨道："运河，运河！"是运河，使得临平兴盛，亦是运河，使临平冷落，而邻近之塘栖，却慢慢繁华。你知道，道潜与苏轼经行临平之时，运河取道临平，三十里之外的塘栖，并无田田莲叶、显达过客。仅为一小小渔村，且风波险恶。水路交阻，盗贼出没。

你看见，元末江南，动荡不安。无数军民，奉张士诚之命，从武林港至江涨桥，挥汗开挖河道。十载岁月，终成新开河。从此运河舍道临平，取道塘栖。在这十年中，元室衰微，诸雄纷起。新开河艰难地向前延伸，一个崭新的王朝也在暗蕴生机。张士诚、朱元璋、刘福通、韩林儿……风起云涌的人物们，最终改写了历史。而塘栖，也因新开河的开通，脱胎于乱草险流、兵戈动荡，渐开市镇。到现在，临平冷落僻静，塘栖却繁华兴盛。看到了今日的山河，她可否回忆起当日宋亡的情景，她可否欣喜于自己的蔚然成镇？是的，她一定想起了往矣来思的幕幕场景……

她想到南宋德祐二年(1276)，曾有幸见到文天祥，见到他与众官相会，自后登舟赴北。自此之后，她再也没能见到这位正气充塞天地的一代忠臣。只听说他最终被俘于五坡岭(今广东海丰北)。她想到宋亡之际，诸王四散亡命。福王为避兵祸，在塘栖建造离宫。元军攻破临安，福王与六岁恭帝被俘北迁，芮妃及众妃殉难离宫。她看到福王的洗马池荒草骤生，而红粉沟流淌的胭脂余腻触目如血！如今这一切均已化为烟寰、不可复识。她想到，在自己蔚然成镇之后，有多少人推测塘栖之名的由来。是出自霜天下南宋塘栖古寺的钟声，是宋末壮士唐珏避难栖于此地，还是因为元初居民负塘而居得名？实际上，栖水早已默默流淌了许多个年头，连她也记不清何时被人唤作塘栖了。

但是她是否能想到，草长莺飞，日替月换，以后又将经历多少岁月？正统七年，本朝巡抚周忱兴筑运河塘岸，自北新桥至崇德界，绵延一万三千二百七十二丈，修桥七十二，此地注定是漕运中转之重地。弘治二年(1489)，邑人陈守清弃家剪发，奔走四方。碧天长桥重又飞架南北，直接沟通湖州府与杭州府，两岸居民携手同袍，兴建市镇。而卓氏一支，也飘零至此，重建文脉。碧天长桥成之后，塘栖之人，卓吕大姓，始终急公轻利，修桥护桥，以至于今。隆庆年间，徽杭商贾纷纷来此，开典囤米、贸丝开车。富户聚居、众贤毕至。沿河商肆、深院人家、比比墩阜，非桥莫通。

你心潮澎湃，不由得在运河上，迎着春风，大声喊道："筑塘而栖！筑塘而栖！"舟子回过头，朝你微笑："相公，你到底是读书人，原来我们塘栖还可以这么唤，有意思，有意思！""是啊，不止塘栖有意思啊。江南每一集镇，都历经岁月，辛苦建成。中间有多少故事，多少继往开来之人啊。"舟子道："相公，我不识文墨，我只知道，每日里在这河上，看看这繁华景象，送送来往客官，到了晚上，喝点小酒，开开夜局，生活也是惬意。家里还有几亩桑田，衣食足矣。"你微笑，你知道，同为江南之人，你和舟子一样心满意足。

小舟向东，渐行渐远。杭州府往北是湖州府，往东是嘉兴府。无数水路，遍布整个杭嘉湖平原。你真想如庄子般，至九万里高空往下一望，望见这片让你心醉神迷之土地，勾画这片土地之轮廓。从塘栖至硖石，船行一百多里水路，沿下塘运河要经过长安坝、崇德县，到长安镇北转入辛江塘，再从洛塘河到硖石。你的小船不紧不慢，要走上二日多。一路赏尽杭州府、嘉兴府两岸风光。

就这么摇曳至第二日早晨，你听见舟子说："相公，已是海宁境了。你看那边两山隔河对峙，那东山上有一塔相迎，那就是硖石镇了。""知道，去年灯夕曾应友人之约，来观硖石灯彩。""是啊，灯彩真是交关好看啊！"你不由得笑了，是啊，你心中的硖石，应该永远是夜晚，永远是彩灯辉映。

每逢元宵,硖石人便认灯、试灯、演灯、落灯。而民众则老老少少、雅雅俗俗、高高矮矮、新新旧旧、挤挤轧轧,欢欢喜喜。你最爱看大家毫无心事地一起欢笑、一起喝彩。

你想到孔子,他正在和子贡聊天。子贡刚刚观完蜡礼,他看见了老老少少、雅雅俗俗、高高矮矮、新新旧旧、挤挤轧轧,欢欢喜喜。孔子问子贡:"你去观蜡,乐否?"子贡摇头道:"举国之人皆若狂,我实在不知道为何如此?"你看见孔子摇头道:"百日之蜡,一日之泽。非尔所知也。张而不弛,文武弗能也;弛而不张,文武弗为也。一张一弛,文武之道也。"

是啊,一年的蚕桑之事、耕作之事已了,就是要涤尽一年劳累,一年心事。好好热闹一下、放松一下。看人面灯花互相闪摇,王孙公子缓辔弄鞭,儿童倩人手持琉璃,花筒焰火上映云霄。听橐鼓敲响震动天地,环佩敲击叮咚悦耳。闻烟火气息飘荡空中,脂香粉气弥漫身边。直看到人散月尽,灯火阑珊。光沉影散之后,地上遗些许绢帕翠钿,远远犹有闺人遥遥呼唤,踏桥未归。

你想到去年元宵之光景,不由得微笑。今年春日复来,虽无灯景,然而奉父之命,访其旧友,送父亲新近印好之《漉篱集》,定有另一番情味。船儿驶经硖石镇,硖石与塘栖一样,亦是开窗见河,出门过桥。市河穿过镇中。商肆人家,鳞次栉比;港浜潭漾,比比皆是。船儿转入一条较偏的河道,慢慢远离热闹。你寻觅的徐生永平之宅,正在硖石镇西,东白漾边,远远有西山在望。你弃舟登岸,寻觅到一处素朴院落。

竹篱为门,轻推即开。小院不曾刻意经营,草木随意生长。新绿如烟云般深浅不一、随意涂抹天幕,院中一棵高大的梨树,在阳光中,开得纷纷扬扬、闪闪烁烁,花儿如万千粉蝶儿,欲飞将停。你见这花儿,竟也欲进还止,一时只顾流连春色。忽听有人招呼:"赏春爱花之客,何不径入寒舍,饮上一杯清茶?"你看见他,他四十多岁,穿一件宽大的藏蓝袍子,越发显得神清气朗。你忙上前行礼:"伯父您好,小侄乃仁和县塘栖镇卓人月……"他上下打量着你,笑道:"你的父亲想必就是左车先生吧?""正是!""我就是你父亲之旧友徐永平。""啊,正是伯父啊!"你重新行礼,忙从肩上取下包裹:"小侄一直帮父亲寻访旧日诗文之稿,去岁编成父亲之诗文集《漉篱集》,父亲嘱咐我将书送至府上。""甚妙甚妙,我最喜读左车兄之文字,贤侄请进来慢慢聊!"你见他又转身高呼:"龙女,来客人了,把我们的好茶从石灰瓮中取出沏上,去集市上觅些新鲜鱼虾蔬菜,好好招待一下!""知道啦,父亲!"清脆的声音很快从身边掠过,你只见一个十五六岁小女孩儿,伶伶俐俐便出门去了。他微笑着对你说:"此乃小女,因此地近海,怕小孩儿不安稳,便取个小名唤作龙女。她母亲几年前亡故了,我们父女相依为命,说来惭愧,我只教她粗粗认些字儿,读些诗儿,尽是她终日在照顾我呢。"

你走进屋内,正对的是一个小小的厅堂,厅堂左右两侧是小小的房间,沿墙都是书橱,书橱上摆满了书籍。厅堂正中只是一张简单的榉木八仙桌,配上些竹篾贴面的凳子。你突然鼻子有些酸涩，几年来，你经常会有这种感觉。每每去寻访父亲之友，搜寻父亲当年酬唱或鸿雁往来之诗文，你都会感到既幸福又心酸。幸福的是，你可以为父亲做如此郑重之事；心酸的是，你甚至会羡慕任何一个与父亲有过交往之人。你见到他们，心里如此熟悉亲近，就好像见到父亲一般。

你看着他，他正在潜心翻阅《漉篱集》。不知何时，有茶香伴着花香溢满室中。龙女用木托盘端茶过来，他抬起头招呼："喝茶，喝茶，这是小女亲手所制之梅花茶，女孩儿从小爱花，精心采摘半开半放蕊之花，一层花，一层茶，故梅花之清香全好好存在这茶里呢！"你忙对龙女谢道："多谢妹妹，采天地之清气，制成如此好茶。""哥哥莫如此说，小妹只是觉得好玩罢了。"你看见她，她穿着豆绿色的褙子，里面却露出立领小袄的一抹桃红色，她边说边害羞地将身子侧过去，眼神如日光下面之水波，和桃红色一起流动过去。你心中猛然一惊，连忙转过身，看着他。让心头一点痛楚，如雨珠沉重入水，却慢慢化开去，渐归于无。他仍旧在翻看父亲的文字，时而欢喜，时而蹙眉。你亦静静地坐着，龙女不知何时已离开厅堂。

"春光故故入春帏，春梦空随春雨飞。忽听子规床上唤，人间万事不如归。人间万事不如归……"你听他轻轻吟诵并嗟叹。你不由得轻声问道："伯父是何年与父亲相识？""我与你父亲，已有多年的交往了。"他翻至一页，递给你，"你读一下此诗。"

你接过来，慢慢诵读："暂尔家居类客游，即看庭树冷修修。而翁怀抱难如昔，病母凄凉亦似秋。但自养雏能鹄峙，不堪孤影属云浮。催人儿女今成老，昨夜寒庐尽白头。"对父亲的诗，你已如此熟稔，然而每次读，都让你心痛神痴，刚刚化开去、似无波痕的痛苦，慢慢又凝聚起来。

"我与你父亲相识之时，你父亲携姬飘零于金陵，于桃叶渡租一小屋愀居。他曾对我说，昨岁长子成婚，家事托付于他。从此心无牵挂，不愿重回乡里。"

你点头："是啊，父亲不常在家，我与他真正相聚，只有少年之时，他曾携我读书三年。虽则只有三年，却刻骨铭心，人月从此效仿父亲、痴迷文字。小侄时常想，这世上若无诗词文章，岂非黯淡无光，了无生趣。"

"其实我早已知道你了，你父亲经常在我面前提及珂月、珂月，说你天赋奇禀，假以时日，定能有所成就。"

你低下头，百般感慨，不知如何开口，只是轻声说："珂月至今一事无成，只怕辜负了父亲的期望。"

你想起当年，离开佩兰之后，你去金陵拜见父亲，正是在桃叶渡边之小屋。桃叶渡，这样的名字，令你怦然心惊，是否亦会令父亲无限感慨。你想，人生如立于渡口边一般，只是不断分离与眺望。当时父亲孤身一人，还未将庶母接到金陵。你与父亲站在桃叶渡口，看夕阳西下。你无限伤心，难以言说，只是望着无尽之水，被慢慢染红。你惊讶地发现，天地之间尽已映染成桃红之色，水之粼粼波光，是无数片桃花之花瓣涌动,艳美绝伦。你正错愕之时,花瓣纷纷消逝,那无尽的桃红之水,随着日光的掩映,竟转成无尽的暗红之色,如血一般,它们不断向深灰色的天际、深灰色的虚空涌去,浩浩汤汤,化艳美为凄美,让你惊心动魄。

"珂月,我与你母亲已经替你定下亲事,回去之后你便要迎娶丁氏楣君。"

突然,所有的暗红色亦不见了,夕阳已经无从寻觅,夜色已至,天水不辨,你一下从天际与虚空之中回归尘世。

"你迎亲之后,我便要与你高霞庶母离开塘栖,至金陵定居。珂月,你是长子,从此家事由你承担,你要照顾好母亲。父亲亦希望你能科举得中,振兴卓氏文脉。"

你想说什么,却亦无法言说,只是点点头,望着已经无法分辨之桃叶渡口,只觉得天地茫茫,不知何去何从。又觉得自己如告别往日世界,要开始真正的漫漫行游。

"珂月,你还未弱冠,就开始替父亲分担家事,照顾母亲,真是好孩子啊!"

你看见他微笑着,亲切慈祥,注视着你。一时惭愧、心酸、欣喜,涌上心头,那么多年的千言万语,深埋在心里的千言万语,竟差一点要对一个第一次见面的长者喷涌出来。然而,你终于将它们压抑下去,亦微笑着说:

"伯父谬赞了,小侄有幸,父母为小侄觅得贤妻丁氏楣君,本栖里丁山湖人。嫁到我家之后,终日夙兴夜寐,帮助小侄操持家事。"

他点头："甚好，甚好！左车先生有如此孝子贤媳，故当无虑矣！"

你们看见塘栖之南，超山、太山之北，一片水泽花海，似非人间之境。你们知道，那就是丁山湖，湖面数十顷，涵虚混清。远近十余村，绕湖而居。其地多水，村民以桑麻水果网罟为业。四时花开如漫天雪片，四季硕果如无尽繁星。梅李杏梨、橘柚葡萄、枇杷杨梅、花红樱桃、火柿石榴、甘蔗荸荠，不可胜数。而水面则澹澹生烟，烟斜雾横。终日可听渔唱菱歌，鸥鹭雁雀之声。近水有菱花点点，冷莲坠粉；水边是兼葭苍苍，村落隐隐。

你们看到，一队小小的船儿，慢慢划破这绝美之烟雾，越来越清晰。你要从丁山湖接回楣君，你们一路荡漾在这山光水色之中。你已经收拾好自己的心绪，将佩兰、将过去的一切，找一个最隐秘的地方，收藏起来。你要开始的，是全新的生活。然而，你还是忐忑不安，不知相伴终身的女子，会是怎样？直到你看见这纯美的山水，看见楣君的家。丁氏亦为栖里大姓，虽不是诗书传家，却也明礼晓事。丁家不大，收拾得整洁有致。院里主要是普通之果树蔬菜，却照着园林的法子，安插得错落有致。有空余的地方，还种上了梅兰菊竹。你行完礼，接了楣君上船，一块红色的盖头，遮住了她的脸，只能看见她身材娇小。你看见这一路，那丝绸的盖头，竟是如此静谧，似乎一片如明镜的水面，不生一点波澜。到了晚上，你揭开那盖头，你看见她，她望着你，很快低下头。

你心里惊讶，其实她并不算美丽，你只是惊讶，第一眼见到，却好像从前便熟识的那样。楣君就是这样，她的神情非常安静，非常亲切。你可以只管看着她，也不会厌倦，甚至心里也会越来越平静；她说话不多，但你却可以对她说很多很多的话。她就这么听着，你会觉得已经是在交谈了。就这样，楣君随着你，离开丁山湖，来到栖里。这已经是她走过的最远的路了。而后来，她一直是这样，安安静静地守在你的家里，每日辛辛苦苦地劳作。她不愿意远行，不愿意离开栖里，更不愿意离开家里的每个人。

"父亲，时辰不早，可以吃饭喝酒啦！"你们看见龙女从厅堂侧面出来，才发现，其实家里早就被一种暖暖的香味萦绕。

"龙女，今天做何等好菜招待客人？"

"没有什么，只是我们这边的家常菜罢了。不知是否合哥哥口味？"

龙女边说边开始收拾桌子，摆放碗筷。很快，八仙桌上就热气腾腾地放满一桌菜肴，酒业已斟上。龙女站在一边，歪着头微笑。

"妹妹，你也来吃啊！"

"不吃，我要看着你们吃。你们吃完我再吃。"

他笑着说："随她去吧，这丫头喜欢一边做菜，一边品尝自己的杰作，估计已经饱了大半了。"

你也笑了，你看见，龙女和楣君一样，每样菜的数量不多，但喜欢配上好看的碟子，摆出好看的形状。桌子中间是一只陶罐，上面用油纸封住；陶罐旁边有一只比较大的淡青色瓷盆，里面是玉色的蛋羹，炖着肥嫩的塘鲤鱼；其他一色四只青花瓷盆，一盆盛着碧绿的腌菜，上面点缀着朱红色的枸杞，一盆清炒螺丝，有姜末均匀地撒在上面，一盆油焖春笋，点缀着嫩绿的葱丝，一盆是硕大的丸子，清香扑鼻，表面竟是半透明的；另外则有四个小小的果盆，放着蜂蜜腌渍的嫩姜、雪白的糯米糕、水煮花生、本地的紫薇甘蔗。

他为你斟上酒，说："海宁亦无甚特色，只这缸肉较为有名。想当年东坡先生最喜食肉，曾盛赞此肉。家里日常只有小女和我二人，所以龙女只用一较小之陶罐密封之，用文火慢慢炖之，直至汁浓肉酥，入口即化。这丸子唤作长安宴球，女儿招待贵客，方会做此菜。需将鲢鱼拆骨，细细剁成泥，再和以肉泥，团成丸子，调味而成，煞费工夫。看来她将你看成贵客了。"

龙女在旁掩嘴而笑，你亦微笑，轻声说："多谢，多谢！"

"珂月，来喝酒。这米酒亦是龙女所酿，较为清淡。女儿知我喜饮酒，怕我伤身，不知用何种法子酿出此酒，既能解馋，又不醉人。"

"是啊父亲，这样你才能效仿陶潜，饮后悠然做饮酒诗，不然喝得大醉，还能写出什么文字呀？"龙女在旁打趣父亲。

你看见他微笑，然而又叹气："唉，女儿终归要嫁人的，日后又只剩下我孤老头一个了。"

"父亲,我不嫁人,我只愿此生陪伴于你。与你一起喝茶饮酒、吟诗论画,岂不美哉?"

你心中猛然一痛,酒喝了一半,竟不能下咽。连忙举箸夹菜,掩饰自己。过了一会儿,方慢慢言道:"伯父,小侄这两年悉心编辑《女才子集》,江南一地,最是女子得天地自然之灵性,汤义仍之《牡丹亭》,真是写尽女子至情也。近时又有钱塘冯小青之事,挑灯夜读《牡丹亭》,令人感伤嗟叹。小侄每思男子竟不如女子,故愿搜尽天下才女文字,以成一编。"

"哥哥若不见弃,他日龙女文字可得纳入集内?"龙女说完此言,便害羞,低头以手指缠绕衣带。

"当然,当然!龙女文字,定是从锦心绣口中而来,珂月当洗手焚香拜读。"

"哥哥说笑了……"

"珂月,汤义仍与你父有书信往来,曾赞你父之文字奇伟峻峙,将你父与唐宜之、傅远度并称为秣陵三株树。你父亦嗜读汤义仍之《玉茗堂全集》,至于每读一篇,辄下酒一斗。当日在金陵,我与你父亲终日言说,亦不过至情二字。言及至情,汤义仍也罢,你父亲也罢,其实都为一人所折服。此人潜心王学,狂怪超逸,不惜以生命捍其真率。"

"小侄知道,伯父所言之人,定是李贽李卓吾先生了。"

"正是正是,我因恶书肆太多赝书,故近年来搜罗独备,厘剔更精,悉心收藏卓吾先生之真书,珂月是否想看一下?"

你连忙站起来拜谢："珂月何其有幸，能读卓吾先生之书。"他亦站起来，急着要带你去看的样子。

"父亲，你的那些宝贝书，又不会飞走。哥哥远道而来，且吃完饭再看吧！"龙女在旁竟有些着急了，此言一出，你们都笑了，重新坐下来，品尝龙女之美馔。

吃完午饭，龙女收拾去了。八仙桌被她擦得亮亮的，茶已经重新沏过，打开盖碗，一缕氤氲的清香袅袅升起，慢慢融入室内的阳光光柱之中，小鸟的叫声也不时从各个方向旋绕进来。春日就如这明亮的光柱与清新的茶香一般，看似真实，又似虚幻。在小楼之外，此时有无边的春色、春光，无边的花鸟，不管如何，此时当下，它们正漫天绽放、尚未凋零。一时之间，你们坐着，不发一语。仿佛这静默，亦是一种感悟与交流。过了许久，你听得他言道："三春花鸟犹堪赏，千古文章只自知。"声音悠长，好像是从很远的地方传来。你心中怦然一动："这是……怎么好生熟悉？"然后，你和他几乎同时说："是卓吾先生的诗句。""你随我来。"你跟随他，踱进书房，你看到，一格书架，放满的是各种李贽之书，你随手翻开一本，他也过来，侧身站于你的身边，追随你的目光，一起细读……

你们看见他，正当夏日，暑气蒸腾，无处可逃。他正在室内，袒露上身。将净水遍洒地面，似乎已是一尘不染，似乎已是清凉世界，他方满意地执卷而读。他读书的时候，竟是凝视着文字，心无旁骛，似乎天地之间只是一人、一书。

就这样纹丝不动，时间似乎已经过去很久、很久了。而晶莹的汗珠亦渐渐从他的眉间、发间渗出来，并且慢慢滴落下来，而他丝毫未察觉。突然，如惊雷闪电一般，他猛然立起，拍案摇头，大喊："真率！真率！痛快！痛快！"他手中的书被掷于桌上，书已被看得卷曲起来，然而还是能看见书名在摇动闪烁，原来是《水浒传》。他在室中游走了一圈，回头看见地上盛水之桶，索性拎起来一倾而泻，无数之清水，如江河湖海一般，在地面纵横奔流。他走回书桌，猛地拿起书，但又放下。他索性拿起笔，摊开一张大大的宣纸，蘸上浓墨，纵情狂草："太史公曰：《说难》《孤愤》，贤圣发愤之所作也。由此观之，古之贤圣，不愤则不作矣。不愤而作，譬如不寒而颤，不病而呻吟也，虽作何观乎？《水浒传》者，发愤之所作也。"

你们看见他，他在夏日的夜晚，仰望满天繁星。你们和他一起抬头，看得久了，你们惊讶地发现，那静止的天空竟然旋转起来。起先，所有的星星，如日光下之水波，点点闪烁，无边晶莹澄澈；然后，那些水波，或者说那些光带，流淌起来、旋转起来、舞动起来，变幻出各种形状。仿佛是天地间一篇绝大之文章，仿佛是天地间绝美之画幅，又如天地间身形最变幻之舞蹈。你们随之心驰神往，随之嗟叹、吟咏，甚至不觉手之舞之、足之蹈之。你们觉得人世间的一切烦恼尘俗，顷刻顿消；而淋漓心性，竟能如星空一般，挥洒于天地之间。就这么天地人遥相呼应，一时忘却身处何地何时。慢慢地，所有流淌的、旋转的、舞动的身形安静下来,你们能看清楚每一颗星星了,看得久了,你们惊讶地发现,漫天星空消失了,只剩下每一颗星星,而每一颗星星就是一个完整的世界,它们如此清澈美好。如流淌于白石之上的清泉、如从乱石中显露出来的美玉、如茫茫碧海中的冰山、如初日照射之下的露珠、如春蚕尽心而成的蚕丝、如月亮之下点点闪亮的珠蚌。如此简单、如此纯美。你们不由得静下心来,去寻找自己人生中最澄澈的一刻。仿佛见到自己如婴儿般,为饥饿而啼哭,为温暖而微笑,若不饿不冷,有母亲柔软的目光陪伴身边,则心满意足,再无他求。你们看见他,他的眼睛亦闪烁起来,纯粹清澈如星星一般。他很安静,似乎害怕惊扰了这满天如赤子一般的星星,轻轻地回转身去,轻轻地进房,轻轻地带上房门。

你们看到他慢慢展开纸,轻轻下笔,犹恐打扰整个世界一般,而这次笔下流淌出的,只是简单的小楷,每个字都写得清清楚楚,秀美简单:

"夫童心者,真心也。若以童心为不可,是以真心为不可也。夫童心者,绝假纯真,最初一念之本心也。若失却童心,便失却真心;失却真心,便失却真人。人而非真,全不复有初矣。童子者,人之初也;童心者,心之初也。夫心之初,曷可失也?然童心胡然而遽失也。"

你们亦轻轻地将目光在柔和的纸上,慢慢移动。此时烛光温暖圆满,如同孩提时母亲的目光一般……

你们最后看见他，是在逼仄狭小的监狱之中。他的朋友汪本钶刚刚离去，此生可能再无相见之日。人生不过是一场场的离别，与亲人离别、与朋友离别、与每一个过客离别、最后，与自己离别。此时他已经76岁高龄，已经经历过太多的岁月，已经书写过太多发自真心的至文。他胸中那些无状可怪之事、他喉间那些欲吐而不敢吐之物、他口头那些欲语而莫可以告语之处，早已如排山倒海一般，倾吐得淋漓尽致。诉心中之不平，感数奇于千载。夺他人之酒杯，浇自己之块垒。而最后，那些发狂大叫、流涕恸哭，均已复归平静。只剩下他的绝笔静静地弃于地上，被惨淡的烛光映照着，依稀只能看见最后的两行："累累荒草知何处，絮酒炙鸡勿用之。"你们看见侍者正为他剃发，你们的心已经快要跳出咽喉，想要大声喊："不要！不要！"然而你们知道，他并听不见。他还是一下夺过侍者的剃刀，在自己的脖子上猛然一划，这一划，似乎划到了你们的心里。然后，他安安静静地躺下，等待与自己离别的那一刻。而这种等待是如此漫长，漫长到可以让他回想起自己漫长的人生。他在自己的人生里遍读群书、苦苦思索，他在自己的人生里恍然开悟、尽情为文。他如一叶小舟、颠沛流离于海浪飓风之间，似乎要被淹没了，却终于又跃出水面，并且似乎要跃入天际了！有时，风平浪静了，周围有海鸟、小鱼、清风、碧波齐集过来，它们把这澄澈透明的小船当作日光月光星光了。它们见到茫茫海中，只有它在坚持向前，不改初衷，于是它们也把这小船当作自己的方向了，它们一起荡漾摇曳，心中溢出无限的美好与幸福。他很想如平日般大喊、欢呼，然而他身体里的血液，正在慢慢离开他，他的一腔热度，正在慢慢冷却下来。他已经无力喊叫，这时的他，只是进入一种无边的静谧。曾经痛过爱过，曾经将自己剖腹掏心，与世人赤诚相见，曾经将所有的心血化为文字，这样的人生，已经是一种圆满了。你们听见侍者轻轻问道："和尚因何自割，寻此短见？"而他似乎从静谧与黑暗之中，慢慢见到一点点光，暂时回到人间。他只是在手掌上安静地写下"七十老翁何所求"七个字，时间便定格在万历三十年（1602）三月十六日夜子时。他与所有的世人离别了、与所有的自己离别了，现在的他，应已自由自在游弋于碧海与星空之中。剩下的只是世人，面对他的文字，手足无措、惊魂难定……

你们亦站在李贽的文字前手足无措。

你不由得喃喃道："我乃无归处，君胡为远游？穷途须痛哭，得意勿淹留。是啊，人生不过远游与归去，欲游游何方，欲归归何处？伯父，小侄有一想法，不知是否妥当？"

"但讲无妨。"

"伯父既然存如此多李贽之文字及传记，而李贽之年谱尚无人修订，小侄愿意帮助伯父计算岁月、商考同异，尔口我手，排定其年谱。他日后人欲见李卓老者，看年谱即可！"

"好啊好啊！其实我早有此意，有珂月助我，此事可成！龙女！龙女！今日我要与珂月修订卓吾先生年谱，恐费时甚多,你只安排些点心茶水即可!"

于是,你们从嘉靖六年(1527)李贽出生开始,直至万历三十年李贽故去,遍寻文字,慢慢排摸。一有线索,便一人念诵、一人笔录,似乎陪伴卓吾先生重走一生。直写到天光渐落,烛光满屋,直写到烛光渐谢、晨光又来,恍恍惚惚,嗟叹欢喜,终于写完最后一个字。两人还如梦寐一般,将年谱反复细看。你们并未注意到,其实龙女已经进进出出很多次了,她把点心凉了再热,茶冷了再换,而你们始终浑然不觉。

"伯父,每次我看年谱总会无限咨嗟,看一个人如何出生,如何慢慢长大,如何立下志向,如何将人生中颠沛坎坷,慢慢度过。为他们欢喜,为他们担忧。而人生苦短,总是还没有看够他们的生活,便看着他们逝去。如此艰辛之一生,却只是一本薄薄的年谱,不动声色地道来。"

"是啊珂月,人生苦短。故反而有大哀愁、大欢喜。若天长地久活下去,可能只是浑浑噩噩呢。"

"伯父所言极是,卓吾先生一生率性,大部分时日都是为自己而活,若过此种人生,虽中道夭折,也是幸福呢!"

你看见他忙向你摆手:"珂月,你刚至而立之年,不宜发此种言论。你乃性情中人,又才华超众,他日定成大文章,定有大成就。"

"好啦好啦,你们已经一晚上没睡啦,快吃点东西,好好睡上一觉呢!"不知何时,龙女进来,端着热气腾腾的蒸酥与洁白如玉的玉露糕。你们互相看了一眼,莞尔而笑。你突然想起与野君的无数个不眠之夜，两人一起谈论诗词、编订词选；你突然想起自己无数个不眠之夜，一人在书房里面痴迷读书、奋笔疾书。这样的日子，总令你心满意足。

"是啊珂月，快吃些吧，我们睡一会儿，下午带你去西山一游！"

"这样甚好，此次行程甚紧，归去之后还要赴山阴孟称舜之约，故小侄打算明日一早启程。"

"好，昨夜辛苦了，今日我们只是好好睡、好好吃、好好玩。海昌离栖里不远，他日若想念，便可乘兴见面！"

你们吃完糕点，便沉沉入睡。等慢慢醒来，已是快要日暮时分了。你们走出门，白日的明亮已经渐渐敛去。西山不远，亦不高。然而正对硖石湖，并与东山遥相呼应，山形较缓，线条柔和，如两块温婉之碧玉浮于水面。此时正值春烟笼罩，乱花点缀，亦如春日小女儿家般，穿一身新绿衣裙，两颊与发髻之上，却飞上红云朵朵。

"珂月，西山亦名紫薇山。相传白香山曾至此一游，又言经行者为刘梦得。二人都曾官至中书舍人，中书省后改称紫微（亦作"薇"）省，白居易有诗'紫薇花对紫薇郎'，故此山亦名紫薇山。"

"紫薇山，好美的名字！可惜不能与白香山、刘梦得论诗呀！"

你们走过紫薇桥，便似从人间直入佛境。抬头即为惠力寺天王殿，左右为石经幢。殿堂不大，且色泽暗沉，如两边历经风雨之经幢一般，静默不语。堂前有一小池，鱼儿活泼、水儿新鲜。池前花儿绽放、草儿如烟。如孩子嬉戏玩耍于长者面前，相映成趣。

"珂月，此寺始建于东晋，这些经幢则为唐时之物。"

"怪不得气象如此沧桑，直接以本色示人。"

"罗汉堂旁有一小径，可以登山，你随我来，正可看山河暮色。"

你们穿过寺后之小门，便又从佛境直入山林之中。此山虽缓，树木却高大葱郁，似乎走了许多时光，只是在万点绿意之中。而夕光渐敛，光线渐暗，又让人觉得山路深远起来。还好，你们赶在余光尚未收尽之时，登上山顶。眼前顿时开阔，只见那苕溪之水远道而来，合于洛塘之河，水的那边正是东山。原本应该见到一泓碧水，此时却是紫气渐凝。水之明灰、烟紫色，直接上连东山之苍茫之色，似乎所有的水色、烟光、暮霭、山气，蔓延开来，蒸腾起来，无所归依，升至山顶，却突然被山顶之塔尽数吸纳进去。在暮色中，塔影深沉庄严。

你不由得双掌合拢而拜："小侄来时已见此塔，此塔似乎尽得海昌天地之灵气。"

"是啊，此塔名为智标塔，亦为晋时所建。海昌人万里归来，只要一见此塔，心中便有了依托，便知道是到家了。"

你们便在这西山上，伫立良久，然后慢慢下山归家，继续饮酒聊天。不觉酒尽人眠，不觉催舟将发。此次海昌之行，虽是两日，却亲切美好，竟似过了几月一般。你与伯父龙女虽是初次相见，却亲切如同家人。这就是所谓的邂逅相遇，适我愿兮吧！一切都自自然然，聚也罢散也罢，见也罢无法相见也罢，心中永远熟悉温暖。你在船头，看父女二人身影慢慢远去，看智标塔慢慢远去，才发现水波微微荡漾，自己也一直在微笑着……

第 十 章

山　阴

在运河上荡漾两日，你回到家中，天色已暗，小园安静。你在门口伫立了一会儿。离家一段时间回家，你总是习惯在门口站一会儿。你看见暗紫的暮色，渐渐流淌至春日的绿烟之中，加上夕阳的余光，慢慢氤氲成暗金的光泽，笼罩着自己的整个小家，而最明亮温暖之处，则是窗子中透出的一点烛光。不过，略令你遗憾的是，早些天开放的满树桃李，已经基本谢尽，而紫藤则毛茸茸地团着，暗示着新紫将萌。你摇头想，春日真是不能出门呀，一出门就会错过许多美好。然而这个春日，或者说，整个一年，你都将离开这个小院，四处奔走。突然，你见门被推开，然后响起很清脆的声音，仿佛是在向全世界宣布："父亲回来了，母亲早说今日父亲会回来的！"然后便看见大丙张开双臂，如飞出来般，很快便扑进你的怀中，于是你的怀中便盛满了欢喜。

你抱着大丙进屋,母亲正坐在她的竹椅之上,闭目养神。楣君在厨房里忙着,菜已经大半放在桌上。你们照往日一般,坐定桌子的四方,团团圆圆的感觉。

"珂月,野君已经来过,说不日将与你同赴山阴,寻访孟称舜。"

"是啊,今年行程颇满,还要去金陵见父亲,参加秋试。"

说到父亲,你抬头看了一眼母亲,她正在低头夹菜,似乎没有注意你们的对话。

"其实……其实父亲那边,祓园已经落成,父亲亦已来信相邀。母亲不妨……孩儿最希望能早日阖家团聚。"

你说完,不敢看母亲,也低头夹菜。

就这么相对沉默了一会儿,你听得母亲声音很轻,但很断然地说:

"我要等你父子功名成就,才去金陵。"

你望了一眼楣君,楣君正在认真帮大丙剥蚕豆的外壳,刚刚上市的蚕豆,很嫩很新鲜。

"其实当初,是你父亲带着高霞,舍下我这久病之人而去……何况我久居栖里,年事已高,亦不惯外乡生活。"

你不知该如何作答,听得大丙突然言道:

"奶奶,新蚕豆真好吃!"

"是啊,大丙多吃些呀!我们塘栖是个好地方,只是豆子一种,就有青豆黄豆赤豆黑豆香炷豆篆豆寒豆,可以一年四季慢慢吃呢!"

大丙拍手笑道："哇！不仅好吃，还好看呢！"

"塘栖的丝比别处好，水果也比别处的多。你看每天船来船往，连杭州城的米，都是先存在我们这里谷仓中的呢。"

"奶奶，塘栖真好！我愿意陪奶奶父亲母亲，长长久久住在栖里。"

"大丙真乖！"楣君将新剥好的豆子，堆在大丙的碗中。然后看着你，笑着言道：

"珂月，这次山阴之行，早日回来。四月十二日可是你的生日啊，真正的而立之年呢！"

你点点头，沉默不语。大家继续吃饭，一切似乎复归圆满。

接下来的日子，你与野君准备行装，并等待花谢。你们不想在最美的时光离开栖里，只等到那暮春，紫藤海棠的花瓣谢了一地，随水流去了，随风吹走了，而那迷迷蒙蒙的柳絮，使得整个栖里都摇漾惆怅起来，你们方脱尽冬装，一袭轻装，雇舟去往山阴。你们这一路，沿新开河向南四十里至武林驿，再十五里至浙江驿，折向东行，再三十里至西兴驿，再五十里至钱清驿，再五十里至绍兴府。将近二百里水路，分二日慢慢行去。暮春时分，得与好友携手同行，沿路皆灵秀山水，实为人生快事。

你与野君在一起，无论何时都是大自在。你们看运河如何远离人家，渐渐开阔，竟直往钱塘江而去。一时间，水天浩渺，四顾茫茫。只觉得扁舟一叶，如草芥木叶，飘浮不知何往。此时钱塘江并无风浪，依旧气势撼人，让人联想其潮涨潮落之时。野君不由得叹曰："楼观沧海日，门对浙江潮。每见如此阔大景象，水也罢山也罢，让人无端只想堕泪。"你亦叹曰："晋时羊祜一语'自有宇宙，便有此山，由来贤达胜士登此远望如我与卿者多矣，皆湮灭无闻，使人悲伤'，让人登山怅惘；而初唐张若虚之'江畔何人初见月，江月何年初照人。人生代代无穷已，江月年年望相似'，则让人临水怅惘。人欲于自然之中安身，而天地苍茫，人生苦短；人欲于人之中周旋，则是非沉浮，人生实难，思之不觉潸然泪下。""珂月，尚有一种堕泪。若抛却小我，俯瞰自然，与天地山水同声共息、情貌相通，虽则只是一瞬，亦可当得永恒。此时堕泪，应为喜极而泣。""说得太好了！使小弟如醍醐灌顶，顿悟于心。"你不由得会心而笑，此时船儿向前疾驶，江风吹动你们的衣襟。无限风景，从两旁掠过；而胸中无限豪情，似乎也直接与天地相融……

第二日过钱塘江，从浙西进入浙东。钱塘江如一张水网，下游为杭嘉湖地区，上游则有睦、越、衢、婺等地，网尽浙江灵山秀水、今古才俊。船儿来到西兴驿，西兴驿虽是小镇，却独具钱塘江之胜景，又为浙东浙西交通要道。船儿于此进入萧绍运河，阔大的景象已经远去，河道变窄，似乎又从自然回归人世。

野君在船头盘腿坐下，你亦盘腿坐下，随水荡漾，甚是惬意。野君说："已是浙东地界，浙东山地较多，与浙西之平坦又不相同。然而景色殊绝，他日有暇，定要遍游浙东。"

"是啊，当年王子敬曰：'从山阴道上行，山川自相映发，使人应接不暇。'浙东灵山秀水，亦孕俊秀人物。"

"珂月，提及浙东人物，我想起一人，此人为人宽容大度，有宰相之量。曾经试图弥合两派恩怨。更令人神往的是，一个小小的地方，竟能成就盛会。"

你微笑："野君兄说的人物是浙东吕祖谦，你说的盛会是江西的鹅湖之会吗？"

"是啊。"野君也莞尔而笑。你们总是这样，任意提及一个话头，对方便心领神会。

"珂月，鹅湖之会，朱熹与陆九渊兄弟针锋相对，你是取朱熹之'格物致知'，还是取陆氏之'发明本心'？"

"小弟自志于学以来，也一直寻觅为学之道。到底是如朱熹般向外求索还是如陆氏兄弟般向内寻觅？近年来却似别有新解。"

"何解？"

"若以佛家解之，则一切皆空，原本无所谓内外；若以道家言之，则物我内外原无区别。不用刻意分开内外。"

"珂月所言极是。顺其自然，心物合一，方为至境。"

你们心随波动，物我合一，穿行于水天之间。过西兴驿，岸边是大片桑田。桑树不高，均很整齐，枝条一律伸展着，嫩叶铺陈泼洒开去，在阳光下闪烁万点光芒；如一江碧水向前延展流淌，万顷波光跳跃。有女子隐约闪现其间，恍惚之中,竟如凌波微步之洛水女神。再看河面,则倒映无数芦荻枝丫,反而如行走于山林之中,而远处则天光荡漾,船儿似浮槎般,将要从山林直接行至天上。一时之间,辨不清是天是水,是河是陆,是人是神,是船动还是心动?

终于,远处一带城墙遥现,一切幻境消失,又重新归为人间。那城墙似乎直接阻隔河水,阻隔前路。你们的船,则直奔城墙而去,仿佛从天上回归人间。你们相视一笑:"说话间,已是萧山了。"到了近处,你们方发现城墙很高,城门直接跨越河道。城为瓮城,门有两层。度过一道门,悠悠又是一道门。进得第二道门,则无数小桥人家,迎面而来。那种温暖而熟悉的色彩与气息,从浙西一直蔓延到浙东,从下塘运河一直蔓延到萧绍运河。萧山城内的水道较窄,运河的主干道,只是相当于栖里的市河宽度。于是便有许多大树,将枝条多情地遮向碧水;于是便有许多蔓草,从两岸的石壁缠绵垂下。水里树影婆娑,草影如丝。而两岸人家之色彩,也一并映入水中。所以,光顾低头看着水面,便能见到无数流淌幻化之景致。而水面之桥,多为单孔的石拱桥。桥都不长,大约十米的样子。从远远打量着你,到轻轻从你头上越过,每座小桥都是那么亲切依人。永兴桥、市心桥、仓桥……就像每个栖里人一样,萧山人也一定是数着自己的这些桥,慢慢走在自己生命的岁月里的。

仿佛每座桥都差不多,又仿佛每座桥都不同。你们不说话,只是微笑着穿过一座又一座桥。

终于，你们见到他。他正站在远方，若有所思。他看着无限的景致，从白日沉吟至夜晚，似乎并不如意，只是摇头叹息。夜色深沉，他亦不安地睡去。突然，有五色华光照耀天地，而世人依旧不愿醒来，只愿意沉入梦的最深最黑甜之处。只有他，恍然惊醒，而那漫天流光溢彩，仿佛是把世间所有慧光灵性，都尽情挥霍于夜空之间。他目瞪口呆，看着那些华光越来越集中、越来越亮。最终天地间勾勒出一支晶莹澄澈之笔，那笔渐渐变小，从天际慢慢落下。他追寻着那灿烂的轨迹，把头渐渐低下，却邂逅一双亲切微笑的眼睛，原来是一位长者，站在他的面前。而他的手中，正是一支精巧莹洁之笔。长者将笔递过来，他才发现，原来自己的手掌早已摊开，早已准备迎接什么的样子。那笔如今就这么亲切踏实地握在手中，他感觉到了笔的温度。不知道是他用生命暖了笔，还是笔原本就是温暖的。他抬头想谢长者，却发现，天地之间只是自己罢了，只是自己和笔罢了。他拿着笔，一路狂喜吟咏而去。他的身影亦远去了⋯⋯

而在你们面前，只是又一座亲切的小桥，桥的名字叫"梦笔桥"，桥旁是一黄墙黑瓦之古寺，寺名"江寺"。

你不由得惆怅言道："以文字为业者，何人不愿如江淹般得到那五色灵性之笔？何人不愿梦笔生花？"

野君亦曰："是啊⋯⋯"

梦笔桥与寺渐渐落于身后，回身望去，仿佛亦如梦境消逝一般。

你看到野君突然莞尔而笑，便看着他，等待他说话。

野君说："珂月，别人之笔，终不好使，终须归还。我们的笔虽则无五彩灵性，好在得用一生。"

你亦笑曰："是啊，小弟寻思这梦笔生花典故，可别有二层含义。其一，笔为文士之生命，文字乃文士毕生之业，不可一日抛之；其二，那笔为郭璞所赠，又被郭璞收回。是否意味着，文字之道，当效仿古人，转益多师为汝师，但亦不能泥古，最终应有自己写法，抒发自己性灵。"

"珂月此论，甚合吾心！我二人当执一烂笔头，书写一生，此亦快事！"

不知不觉中，你们的船离开萧山，径直往山阴而去。从萧山往绍兴，河道较为开阔，河面如镜、小舟如在镜中滑行。大约从钱清开始，与小舟相伴迤逦向前的，就是一条青石板筑就的古纤道。偶尔有一二过客远远行走于纤道之上，影映水中，伴其行走。亦有纤夫拉船，听得他们高下回旋地喊着号子，宛若清歌。纤道上不断有古桥跨越水面，舟行桥下之时，水边之纤道、水上之桥、桥上之船、桥下之舟，划桨之声、清歌之声，有那么一瞬间亲切际会，转瞬回头，又已咫尺天涯。

你不由得对野君感慨道："庄子云'交臂失之'，与此桥、此纤道、此景、此歌，才一相逢，便又远去。纵然转瞬物非人非，然心中温暖，亦不惆怅。"

野君亦道："我方才听纤夫之声，亦欲如桓子野般大呼奈何。此情此景，美好安静，又有挚友相伴，缓缓而行。真是让人深情缱绻，难以自拔。"

你们静坐船头，一路向着东南而去。船、水、纤道与人，还有远处之青山、田野、村落，仿佛一起缓缓而行。不觉柯桥、东浦已过，岸边渐渐繁华，绍兴府城将至，这块灵秀淳厚的土地，让你们如此心潮起伏。

你们知道，大禹于此探穴而得黄帝之书，这片土地，渊源已久，直接秉承五帝血脉；你们知道，这片土地，山水奇秀。南部为会稽山，直连天台、四明；而钱塘江、曹娥江、浦阳江、运河贯穿境内，鉴湖、若耶溪光影奇绝，深情延续江南水系。而最让人感怀的是越人之气质，既承断发文身以来豪侠之气，又采天地山川灵秀之气。

你不由得问道："野君兄到得山阴，最想去何处一走？"

你看见波光映在野君的眼睛之中，亦映亮其神采："我最想去兰亭一走，还想去探访陆游之踪迹，还有一人，直接秉承王阳明之心学，虽终身不得意，然其人实为怪才，诗曲书画无不独出匠心，又兼通军事，为抗倭出力。子塞曾在信中极力称颂，说山阴民间亦乐谈其人其事。闻其书屋尚在，我欲前往一观。"

你不觉言道："野君所言之人，莫不是徐渭徐文长。"

野君笑道："正是此人！"

你亦微笑："野君兄向往之地，皆小弟欲往之地。此次可与子塞兄、野君兄醉眠春共被，携手日同行了。"

　　子塞的家在城中投醪河边，你们的小船一路往东，再折往南，便可至投醪河。投醪河多的是平板石桥，河边为人家闾里。此刻已是暮春，碧水中满是落花荡漾，晴空中满是柳絮飘飞。你们弃舟登岸，迎着落花柳絮，慢慢行走过去。子塞家在河之南，河之北尽为石库台门，而河之南则为窄巷小屋，似乎更为亲切宜人。你们觉得这有点像栖里，水之南多为深宅大院，而水之北则为小室人家。数年前你曾经拜访过孟子塞，将《古今词统》送给他，野君则是初次到访。你和野君编写的《古今词统》中，收子塞的三首词作。而子塞亦为《古今词统》作序。虽则浙西浙东，相隔水路迢迢，实则你们早已是默契莫逆之交。所以越是接近子塞住处，越是激动。有的时候，深爱之人，凡其经行之处、使用之物，都会使人莫名亲切，更何况至其家中。你带着野君，沿着河边窄小的廊檐走着，至一里弄前停下，应该就是这里。沿着窄弄进去，是一小小的拱门，叩动门环，你们便屏息静等。

　　很快门便打开了，门开者正是子塞，他望着你们，虽则早知你们将至，眼中依然流露惊喜之神情。你忙喊道："子塞兄，我们来了！"不知不觉中，你的手已经握住子塞之手，而野君亦将手加上，三人对视而笑。过了一会儿，你方想起来："子塞兄，这便是野君。"突然又觉得此语多余，又摇头而笑。子塞言道："我知道，我知道！"你对野君说："野君兄，子塞兄比我们都略年长些，长小弟六岁，应长野君兄二岁。"野君向后退一步，行礼道："子塞兄，幸会幸会！"子塞连忙

向前 搀扶："野君休如此，折杀我了，在门口立了这半日，快进来吧！我这几日早就心神不宁，从早守候至晚了，终于盼到你们了！"

子塞的小院落不大，从门到厅，竟只像一个小小的过道。纵使如此，依着粉墙，还是种了一带翠竹。鹅卵石小径旁摆满了杜鹃、鹊梅之盆景，还有各种月季。此刻月季正是开放之时，粉红鹅黄，花色娇嫩，层层叠叠，错落摇曳，为小院增辉不少。最为特别之处，竹荫下有一长条石凳，凳上为几十个小小瓦盆，大小不一、种各种青绿植物，其中兰草甚多，其余则不太识得。你们进得厅去，厅亦不大。然而一进去，你们便眼前一亮。只见厅中自顶及桌高度，木壁上挂着一大幅梅花山石图。那花之勾线极为特别，墨色均匀，线条有力，花瓣的边缘画得如云层卷舒一般。花瓣之着色却淡雅渐变，极其细致。那山石的勾线更为遒劲有力，层层叠叠，中间直接用块状皴法，似铁片鳞甲一般。只是梅花数枝、山石一片，其气势便漫卷了整个小屋。

野君不由得赞道："好笔法！好笔法！"

子塞笑道："此画为吾友陈洪绶陈老莲所画，其人现居诸暨，老莲一直崇敬吾里之徐渭徐青藤，欲迁居至徐渭之榴花书屋，他日得偿所愿，我与他便可终日谈论诗画了！"

"是啊，我与野君兄一路还在谈论浙东人物，真是人杰地灵啊！"

你们坐下，子塞命女佣阿来沏茶。须臾茶尚未上，阿来却端来一人一碗水氽鸡蛋，鸡蛋成双，清汤中还有许多桂圆肉，上有未化之糖霜。

野君忙道："尚未中午，便吃那么多，子塞兄太客气了！"

子塞道："此乃越中待客习俗，点心点心，略垫一垫罢了。垫一垫我们可痛快谈天说地！"

你环顾四周，问子塞道："子塞兄，不知嫂子和孩子去哪里了？"

"哦，他们一早出去了，稍待便回。"子塞微笑。

点心尚未食毕，清茶便端上来了，还端来了一些小小的果碟，分别盛着茴香豆、豆腐干、蒸酥、蜜罗片。你们就着茶，感觉甜是甜、咸是咸，滋味甚好。

野君不由得道："子塞兄，你我虽则初次见面，心下觉得竟已相识许久。小弟夜中时常得梦，梦于各种院落穿行，有新有旧，有开有合。子塞兄之小院，仿佛梦中亦曾来过。尤其是那小院中一长条之石凳，石凳上无数之花草，感觉如此熟悉。"

你亦想起来，问道："是啊，除却兰草之外，子塞兄课植之花草为何？虽则无花，却清奇秀美。"

子塞笑道："二位不知，我日常有个癖好，喜屈平之《离骚》《九歌》，日日诵读，尤喜其文中之香花香草，所以到处寻访香味独特清奇之花草，栽种把玩。乡里人视我为腐儒痴人呢！"

你不由得摇头说："痴人方是一往情深之人，难得如此

215

境界啊。"

子塞向你们拱手道:"说起痴人,我虽不为乡人所喜,但还是有一些朋友,愿意伴我一起痴迷。老莲是其一,祁彪佳祁幼文是其一,可惜二人近日皆不在山阴。王养浩、倪元璐与我亦过从甚密。最声气相投的,还有珂月兄、野君兄啊!"

"哈哈,那我等皆为痴人了!"野君忍俊不禁。

你不由得吟道:"多情常自为情痴,我亦多情不自持。却怜无个知人眼,总是多情说与谁?"

子塞莞尔:"珂月好记性,连我传奇《花前一笑》之下场诗都记得如此分明。"

你点头:"是啊,小弟一直喜欢这几句,写尽多情痴情。小弟此次来,特带来新作《花舫缘》,实是受子塞兄《花前一笑》之启发,加之心有所感,故成此作。"

"我受珂月《花舫缘》之启发,亦写成《春波影》一作。"野君接着发话。

三人相视彼此,莞尔而笑。你喜欢这样的时刻,李煜说人之忧愁恰似一江春水向东流,而有时欢乐也如此,可以如一江碧水,浩浩汤汤地流淌着。

这时,你突然听得子塞说:"我与珂月兄,是真正的声气相投。然而珂月兄之见解,其实在我之上。在信中,我便听闻珂月兄新作《花舫缘》,亦是写唐伯虎点秋香之事,不过已作变动。"

你连忙起身拱手:"子塞兄,珂月冒昧了。小弟一直觉得戏曲应直写人生之悲欢离合，而非加以圆满调停。故小弟觉得唐寅情不知所起，爱上一婢女，不惜为其卖身为奴，更为打动人心。"

子塞笑道："是啊，我本想奴婢本为世人所不屑提及者，故作一调和。让唐寅去沈府为公子佣书，而改素香为养女，现在想来，却是错了。还好有君之《花舫缘》，重写子畏情事，今日定要好好拜读。"

你轻抿一口茶，感觉口中无限清香："子塞兄，小弟虽则改写，但中间那些情感缠绵委曲之处，自觉无子塞兄之神韵。尤喜读君邂逅相逢之文字，真真如撞着五百年前风流业冤。《花前一笑》如此，《人面桃花》亦如此。读后如此茶一般，余韵无穷。"

野君忙说："小弟未曾读过《人面桃花》，能否拜读呀？"

"既如此，阿来，把我们的茶移至书房，我们互读佳作，今日可读他一个痛快！"

你们来到书房，子塞拿出《人面桃花》之作，你还想看一遍，三人便略侧着身体，同立于书桌边，逐行看去。

你们看见，崔护于春日时分，独自踏青。走过小桥流水，竟有一院落花木丛萃，似春色之中最深之处。墙内桃花灿烂，流光溢出院落。春风过处，光影斑驳，令人沉醉。你们看见他不由得向着小院走去，好像是前生命定，走向一个新鲜而又熟悉的地方。崔护叩门，令人怦然心动。而里面轻轻传来女子之声："叩门者为谁？"崔护答道："小生姓崔名护，寻春到此,酒渴求饮。"

就是这么简单的相遇问答,却如此不简单,普天下多情之人,其实都在等待这渺茫却刻骨铭心的一刻……

女子持水开门,拜揖崔护:"郎君请坐。""不敢"。一时之间并无别话。女子斜倚栏杆,低头整理淡淡绿色的罗衣。略抬头,略看崔护,又低头,目光如波光般转瞬流过,似花未放时之美好。而在她身后,无数桃花被春风吹动,摇漾着绯红的色泽。

你们听得崔护问道:"这一会还未曾请问姐姐上姓。"女子轻声道:"姓叶。""可有尊字?"女子欲言又止。"姐姐便说何妨?"女子声音更轻:"小字蓁儿。""芳年多少?""十七岁。"你们看见崔护痴痴看着女子,终于问道:"姐姐可曾许了人吗?"女子低头不语,很长时间只听到春风慢慢在空气里流淌。"姐姐便说与小生知道,却也何妨?"女子轻轻摇头。崔护大喜过望:"呀!却与小生一般,小生也未曾娶妻。小生还有一言,姐姐,你看这半帘芳草,一树桃花,村庄之内,竟无一人为伴,可不冷落人也!"女子低头叹息,只见到发髻上步摇轻轻摇曳,似有微声散落,须臾又复平静。崔护上前一步,想说些什么,又摇头,水已喝毕,只能辞去。然而意惹心迷,不忍归去。于是崔护拱手告辞:"小生偶到仙庄,多谢姐姐见怜,以杯水相赠。桃花无恙,此意难忘。只恨对面无缘,后会何期?"女子亦不发一言,只是抬头凝目看着崔护离去,直看到崔护回顾,女子慢慢掩门,只余崔护慢慢行走于春烟桃雾之中，欲待回去，又怎生回去？

你们看见崔护慢慢走过暮春，桃花纷纷跌落，蝉声渐起。崔护离开都城，秋意渐浓，须臾漫天飞雪。而那一刻相遇，竟淹没于岁月之中，回想起来，亦真亦幻，如梦一般。直到春光渐开，崔护回到都城，突然又置身于无数春烟桃雾之中，才恍然醒悟，原来那样的相逢并非梦境，确实有迹可循。于是沿着当日的情境，再度寻访。待得远远地看见那个春色深处的小院，看见小院荡漾出来的桃影，他才舒气微笑。于是走过去，于是又如当日般叩门。而手便停留于门口，只见朱扉上俨然横着一把锁。一霎时乱纷纷风舞落花钿，恨悠悠水上流花片。崔护痴立片刻，待要离去，又复回转。他取出笔，在门左扉之上题诗一首："去年今日此门中，人面桃花相映红。人面只今何处去，桃花依旧笑春风。"崔护已去，过了许久，你们看见，当日之女子归来，惊见诗句，便痴立于门前，良久良久，被桃花落满一身……

你们看见女子渐渐憔悴，你听到野君念叨："'崔郎呵，果若是我有缘，你有情，后期来处，也愿把一杯水儿，浇奴坟墓。'子塞子塞，你写得何等痴情沉痛啊！"

你亦感叹道："子塞，那无语缄默、脉脉含情之片刻，写尽小儿女情态。"

子塞正色道："天地之间，原有一种至纯之情，人生之中，原有一段如婴儿般天真之性。爱则爱矣，痛则痛矣。为爱而生死，自然而然，如花开花谢一般。不受世间万物、人事道理侵扰。世人见此，则惊之怪之，或羡之恨之，以致怅惘难以自拔。我想，此情人间难得，但吾辈钟情文字，焉得不将其置入文字，直令天下人见之？"

你不由得击掌："子塞此言甚妙，小弟常自认痴绝，日日沉迷于文字之中，仿佛这俗世之外，另有一至情至性之世界。写罢不知是真是幻，然心中无限情怀，皆有一方寄托之处，足矣！此外不敢奢求。"

子塞道："是啊。《人面桃花》一剧，终于团圆。那女子憔悴而终，竟得崔护轻声呼唤，还魂而来。闻珂月《花舫缘》一剧，尽去吾等粉饰，将佣来仍旧为奴婢，子畏则卖身为奴，写尽人世实情，不由得如醍醐灌顶，心中感奋，竟欲写一人世间之真正悲剧。"

野君道："人世间之真正悲剧，说得好！其实正如珂月常日所说，生之日短而死之日长，悲之日多而欢之日少，此定局也。真正之至文，当写人世之定局，方能使人警醒，悟真正人生；否则一味团圆美满，则陷于人生之中不得自拔也。"

正说时，外面突然传来人声，只听一个稚嫩的声音喊道："父亲！父亲！我们回来了！"声音未落，一双眉目清秀的孩子已跳入书房，看到有客到来，不由得连忙同时站好，看着父亲。子塞道："快见过珂月叔叔和野君叔叔。珂月、野君，此为吾儿，一名忆圣、一名忆贤。"

野君道："忆圣、忆贤，好名字啊！"

你笑着说："长高好多啊，以后让我家大丙来和哥哥们玩。"

子塞笑道："他们二人日日下河摸鱼摸螺蛳，要么学着舞枪弄棒，说要效仿戚家军灭倭寇呢，害他母亲终日在后面跟着，不敢有稍许疏忽。"

忆圣吐吐舌头，向父亲比画道："父亲，今日我们捕到那么大那么长一尾鲫鱼，又在石板下面摸到好多大螺蛳，可以烧给叔叔吃呢！"

你和野君连忙称谢，子塞道："好吧，你们去吧！让母亲将好酒好菜准备起来。下午可要好好读书了，哦对，今日且放个假，下午陪叔叔一起去榴花书屋看看。"

"好啊！"两个孩子欢呼，出门而去。一会儿，一股醉人的黄酒夹杂着蒸鱼的暖香便弥漫开来。

饭毕，你、野君、子塞带着两个孩子，随意出门而去，就像是散步在自己的栖里一般。孩子在前面带路，时近时远地玩耍，不时回过身来等待着你们。子塞的家离徐渭的书屋不算太远，可以一路欣赏绍兴城里的春色。你们走过府学宫、走过舍子桥，一路沿着河流街巷向北而行。阳光明亮，然而明亮的日光中却飞扬着点点杨花，那杨花，渐渐飘扬，又点点沾落碧水之中。仿佛将每个人欣喜的心情里，杂上怅惘的感觉。就这么走着，走着，在漫天杨花之中，亦可能是因为黄酒醉人的感觉，整个人似乎是浸泡在春天这杯无处不在的酥醪之中，甚至会忘记自己要去向哪里。然而有那么一刻，会突然想起自己要去的是徐渭徐文长的书房，心中就会猛然一动。

"叔叔快来，榴花书屋正在此巷子中！"忆圣、忆贤在前面呼唤。

子塞道："徐渭号为'青藤道士'，他曾在榴花书屋中手植青藤，其实他只在这书屋中居住二十余年，晚年他借居于次子岳丈之家，现此屋已归他姓，正待租赁。有一老苍头看管，可随意探访。"

你们看到一方院落，与其他人家比邻而居。门是虚掩的，忆圣、忆贤已经轻轻推门进去，你们随之进入小院之中。院中以鹅卵石砌一小道，通向一月门。沿墙种一排翠竹，院中疏疏朗朗种了几棵大树，简单而又清净。你们敛声屏息，轻轻落足而行。走过月洞门，便进入书屋南边之小院，忆圣、忆贤正坐在南檐下的天池，低头去看那池中之锦鲤。你们亦低头看那水，池方不盈丈，然而水清见底。池壁苍老、碧苔青绿，映得那一池水也青绿古旧。而锦鲤在水中若隐若现，搅动波光，闪烁色彩。

"这两个孩子每次看鱼都要看上好久呢！这一池水不知源从何处，大雨不溢，久旱不涸，故这些鱼儿也特别活泼。"子塞微笑。

"是啊，如同文长之心源不断。文长真才子也。"你望着闪动的鱼儿轻轻说。

"文长自谓'吾书第一，诗二，文三，画四'，谁能有此殊才啊！其实亦不止于此，文长之《四声猿》杂剧，唱尽多少不平之气、不平之事啊！"野君亦摇头感叹。

"此等才子，竟然落魄一生，到了晚年只能卖画为生，独啸书斋。笔底之明珠，闲抛闲掷。"子塞叹气："好在吾绍兴人惜之爱之，后来得此屋之人皆悉心护之，令其真迹不得泯灭，令其青藤葱翠依旧。而其生平事迹，亦传诵民间。"

你们不由得抬头，池之额曰"天汉分源"。池北横一小小平桥，下乘以方柱，即便是这一方小小空间，柱上却是徐渭之手书"砥柱中流"。桥上有亭，左右石柱联曰："一池金玉如如化，满眼青黄色色真。"墙角处有山石荦确，筑一平台，台上植一青藤，枝干如铁钩错画，而叶子却正当新发，无限生机，如云铺展，将书屋亦笼于碧色之中。你们任孩子在园中自在玩耍，走入书房。虽为丽日，书房中却光线顿收，仿佛一下进入静谧之中。书房的一面墙壁均为风窗，随时可与小院共通声气，春日之绿色斑驳，尽数掩映于素白之窗纱之上。此时窗皆关闭，静寂无声。

你们抬头，一面墙上，从上至下，只是一幅墨荷图。图中无娟秀之花，只是一铺卷恣肆之荷叶，那荷叶似用极大之笔，饱蘸水与墨，几笔而成。然而干枯墨色变化，几至无穷。荷叶之肌理脉络，也宛若天成。那荷叶并无蜻蜓小鱼陪伴，下面只是一只泼墨淋漓之蟹，似有无限笔力，聚于蟹爪，举爪向天。卷轴上有一气呵成之题词："兀然有物气豪粗，莫问年来珠有无。养就孤标人不识，时来黄甲独传胪。"而另一侧墙上,静静地挂着一副徐渭手书之联:"未必玄关别名教,须知书户孕江山。"

你们静立无语,墨色渐渐旋转,一瞬间风声、杀声、金戈之声渐起。你们看见,江南虽为繁华之地,却危机四伏。正当嘉靖三十一年(1552),海上波涛汹涌,舟山、象山、温州、台州、宁波、绍兴同时告急,王直带领倭寇大举劫掠。战火渐渐蔓延,你和野君突然在这图景中,看到了塘栖。栖里蔚为大镇,然而沿河均为低矮门户,并不能看见后面的深宅大院。这样的建筑,原本就是为了防止强贼,然而无数倭寇沿运河而来,他们跳下船只,肆意进入人家。你们看到熟悉的院落里弄,火光闪烁、人声凄厉,不由得落下泪来。

你们看到,人群纷纷退却,天色渐渐昏黑。徐渭和绍兴府通判吴成器在曹娥江畔,尽力组织人马,与倭寇决战,倭寇溃逃至萧山龛山。吴成器苦苦追赶,而徐渭,则前去胡宗宪处献剿灭之策。此时徐海手下的三百名倭寇,前来救援龛山。这一夜,只听天地之间兵气相合、杀声震天,大约五百名倭寇,无一逃脱。胡宗宪激动拍案,他回身呼唤:"文长、文长! 太好了!"却发现徐渭早已悄然离去。

你们眼前顿时明亮,只看见丹山碧水,徐渭离开故土,此时正立于武夷山之隐屏峰顶。武夷山与江南,虽都有灵秀山水,然而江南如水墨画幅,武夷如青绿卷轴。你们看见他站在高处,下面是九曲碧水如带,阳光跳跃在水面,无数光点,形成一条闪烁的光路,直接通向天际。你们看见他,他正看着那最明亮之处。人立于高处的时候，会有一种奇妙的感觉。会感觉一片开阔，上可漫游碧落，下可俯瞰世事。仿佛人生可以有无数种选择，虽然不知何去何从，然而怅惘之中会生出无限欢喜。你们见他站在高处长啸，有清风万里拂过衣袖，有火红色的崖壁盘旋身边，有山路迂回指向远方，有漫天蝴蝶纷飞于生命之中。你们看他长啸之后，点头微笑，似打定主意一般。

你们知道，他离开武夷山，在顺昌安静撰写《南词叙录》，后返回山阴，终下定决心，入胡宗宪幕府，助其抗倭。有的时候，人生直是一种矛盾，成就自我之事，亦有可能摧毁自我。当年意气豪迈，而最终却零落辗转。人生就是一种大动荡大不安。

"春雪跌深潭，惊雷进铁罅……老石万片焦，飞湍千里射。"你们听到子塞正在吟文长之诗。

你不由得拍掌："奇绝奇绝！文长之诗奇绝，宛若人生之命定悲剧，终归跌落深潭。然不妨得曾经漫天绽放，曾经惊天动地，曾经激流飞射。"

野君亦云："是啊，若有此一生，武能平倭寇，文能传万世，足矣！"

此时忆贤突然打开风窗，探头进来，朝你们嫣然微笑，于是你们的眼前一下明亮起来，小院的水声风声以及孩子的笑声，瞬时涤荡了整个书屋，空气里都充满了灵动的气息。

你不由得叹息："可惜，文长最终未回此榴花书屋，所幸的是，他将这灵气传给山阴之人。经行此书屋之人，都会沾染几分。”

子塞道：“说起山阴之人，我们可乘兴再往一处。忆圣，忆贤，前面带路。我们去探访许氏之园。”

忆圣亦探头进来，笑道：“好！好！我最爱与哥哥在许氏园中捉迷藏。”

“许氏园？是何等人家？”野君好奇发问。

子塞答曰：“其实这个园林已经荒颓大半，只有一井、一池、一轩零落。但每至夏日，荷花映日；每至秋日，兼葭环绕。而那一池水，分外青绿。似有神灵照应一般。孩子们经常在园中随处玩耍。说起此园归属，此园当年即为沈园！”

“沈园？沈园柳老不吹绵，莫不是陆游与唐婉最终相会之处？”野君马上回应。

“是啊，正是此地。光阴易逝，五百年亦不过弹指之间。此园就在寒舍附近，故吾儿经常穿梭园中，正好我们慢慢走回去。”

你们离开榴花书屋，渐行渐远。回过身去再望，那庭院便隐于众多人家之间，再也分辨不出。你们向东而行，穿过无数如榴花书屋般寻常，却可能不寻常的庭院。看柳花在空中飞舞，听乌篷船的声音在河中吱呀作响，感受太阳暖暖的光，流淌在衣袍之上。这一块土地在暮春里，如此家常随意，如此柔美欲醉。然而你们知道，如徐渭、如陆游，越人恰同美玉一般，看似温润，却自收敛孕育着一段英气与光芒。

　　沈园与子塞家虽近，却脱却人家之气，变得草木荫深。要跨越春日蔓生的草，探身进去，方能见到一片蜿蜒的水塘。那水塘是天然的葫芦形，一潭碧水，在草木的环绕之中幽深静寂。水中有点点新荷叶，水上氤氲着一股茫茫之气。葫芦系腰之处，是一段小小的石桥。你们看见他，他已颓然老矣，他正站在石桥上，凝然不动。仿佛那水边倾圮之假山，已经歪斜了，却仍然尽力站着，如同在这方土地上生了根一般。

　　你们随着他的眼光看去，荒草便渐渐退却，同是暮春，色泽却越发浓郁。他似乎在寻觅些什么，而周边原本荒草丛生的地方，太湖石立起，小亭子娟娟秀秀地出现，一块混混沌沌的巨石也跳跃出来。那石头无棱无角，圆润可爱，只是当中心里豁然裂开，让人叹惋，仿佛是一块玉玦。他久久看着那方断裂的石头，喃喃自语："断云幽梦事茫茫。"

　　你听了，不由得心动。"断云幽梦事茫茫"，是啊，人生只是如此，过往的美好如断云、幽梦，茫茫难寻，却经常闪现眼前。你环顾他的身边，突然，有片片桃红飘落，似乎有环佩声响。一位女子，着一身淡淡的素色衣裙，手托一壶一杯，飘然蹀过小桥而来。她走至他面前，将杯子举至眉前，而他亦恭敬接过。女子看着他，未曾说话。便略行一礼，缓缓离开。只余他举着杯子，目送女子背影，女子依旧蹀过小桥，蹀过那深碧色的池水，水中倒映出她素雅的身影，翩翩而去，最后人影皆散，女子渐渐消失在小园深处，一切复归静寂。他以手摩挲那杯子，仿佛杯上尚余淡淡印记、些许温度，嘴角亦渐渐浮起微笑。突然他抬起头来,望着女子来时的方向寻觅,而你们和他,只看见绿杨拂岸,小小的葫芦形的水池上,小小的石桥静寂。偶尔有鸟鸣掠过这个空间,只是寂寞春深。于是他开始饮酒,一杯一杯,似乎无限滋味,尽在其中;似乎喝的并非酒,而是冷如冰的春露。终于,他的杯子在空中凝滞,杯子渐渐倾斜,而那杯中,无论酸甜或者苦涩,其实一滴酒都未曾留下了。他茫然地看着杯子、看着空无一人的小园,轻轻地说:"错!错!错!"他漫无方向地走,终于靠在一方粉壁之上,那白色的墙壁无限放大,仿佛变成人生中最大的诗笺。你们看他取出随身笔墨,在诗笺上奋笔狂草:"红酥手,黄滕酒,满城春色宫墙柳。东风恶,欢情薄。一怀愁绪,几年离索。错、错、错。春如旧,人空瘦,泪痕红浥鲛绡透。桃花落,闲池阁,山盟虽在,锦书难托。莫、莫、莫。"

你们看见那方粉壁上的淋漓墨色渐渐黯淡,那粉壁也变得暗旧残缺。而他与那墨色一起渐渐衰老,他又走回小桥,站在石桥上,凝然不动。在他的身边,假山倾圮,只有那一潭水,碧色如初。他轻轻道:"城上斜阳画角哀,沈园非复旧池台。伤心桥下春波绿,曾是惊鸿照影来。"慢慢地,在他身边荒草陡生,墙倾柳斜;慢慢地,他的身影亦化为暮春的气息,与柳絮、春烟一起飘散。

"珂月!珂月!你怎么了?"

你听得子塞呼唤,方知自己刚才竟如入定一般,你想向子塞微笑,方知道自己已经泪流满面。野君拉住你的手,轻轻说："珂月，你看那园子终将不复，人儿亦代代更替，陆游与唐婉已逝，然而，深情如水，会一直流淌人心，文字如碑，会一直镌刻人心，又有何憾？"

"叔叔！叔叔！"两个孩子不知从何方出来，"你看这小石头美吗？送与叔叔！"忆贤将一块小石头放在你的手心，是一块如心如锁的石子，中间有一条淡淡的痕迹，似乎将其分开，却似断实连，好像正如当年陆游见到的那块断云石，亦如当年佩兰戴的小锁一般。你将石子握入手心，一种润泽温暖的感觉，顿时握在手中。你向孩子们点头称谢。

子塞笑道："孩子们就喜欢在园中觅宝捉迷藏。有一次忆贤躲在乱石之后，那墙竟倒下来，把他压在下面，还好他的伙伴叫来大人，把他从石头里救了出来。后来，我们便把那墙彻底推倒。幸好孩子并无大碍，只是这园子，却越发荒凉了。好了，不说这些，我们回去，畅饮黄滕美酒吧！"

暮春的山阴城，春风轻软；而山阴的黄酒，从越王勾践开始，就沉醉着这一方土地。春色渐暗，满城的烛火星星点点，摇曳着，又如白日盛开或者飘落的花朵。你们三人就在这夜晚尽情尽兴，喝酒论文，各言其志。渐渐地，你的眼前，各种色泽，《人面桃花》《春波影》，还有自己写的《花舫缘》，各种人物，父亲、母亲、楣君、佩兰、大丙，各种声音，从童年至今，一切皆如画幅般飘浮在眼前，又慢慢变小，最后仿佛变成了片片花瓣，你听到恍恍惚惚的音乐，有人在念白，很不分明，反复是"花落花飞"，抑或是"春去春来"。你仿佛听到子塞在对你说："今年大比，珂月做何打算？"你仿佛听到自己说了许多许多："子塞兄、野君兄，小弟虽然不才，但亦有济世之志。已有五次科举不第，愧对栖里卓氏、愧对高堂父母、愧对自己。我欲追随卓氏先祖卓敬之功业，只是前路茫茫，无从追随；欲使父母团聚，妻子安居，无奈两地相隔，山高水远；欲成就文业，告慰地下之佩兰，只是年过而立，尚一事无成……""子塞兄、野君兄，小弟所有悲欢离合，都托付于文字。小弟常想，真性情者文字即人生，人生即文字。而人生确系欢之日短而悲之日长，生之日短而死之日长，此定局也。且也欢必居悲前，死必在生后。今演剧者必始于穷愁泣别而终于团圆宴笑，似乎悲极得欢，而欢后更无悲也，死中得生，而生后更无死也，岂不大谬耶？夫剧以风世，风莫大乎使人超然于悲欢而泊然于生死。生与欢，天之所以鸩人也；悲与死，天之所以玉人也。第如世之所演，当悲而犹不忘欢，处死而犹不忘生，是悲与死亦不足以玉人矣！又何风焉？又何风焉？"

你说完此语，仿佛听见子塞说："珂月真才子也，此数千年未闻之语，定将不朽传世，令代代世人警醒顿悟！"而野君则击掌赞叹。你仿佛看见子塞与野君时而举杯痛饮，时而轻拍你的背，给你饮热茶，以温水拭面，而最终，你如婴儿般沉沉睡去……

"珂月、珂月！"你听得耳边有人轻轻呼唤，你睁开眼睛，看到野君温暖的笑容，你仿佛想起了什么，抬头起身，感觉头还有些痛。你不好意思地对野君说："小弟和苏轼一般，总是一杯即醉。昨日又麻烦野君兄和子塞兄了。"野君笑道："不妨不妨，昨夜你睡后，我和子塞兄又谈了许久，其实我们都一样，都欲在有生之年，做有益之事。此种理想，为人生之大幸福，亦为大痛苦吧！"子塞走进来："珂月，野君说你们明日便要回去，行程匆匆，今日我们去兰亭一走！我还让孩子们带上了小小的羽觞，又邀请了好友马权奇巽倩，我们也效那王羲之兰亭之会，曲水流觞如何？"野君击掌赞道："好！好！"你亦振奋而起。

兰亭较远，在西南二十七里之兰渚山中。你们先买棹而往，至娄公埠，不能再进，则舍舟登岸，慢慢走入山中。一行人皆着春衫，被两旁碧色映照，神采俊美。巽倩年纪较大，和子塞走在后面，两个孩子在前，你和野君在中间，且行且看。又有两个童子挑着食盒、竹篚，追随着你们。渐渐地，有茂林修竹，有清流激湍。天朗气清、惠风和畅。你走在幽静的山中，见到这一队美好的人儿闲闲而行，见到那些陌生而熟悉的景色一一而至。不觉想起宋濂所写的《兰亭觞咏图》，此图为北宋画家李公麟所画。和眼前之景映照，颇为生动。你不由得笑道："先画兰亭一所，俯临清流，上甚幽静。四面皆帘，帘半卷。旁周栏楯，中设方几。几上砚墨各一、纸三、二成轴。一布几间，有美丈夫坐几后，冠竹箨冠，服大布衣，右手操翰，冥然若遐思，疑羲之草序时也。后列二童，一煮茶汤，一傍栏睨溪。溪中白鹅三，一去，反顾，一飞起波面，厕二鹅间。溪上皆崇山峻岭，有水自中出。何其生动，千年之事，仿佛竟如今日一般！"

"是啊，虽然已是千年，然而兰亭依旧、曲水依旧，而虽无右军之才，我等亦可仰观宇宙之大，俯察品类之盛，游目骋怀，极视听之娱。"野君在旁言道。

子塞亦言："此亦右军所云：'后之视今，亦犹今之视昔。'"

说话间，你们已见花木掩映之中，现出一方略平坦之地，四周修竹环绕；中有一亭，亭前垒石成渠；较远处有一石桥，从亭至桥，溪水奔流而下，一时只闻风吹幽篁之声、溪水流淌之声。

你不由得赞道："好一方清雅之地。"

巽倩道："其实此处非兰亭旧址，旧址在天章寺，嘉靖年间本郡郡守沈启将旧址迁至此处，旧址早已难辨当日风貌。"

你们四人沿溪而坐，忆圣、忆贤取出小盏，两侧有翼，那盏竟非陶制，直接以竹仿羽觞之形而作，能稳稳浮于水中，随水漂转。二人随即去溪边打水漂，只见他们沿着这条溪渐行渐远，身影仿佛融于自然之中。

你们坐于这一条溪水边，而这一条溪水已经流淌千年；你们坐在兰渚山中，而兰渚山所在的越地，有多少让人热血沸腾之事；你们饮一杯春醪，而这一杯春醪，从王谢至今，已经醉了多少代人。

那酒杯慢慢漂来，你接过酒杯，一饮而尽。而你的眼前，人影从这片土地飘过。越王也罢、王谢也罢、徐渭也罢、陆游也罢，无一不让人有壮怀激烈之感。于是你口占一绝：

"无端诗思似云来，癸丑兰亭又一回。闲话三江心胆壮，六千君子绣旍开。"你听见自己的声音明亮，在这一片竹林间回荡，而野君、巽倩、子塞的击掌之声，也久久回荡。

须臾又听野君朗声道："'当其欣于所遇，暂得于己，快然自足，不知老之将至。'我最喜右军此句。其实，有此境界，即已为人生幸事，何问生死。"

巽倩道："我最爱右军所书'修短随化'四字，此四字足矣。"

子塞笑道："今日于兰亭仰古抚今，各言其志，甚好甚好！兰亭行迹之中，又多我们一行人，可让后人览之。"

话音刚落，你们在这山阴美日胜景之中，在这青山绿水中，一起放声而笑，暂时忘却人世间之俗事俗务，暂时忘却此刻当下之转瞬即逝……

第十一章

金　陵

　　你和野君买舟归来之时，正当农月。蚕事已了，桑麻依旧一路泼洒光辉。而水田漠漠，白鹭纷飞。人家篱笆上则有蔷薇如云，粉色的香味弥漫在整个天地之间。你们在舟中，看见视野尽处那深绿夹杂星星点点粉色的栖里，向你们慢慢滑行而来。天已渐热，你们立于舟头，衣袍被清爽的风徐徐吹动，正是最舒适的时节。你对野君说："我们在栖里小憩数日，又将登程金陵，今年好好奔波一番。"野君道："是啊，今岁你我皆应尽力而为。"

　　你们在运河边登舟告别，便各自归家。你又如往日一般，站在自己的半月斋小院门口。父亲当年种下的蔷薇竟已粗壮如树一般，正当花开，小院被花云粉团簇拥着。那篱笆上还有金银花，尚未全谢。篱笆下则是大团大团的绣球花。漫天是花，漫天亦是花的呼吸、花的声息、花的轻语，风吹来之

234

时，阵阵清香，令人迷醉。已是孟夏，这也是花儿们最后谢幕的时分。你知道，在这之后，还会有零星开放，如荼蘼、如月季，然而如此繁盛，已是尾声。

你轻轻推开院门，楣君应该是将小院重新翻整过了，她种的菜长势甚好，黄瓜葫芦都已经开始绕着竹竿蔓延。小石桌清清爽爽，上面放着一个竹匾，里面晒着纤细的金银花的花苞。你轻轻走进去，听得楣君和大丙仿佛在书斋之中。你上楼，走进书斋。竟见楣君坐于大丙边上，而大丙正用小手紧紧捏着毛笔，紧张而认真地书写。那纸上已经有好几个虽然歪斜，然而分外用力的"卓"字。你的心里是一种说不出的感动，你走过去，张开双臂，将楣君和大丙同时拥住。大丙"啊"了一声："父亲，我的笔！"他生怕笔弄脏你的衣服，小心放下笔，然后回身紧紧抱住你。楣君也转身，看着你微笑。

"回来了？"

"回来了！"

"母亲正在厨房，她今日兴致好，说要择菜剥豆。"

"大丙怎么开始写字啦？"

"是啊，大丙都等不及开蒙，一定要拿笔写字，我让道暗略教了教他。本说从笔画开始，但他一定要写一个'卓'字，等你回来看。"

"父亲，可惜我还没有写端正，你就回来了！"大丙吐吐舌头，不好意思地对你说。

"很好,很好!大丙,我来执着你的手,你跟着我的手势吧!"

"好!"

楣君轻轻带门出去,屋里很安静,你的大手,带着大丙的小手,你们一起一遍一遍地写着"卓"字。

过了两日,栖里便分外热闹起来。你们看见许多老人家,她们挎着竹篮或是背着一个明黄色的袋子,从不知何处的各处聚集过来。她们蹒跚在轮廓尚不分明的田野,她们穿越人声嘈杂的街市,她们随桨晃在平缓的市河,她们拨开荒凉小路上的乱草,她们最终来到栖里。把香插在各个庙中,不管是大善寺、资庆禅院还是绿野庵,甚至连水南娘娘庙中,都人头攒动。原来是四月初八浴佛节到了。一年到头,人们有多少心愿,要向佛敬礼倾诉;人们有多少无奈,要在烟火缭绕之中暂时模糊;而不论何处,只要有佛有像,都可以寄托、宣泄……

你不由得心中怦然而动,想起年初自己所写之诗。再有四日,便是自己的生日,自己已是而立之年,从南方人的习惯来看,已是虚岁三十一岁了。不知为何,总觉得今年将会是自己生命中特别的一年,接下来要去金陵、去参加乡试。和母亲、妻儿一起过完这个生日,你将会与野君一起登程,你很想预知这一年会发生什么。然而你又摇头自嘲,如果人生如此明晰,岂不索然无味?

你喊道:"大丙,随父亲稍稍走走吧!"这几日,每天只要有空，你都会和大丙一起散步。

大丙应声而至，你拉着他的手，慢慢走向大善寺。而走到长桥，你便止住了脚步，只是远远眺望。大善寺的树已经长得浓密起来，远远地，只听梵声隐约，只见云烟缭绕。

"父亲可是要去烧香？"

"不，我只是想远远看一下！"

你双手合十，对着大善寺遥拜了几下。

"父亲为何不进去呢？"

"因为里面烧香还愿之人太多，太热闹了。在外面望一望，倒觉得清净庄严。"

"父亲有什么心愿吗？"

你随意说道："有啊，正如大丙有心愿一般。大丙，你有什么心愿？"

"我的心愿……我说出来，父亲莫要笑我。"

"你说呀！"你本是随口一说，听到这样回答，发现小小孩子竟然真有心愿，你亦有些意外。

"父亲，我的心愿是父亲不要走；如果要走的话，也早些回。每次你不在的时候，我都会去河边坐着，看那一条一条的船，总希望下一条船上出现的人，就是我的父亲。"

你有些伤感，回想起当初自己在河边盼望父亲的情景，你抱住大丙，说："这次我一定会早些回来，如果我能实现自己的心愿，你们便跟着我，我会一直和你们在一起。"

镇上好热闹，长桥上人来人往，桥的边缘亦坐满了行脚之人，运河在桥下伸展着、伸展着，去向遥远的地方，大丙看着那延伸的河，突然笑道：

"父亲，你若不归来，等以后我也划着这船，沿着这河来找你！"

你不由得笑了，你想起自己多少个日月，都奔波在这河上。一头是自己的母亲和自己的小家，一头是自己的父亲；一头是自己的半月斋，一头是自己的理想。

"好啊大丙，以后等你长大了，我们带你一起读书、一起走。"

"好啊好啊！"大丙拍手而笑。你们穿过各怀心事、各怀心愿的人群，在这个初夏时分，慢慢走回家去。

楣君这几日颇为操劳，前段时间时阴时雨，最近终于有几个好日头，她仿佛有洗不完的衣服、晒不完的被子、打扫不完的角落。大丙回到家中，就去帮妈妈扫院子，你也趁着好天气，为院子中楣君种的菜浇浇水。你的母亲坐在院子里的蔷薇花下，微眯着双眼，似乎在打盹。如果没有不时拂过的微风，仿佛时光就这么凝滞了一般，仿佛在一起的人儿永远不会分开一般。然而你知道，过完自己的生日，你就要和野君一起登程了，此一别又是半载。

你浇完水，楣君正在院子里晾衣服，你看到自己的夏装被洗得干干净净，便对楣君说："这些衣服去年收起来时就浆洗过了，怎么又洗一遍？"

"我取出来的时候总觉得衣服有些潮气，穿着恐怕不适。

再浆洗一下，好好晒一下，清清爽爽的，好舒服。这几日我要把你的行装好好收拾一下。"

"辛苦贤妻了！"你不由得向楣君行了个礼。

楣君笑道："折杀我！"

楣君似乎又想起些什么："我别无礼物，只是给公公做了两双鞋子，鞋底纳得很厚，略有些沉，到时要辛苦你捎去了。还有，你的生辰要请同社好友吗？我好准备酒菜。"

"此次虽是三十生辰，但我亦不想惊动太多人。只三四密友即可，野君、道暗、方水能来即可。我来写几个帖子。"

"父亲！父亲！我来送帖子！"

"好啊！"

你走回自己的书房，亦开始收拾。然而一时之间，竟觉得头绪太多，不知该带些什么。自己的诗稿、《花舫缘》的文稿、为父亲收集整理的诗文稿，光这些就装满了一个竹箱；还有近日收集的不少书籍，准备与父亲奇文共欣赏……你慢慢地一样一样地理，在书橱上，突然看见了那一册暗蓝的书籍，你又不由得将其抽出，将其中的花笺拿出，用手轻轻触摸。你想了想，抽出其中的一页，放到自己最爱的书中，一起带着。把这些——自己的、父亲的、佩兰的文字都带上，仿佛心里就安顿了。

你这两日继续收拾行李，而楣君，似乎要把家里的每个角落都打扫得闪闪发光。她换了新的窗纸，把每一个花窗的格子都擦干净，厅里、书房里，大大小小的花瓶都拿出来，配上了以月季为主的各色花草。家里似乎明亮了许多。连母亲也受到这种情绪的感染，拿着布到处走，轻轻擦拭你的几案。

很快地，你三十周岁的生日到了，并且，是个晴好的日子。清晨，阳光便透过明瓦洒落下来，阳光里是闪烁发亮的尘埃。你拥着楣君手缝的凤凰被，暗黄色的凤凰与桃红色的花，很温暖的感觉。床头放着新浆洗好的石青色的夏衫。然而你觉得有些异样，仿佛这屋里太安静了些，和昨晚恍如隔世。昨晚你还听到厨房里热热闹闹的声音，柴火噼啪；闻到香味盈满了整个宅子；看见大丙在炉灶旁搬了个小板凳，激动地站在上面，看妈妈做各种好吃的东西。时而听妈妈的吩咐，去灶头添柴。今天，怎么一切声音都没有了？只看见阳光洒落各处，干净又明亮。

你走到厅里、厨房，喊道："楣君！楣君！大丙！"无人应你，你走到院子，看见母亲照旧坐在蔷薇下，你上前请安，母亲微笑着点点头。你问："母亲可曾看见楣君？"她微笑着摇摇头。你陪着母亲坐了一会，便去书房看书。在外奔波一段时间，你总是希望能安静坐下，一杯清茶，任日影移动，在文字中消磨时光。

近中午时，家里热闹起来，你并不知晓，直到大丙欢天喜地进来，拉着你的手，兴奋地把你拉至客厅。你惊讶地发现小小的厅堂中都是同社中人，大家都微笑着向你拱手。你不由得又惊喜又惭愧：

"小小生辰,劳众位前来,真是不敢当。室小简陋,都无处安坐!"

方水道:"嫂子早就准备好了,她说只管好吃好聚。待会还有惊喜!"话音刚落,只闻笑语声声,又有许多女子进来,手里拿着酒、提着食盒,要将酒菜放在八仙桌上,很快就堆将起来了。

野君笑道:"我们每家都做了拿手的小菜,备了薄酒,今日一为祝贺珂月生辰,一来权作同社聚会,我们可尽兴一日了!"

"多谢多谢!"你忙向众人拱手致谢。

"来,珂月,我们到外面来!"半纨招呼道。

你随众人走出厅,惊讶地发现小院里好热闹,蔷薇架下竟已安放好一张很大的圆桌,细看原来是一张巨大的木头圆台面,安放在大方桌上。团团而坐,竟可以容纳二十几人。

"这圆台面是楣君从我家觅得的,一直靠在客厅一侧的墙壁上,过年过节才用的,难为嫂子细心记得,今日我们还自带了坐具呢!"方水笑道。

你不由得微笑,心里满满的是感动。楣君,不,一定是楣君和大丙两个人,背着你邀请了那么多人,做了那么多的准备。

大家坐定,楣君将一个小小的风炉拿至小院之中煮水,用上好的径山茶瀹茶。圆桌边上设书桌一,铺放着笔墨纸砚;琴桌一,放古琴一张。同社中人,可随意写诗作画抚琴。风阵阵吹过,吹动众人衣襟,蔷薇花瓣不时落在圆桌上、纸上、众人的衣衫之上。而日色明亮,照得每个人神采飞扬。如此美好,你竟有些恍惚。这是真实的吧?为什么又如此让人不敢相信?!

你又如往常般,几杯即醉,从中午到晚上,随着酒兴吟诗谈天,或者听别人吟诗谈天,心满意足的感觉。你觉得自己也说了许多许多,许久许久……你只觉得众人都对你微笑,似乎都在称赞你、鼓励你,这又让你无比惭愧……你听的最多的话语仿佛是:"珂月兄,三十而立,今年正是转机,此去金陵,定能酬得平生志愿!"众人的微笑、楣君的微笑、大丙的微笑,都旋转在身边,如朝雾夕云一般。渐渐地,似乎有一线银锁的声音轻轻响起,在云雾中若有若无。朦胧中,你竟看见佩兰朝你微笑,佩兰渐渐模糊,变成一抹桃红;一抹桃红渐渐模糊,化成一瓣莲花,慢慢坠落,你看着她往下、往下,似乎沉入很深很深的地方……而你,似乎也一直笑着、笑着。这可能是你平生饮酒中,极少的不落泪而欢笑。

第二日,你很晚才醒来,醒来的时候家里照旧很安静,你有些恍惚,似乎忆起昨日的盛会,却想不起何时曲终人散。你还是一直在微笑,突然,一个念头划过,使你一下子清醒过来:对啊,三十生辰已过,马上该出发去金陵了!

你和野君买舟直向金陵,楣君和大丙欢欢喜喜送别你们,出发的时候阳光明媚,而风又阵阵吹来,一切都很清爽,仿佛是一个全新的世界,仿佛预示着最好的将来。你知道,楣君对今年也一定如你一般期待，今年你与父亲将一起赴考，这也是你第六次赴科举。你想，人生总会有转折之时吧！而大丙，也是他人生的全新开始，你把他托付给卓氏之私塾，让他开始读书认字。等你考试归来，一定要亲自教他，就像当年父亲陪自己读书三年一样。

你和野君一路向北，经过杭州府、嘉兴府、松江府、苏州府、常州府、镇江府，然后到达应天府，到达金陵。水路竟有千里之遥，所以你每次去见父亲，都有千里迢迢之感。而每次想起父亲，也都有隔着万水千山的感觉。栖里很小很安静，而父亲所在的金陵，便是一个广阔而繁华的世界，甚至是一段跌宕而久远的岁月。你每次到了金陵，就觉得自己像是卷入了一个巨大的时空之轮，身不由己，随之高高下下。虽则太祖命其名曰南京，然而你们还是眷恋金陵之名，仿佛它更有意韵。

不知为何，想起金陵，你就会生出一种很复杂的情感。

这个地方，像是都城，又不是都城。她天生丽质，却命运多舛。本为六朝故都，却多年沉寂在草长莺飞之间；终于到了本朝，重新被太祖定为国都。经历洪武、建文、永乐三代，又降为留都。虽然保留了全套机构，然而许多却如虚设。似乎英雄暂时酣眠，不知何时天降大任。

这个地方，非圆非方。明初扩建城墙，历经二十余年，建成一百八十里外郭之宏伟城市，共有城门十八座，共有宫城、皇城、京城、外郭城四重城垣。有群山拱翼之严，有长江护卫之雄。若至九万里高空俯瞰，整个金陵城不方不圆，如天然之宝石一般，含烟生辉。

这个地方，有南有北。长江穿越金陵而过。虽则京师已迁北京，然而南京为贸易发达之地，南北转运之通道。北京之服食器用工料财物，多有取给于南者，而南京则为传输重地。更让人无限神往的是，这个地方是荟萃南北英才之地。无论皇室重臣、大儒高僧、诗文盟主、曲家名媛，生命中均可能经行此地，龙光剑气，常年不散。

这个地方，亦古亦今。无论心怀何念，到得此地，看长江滚滚、看六朝故垒，看齐梁宫阙、看秣陵风雨，都会生出怀古苍凉之叹，或转成慷慨激昂之志。再不愿如蝼蚁惜生，哪怕人生苦短，哪怕逝者如斯夫，也要跳脱小我，建功立业。

这个地方，似家非家。对于你而言，永远心系两端。母亲所在栖里，为生你养你之地，你无法割舍；父亲所在金陵，为你思你梦之所，你又无法企及。每次陪伴母亲，便牵挂父亲；见到父亲，又思念母亲妻儿。人生难道永远不得圆满吗？还是，人生终有一日会圆满？抑或是，人生应该是圆满之后再散去？纵使结局都是悲剧，你亦希望是圆满之后再散去……

你这次和野君同往金陵，一路行来，你觉得这是人生中必然的安排，有时又觉得，这只是冥冥之中注定，身不由己罢了。你一直好奇，你的人生到底被如何安排，然而，你又不敢探知答案。

　　就这么一路苍茫、一路思忖。你们竟然不知不觉又来到了桃叶渡。你和野君站在桃叶渡前，你对野君说："当初家父初到金陵，就是在桃叶渡旁租屋居住。虽则生事窘迫，他却在所租之屋旁种桃树数十株，开种花之社。每至春日，桃花开遍屋旁，与碧水互相辉映，恍兮惚兮，亦真亦幻。"

　　野君说："是啊，桃叶渡！桃叶渡！这等地名，本就让人不能不生无限感慨。"

　　你沉吟片刻，说："小弟当初与佩兰道别之后，前往金陵，便是至此渡口，难以抑制心中之痛，黯然销魂……而父亲，当初潦倒苦闷，'桃叶渡'三字，想必亦如影随形，令他生出无限分离之苦吧？"

　　野君突然拉住你的手："珂月，此次你可以与父亲好好商量一下，如何安顿母亲，安顿大丙？"

　　你摇摇头："我每次话欲出口，却难以启齿。父亲不愿意回转栖里，而母亲又不愿意远赴金陵。庶母霞姨，对父亲甚好，母亲病后，全仗她悉心照料全家，小弟从内心敬她爱她。今父亲得她陪伴，又有了自己的祓园，虽然父亲写信给母亲，让她至金陵。实则早知母亲心意。似乎两地分居，已成定局，唉……"

　　野君道："珂月不要惆怅，你父子才华出众，今年定有转机。"

　　你淡淡笑道："托兄吉言。对了，旅途劳顿，加之时辰不早，我们快去祓园吧！"

你们快到祴园时,已是黄昏了。祴园在金陵城西清凉山中。三国时孙权曾在此地建石头城,其西峭壁直逼长江,诸葛亮将其视为虎踞龙盘之地。而今一切风云已尽,只余一片丘陵山岗,静待来者。

你们加快脚步,不想这清凉山中,竟然澹澹生起雾来,你和野君渐渐迷失方向,只能靠着感觉,沿着小径慢慢行走。清凉山不高,蔓延范围却广。父亲之祴园正虎踞关东,悬鼓峰西。此时难辨山水,只是一片渺渺茫茫。

你不由得感叹道:"四月初夏,怎会起此大雾?"

野君笑道:"大概山中不同人间,祴园本非凡俗之地吧?"

你亦笑道:"是啊,父亲辛劳半生,未曾实现自己济世之志,却得到一片净土隐世。父亲说祴园各处均已完成,亦可算得人生之安顿吧。"

你们就这么"雾里探花",慢慢找到了祴园。父亲的见山堂,在迷雾中透出朦胧的暖光,外面是一带竹篱。你和野君摸索着去开竹篱之门,门刚一推开,却有一个身影在旁,你还未看清,就有一双手拉住你:"是珂月儿吧?你们终于来了。我每日均在这门旁等候呢。"你只是一句"父亲大人!"便哽咽住了,觉得脸上一热,泪水也扑簌而下。野君连忙上前拜揖:"小侄拜见伯父大人。""莫多礼了,外面雾大,衣衫都已湿了,快进来,快进来!"

你们走进见山堂正厅,厅不大,正中一大幅溪山烟雨图,两侧并无对联，几乎整一面壁板都是此图。以至于整个厅似乎都笼罩在亦明亦暗的烟雨之中。庶母高霞已经在等待你们，她穿一身袍子，有类僧服，你知道她一直跟着父亲学佛修禅。你连忙行礼："高姨！""珂月快起来，野君你来，饭菜都已准备好了。你父亲这几日天天备得一桌酒菜，凉了也不吃，只是等你们来。"

你们坐下吃饭，舟行数日，你到现在还觉得如在船中荡漾。你举起酒杯，敬父亲和高姨。高霞关切地问道："大娘身体可好，可愿来金陵居住？"你不知该如何开口，轻轻说："母亲说，她暂时不来。等将来……""我知道你母亲的意思，唉！"你听到父亲长叹一声，"恐怕我又要辜负她了。"

野君连忙说："金陵是个好地方，伯父又修筑了禊园，如神仙一般，真令人羡慕啊！"

父亲举杯道："是啊，栖里亦是好地方，只是不容狂狷之人罢了。野君，来，我们喝一杯！"

你亦举杯："父亲，虽则如此，然而母亲年岁渐高，又有宿疾。长此两地顾盼，实为不便……"

父亲苦笑道："珂月，当初离开栖里，便不打算再回去了。当日为流俗所中，琐琐碎碎，令人生厌。其间详情，待来日与你细讲。你母对我期望甚高，她不愿意见我如此潦倒，我亦不想令她心烦……"

野君道："有珂月夫妇照顾母亲，老伯尽可放心。小侄与珂月无话不谈，知珂月真孝子也，常为此事郁郁不欢。"

父亲道："我亦一直心怀歉疚，觉得对不起珂月，劳他两地奔波……"

你顿时热泪盈眶："父亲！"

高姨在旁言道："珂月费心了，不能服侍大娘于左右，我亦心中有愧！珂月，我敬你一杯。"

父亲与高姨向你举杯，你忙将杯中之酒一饮而尽。

"伯父，他日是否能回转栖里小住几天，劝说伯母同赴金陵？"

"野君，不是我不想团聚。当年北上燕中，夫人便得奇疾，回转栖里。多亏高姬善为调护，将珂月养大成人。夫人病中尚终日伤余不遇，作侘傺想。惭愧我才浅命舛，无以告慰夫人。吾生平好作名山之游，唯高姬愿追随于我……"

野君道："伯父，您与珂月有苏氏父子之才，今年大比，若能功名成就，定能与伯母欢喜团聚。"

父亲向野君举杯："多谢贤侄吉言。吾已年过半百，功名之心日淡，若科举不第，但求隐居祴园，清净度日。"

父亲转向你："珂月，卓氏中兴，还待尔辈啊！"

你点头不语，高姨问道："珂月，是否旅途太过劳累，今晚早点安歇吧？"

你摇摇头，言道："多劳高姨动问，还好、还好。只是将近家时，雾失前路罢了……"

高姨已为你和野君收拾好房间，你们便安顿下来，第二日也不曾出门，只是喝茶、闲聊、休息。不想到了傍晚，山中又有迷雾渐生，童子便来报知。你和野君移坐于禊园之中，如非人间之境。你不由得痴迷："呀，一到金陵，便逢此山中晚烟，美则美矣，心中却散散漫漫，生无限怅惘！"野君道："是啊，一切如烟之景，均令人怅惘。"

你对野君言道："野君兄，劳您与父亲饭后闲谈，小弟想先回房了。"野君颔首。

你回到房中，磨墨撰文。先提笔写了一封信给楣君，告知她已到金陵，勿念，并嘱咐大丙好好读书。此时雾气竟然流淌至窗内，你痴坐了一会，看雾气渐渐散开，觉得世间诸物诸事，都笼罩其间。似乎有形，又似无踪。你展开纸，提笔写道：

"四月徂夏，晏坐禊园。高春初过，清酒未温……呜呼噫嘻，何龙巄之失踪，而虎岩之沈醉也。水不水兮黮黮，山不山兮蒙蒙。地不见尘土，天不见霓虹。高低若一，枯菀皆同。近者都远，实者忽空。将世界之不立，惟而我兮，在混沌一炁之中，既莫测其何自而云然，亦安知其何时而复故。微风掠不开，篱落遮难住。白鹭下食兮迷津，杜鹃欲归兮无路。缥缥缈缈、亭亭云云、落落莫莫、熊熊魂魂。轻容之縠遍覆，若亡之绡横陈。绉纹不可熨以斗，细缕莫能纪其升。丈尺无度，剪刀弗痕。非采蓝之所染，不集翠而自成。于是樵牧之人，有眼皆昧。匪面是谋，而以声会。虽离朱在斯，不能辩人于十步之外。少焉月出，倏尔星流。月惨憯兮，充耳明珰而隐于蝉鬓。星阑干兮，囊空无物而飞萤是游。树树有莲国周遭之宝网,家家皆海外灭没之蜃楼。谁以天地为炉而焚香馤馤,岂有百万之灶而烝米浮浮。或者松煤之凝也,藜火之剩也。日暖蓝田,玉初润也;呼龙种草,耕方迅也。何必三素之云,兹堪赠也;何必五里之雾,兹堪阵也。至于离浓就淡,自密将疏,蒙花恍惚,锁石糢糊。俨书生之寄鹅笼,象美女之藏碧褦。迷离兮可怜柳眼之倦闭,幂历兮不知竹粉之新涂。因而远思楚泽之蒸,妄忆巫台之艳。不霾胡阴,不雨胡暗。恐有物以相嘘,疑乘梦而来探。又复求之史传,佐以诗篇。若散五侯,可侈传蜡之盛;倘逢霸主,必伤抱木之贤。分一线以入吴宫,而认为灵鬼;幻五色以招宁子,而当成古仙。”

这一篇《山中晚烟赋》,你直写到天已渐明,才斜靠于书桌上,沉沉睡去⋯⋯

你看见雾越来越浓,然而颜色却绚烂起来,仿佛祥云佛光。你朝着最亮的地方走去,发现自己渐渐离开地面,飞翔起来,飞向哪个方向,却不清晰。因为虽则光线明亮,却仍旧是重烟浓雾。你猜想,你已经飞得很高、很高了吧?便往下看,下面却是无比的清晰。你看到雄山峻岭、你看到大河逶迤,色彩异常绚烂壮美,令人震撼。你突然有一种解脱的感觉,觉得所有属于人世间的烦恼,都被你抛舍在了下面。你看见一切越来越小,越来越小,而感觉自己的躯体也越来越寒冷,仿佛轻若无物,随便的风雨,便能穿透躯壳⋯⋯眼见得尘世要离你远去了,你却突然心生恐惧,不愿意再向上飞翔,你想下去、下去。即便下面是生死困顿,是无限烦恼,你也愿意回归，然而下面的世界也变得越来越模糊，耳边有声音盘旋："珂月、珂月，天上差乐，不苦也！"

"珂月！珂月！"你听得耳边有人呼唤，你一下子从高空坠落，无限眩晕之后，你发现自己坠落于书桌之边。

"儿啊，你现在越发精进了，此赋功力非凡，写得甚好！"

你看见父亲朝你微笑，野君还在细读你昨日的文字，你才清醒过来，连忙起身行礼。心中不由得庆幸，但仍有几分惊悸。

"珂月，你与野君最近都有传奇写成，我与阮圆海相交甚好。可带你们过访圆海。"

野君道："如此甚好，听闻阮圆海之传奇不落窠臼，家中蓄养戏班，所扮演之戏，本本出色。"

你沉吟道："我与野君为复社成员，此次到金陵正要拜访复社诸子，我听闻复社中人与阮圆海不和。"

父亲道："此事我已早知。然圆海近日招纳游侠，欲剿流寇，吾观其志，亦为忧国之士。"

野君道："伯父，我与珂月僻居栖里，不知流寇之势如何，心内甚为担忧。"

父亲道："我亦只是听闻而已。流寇中之高迎祥已死，李自成代为闯王。另有流贼张献忠破襄阳，其势不容乐观。今内忧外患，实朝廷用人之时，故吾亦希望再战科场，希冀为国效力。"

你摇头感叹道："可惜珂月一介书生，百无用处啊！纵然如此,珂月亦愿不惜微躯,铅刀一割!"

　　说到此处,突然梦中之语再度清晰起来:"天上差乐,不苦也!"

　　你心中猛惊、清醒。此语不是李贺之谶吗,怎么会于自己梦中出现?

　　"珂月,你怎么了,脸色如此苍白?"

　　"哦,没什么,昨晚做一梦,心内甚是不安!"

　　"梦本非真,无妨、无妨。"

　　"好了,好了,你们休息了一天,想已恢复。今日我带你们畅游祴园如何?"

　　"好!好!"你和野君齐声道,你们三人走出见山堂,阳光正好……

第十二章

秦　淮

你们步出见山堂。祴园居金陵城中，依清凉山而建，放眼处皆山色环绕。可谓结庐在人境，而无车马喧。而那长江，也伴着山峦起伏相依。祴园由万竿翠竹围成，竹径竹篱，竹门竹匾。一切设景，均随地形自然而得。

你们见到父亲神色庄重，首先向园北走去，便静默跟随。园北有一方巨岩，此园本依虎踞关而建，遂纳驭虎岩为园之一侧。你们看见，那驭虎岩下，有一祠崭新落成，祠不大，但碧瓦红漆，很是精巧。你们随他进入祠中，你一见便跪拜下来，你知道，此祠正是为先祖卓敬所建。

"野君，这是为先忠贞公所建。忠贞公少时曾骑黑虎风雨夜归。此地刚好是驭虎岩，正好圣上下诏，令祀殉国殉节诸臣，故上奏得允，选此址建祠筑园，令卓氏可代代祭祀。"父亲缓缓说来，字字深沉有力。

野君忙跪下行礼。起身后言道："我经常听珂月说起忠贞公之事，每每肃然起敬。"

"是啊，卓氏传至我辈，已为第八世。至珂月，则为第九世。第七世建树颇多，文卿伯父进士及第，然不幸早卒；后明卿伯父四处奔波，振兴卓氏家族家声；家父研习经学、建水一方藏书楼。然而至我辈，我却弃家无成，浪迹他乡……"父亲言至此处，将双目紧闭，双手合十，微微颤抖。

野君道："伯父休发此语，您有将相之才。又精竺乾之学，虽硕学名僧不能与伯父比肩啊！又有儿如此，如芝兰玉树。"

父亲点头："珂月，卓氏文脉不兴，幸有你、方回、辛彝之第九代，虽功名尚未成就，然前途不可限量。父亲亦指望你辈了。"

你望着先祖之像，喃喃道："父亲，孩儿尽力便是。"

你们走出祠庙，看见驭虎岩下有幽涧深静，水中鱼影灵动。此时父亲脸上方有笑容，说道："此乃鹤潊，我将此水引往园中，我们随水而行。"

你们随水慢慢行走，竟不觉返至见山堂后，堂后原来有一池塘。此时正当初夏，满塘荷叶青圆，露珠闪烁，中间已有花苞玉立。塘旁石上书"莲句"二字。你连忙向石拜揖。

父亲笑道："免了免了，此二字虽是我的号，你无须多礼。"

野君道："伯父真是天机清趣之人。有此一堂藕花，自号莲旬，清净不染，俗尘无侵。"

父亲道："一切人世间之出世间，均为虚拟假想。终不能跳脱俗世，只是慰藉残生罢了。来，我们绕至堂南一看。"

堂南又依一崖，崖上有危楼一座，翼然如老翁蓑笠而钓江雪，何等高傲孤冷。而其楼顶，正如一笠。楼上额为"笠广"。崖边有石径可拾级而上。此山名为汐山。

父亲道："若登至崖顶，再走一段路，便可见长江之水滚滚流逝，拍山生潮。不知浪是山，还是山如浪。"

你不由得拍掌道："好！好！大江浪如山，祓园山作浪。父亲之祓园好有气势，竟收高山大水于其间，好开阔的胸襟！"

"我们今日且不登此山，往山右散步。山右有一湾如眉，我将其荒地改为田圃，虽地如弹丸，亦可于此处歌戴月荷锄之句。园中我还另辟有药草畦种药，茗柯坪种茶。"

野君道："美哉美哉！"

父亲道："其实我不能如富家豪族般大兴土木。园中建筑只有见山堂、卓敬祠、笠广楼、寒江树、螺髻庵，且规模甚小，此亦尽毕生积蓄了。"

你感慨道："有此园地，读书著述，足矣足矣！还记得曾随父亲读书法华山中，此珂月最美满之时光。若得一日，全家美满团聚于此园，与父亲终朝谈诗论文，夫复何忧！"

父亲道："此亦我之梦想，但美满二字，这世上终难求得啊！珂月不是亦有人生悲剧之论吗？"

"是啊，孩儿一直觉得，世上欢之日短而悲之日长，生之日短而死之日长。"

父亲道："珂月，人生终须从缺陷中求圆满，从短暂中求恒久。来，我带你们去螺髻庵一走。"

父亲带着你们从锄月湾走至药草畦，又从药草畦循畦而上，便有地平如掌，茶树青青，此即茗柯坪。从茗柯坪左折，再往上，坂穷路转，眼前开阔，远处为钟阜山，近处凿塘为壑，壑前横一堤，名为孀虹。而那螺髻庵正在剑壑上方，庵旁烟萝一径，斜通密林，林烟蔼蔼。

野君不由得赞道："好景致！不知伯父为何名其'螺髻庵'？"

父亲道："当年高僧中峰明本曾于天目山中修筑活埋庵，悟道隐居，我一直心向往之。此地原有古刹，早已荒废。便欲兴复此刹。一时之间，金陵宰官若大司寇姚公岱芝、御史郭公丹葵辈，各捐俸以助庄严梵宇。遂建螺髻庵于天地山水之间，以壑为屏，以虹为几，以钟阜为双髻。愿活埋悟道于此！"

野君道："好个以壑为屏，以虹为几，以钟阜为双髻，真乃大手笔、大气度啊！"

你看着眼前之景，对着螺髻庵遥拜："孩儿知道父亲为何遍访名山，历经波折，驻足于此了。于尘世中觅清净地，此处实为最好之归宿。孩儿应发奋读书，他日定将母亲、楣君、大丙接来，全家团聚。"

你们便在这祓园中清净读书，准备七月之秋试。

转眼五月端午已至，一年一度之长江竞渡、秦淮盛会又将开始。此次盛会规模更为盛大，因七月秋试，各地举子集中于金陵。整座城市，一片勃发之气。然而，亦不断有战况传来，国家似乎处于内忧外患之中。李自成、张献忠未破，而满洲皇太极又自立为帝，国号大清，开始在边境挑衅。这看似繁华平静的金陵城，仿佛正孕育着未知的变局。

端午之日，一早高姨就端来了雄黄水，你们洗了眼睛，破了火眼。整个祓园门悬菖蒲，各个房间都燃起蚊烟。一种特有的香味弥漫在整个祓园。你们随父亲来到秦淮河边，河边早已人头攒动。十余条龙舟蓄势待发，每舟坐大约二十人，各举大楫。中有彩蓬，有击鼓撞钲者，为本舟助威。你们到达今日文士集会之酒楼，居高临下地看着端午竞渡。你们来得最早，所以择最佳之窗观景。一时间鼓声震天，龙舟攒发，欢呼之声，震耳欲聋。而两岸水榭，亦争燃爆竹。水榭中人不时向水中抛掷鹅鸭。岸边人高喊："夺标！夺标！"而那龙舟上，则会有棹人如闪电般跃入水中，直接攫取白鹅，并瞬间潜入水中。只见水面轻盈分开，又马上合拢。岸上人屏息以待，而那水面始终波澜不惊。不知过了多久，当人们心情紧张到极致之时，突然有白鹅破水而出，须臾，棹人亦如蛟龙出水，携鹅直接游往龙舟。于是鼓掌声、鼓声、欢呼声，经久不息。而那十余条龙舟，扯出十余条雪线，一路分水斩波，浩荡而去。

突然，一切声响在你耳边淡去，一切繁华水榭化为荒草。你仿佛看见他，他正在汨水边徘徊。他戴高冠，穿长袍，形容憔悴。那一袭长袍颜色已经黯淡，长袍上缀满枯黄的香草。他似乎喃喃自语："国无人莫我知兮，又何怀乎故都?! 故都啊故都，我的楚国啊，我的楚国啊……"

此时远远有渔歌传来，一叶扁舟慢慢渡过荒凉与无人之境，向他驶来。扁舟上一渔翁怡然自得，见他便问："你不是三闾大夫吗? 怎么到这里来了。"

你看他回答："举世皆浊我独清，众人皆醉我独醒，是以见放。"

渔父笑着说："圣人不凝滞于物，而能与世推移。世人皆浊，何不淈其泥而扬其波? 众人皆醉，何不餔其糟而歠其醨? 何故深思高举，而自令见放为?"

屈原整顿袍子，行礼："我听说，新沐者必弹冠，新浴者必振衣。我怎么可能让清白的身躯受到污染，怎么可以沾染这世俗之尘埃? 我宁愿跃入这水中，葬身江鱼腹中啊!"

渔父无奈，莞尔而笑。一叶扁舟渐渐远去，从天地间消失。只听到渔父的歌声："沧浪之水清兮，可以濯吾缨;沧浪之水浊兮，可以濯吾足。"而水边，只剩下屈原与漫漫荒草。一瞬时，天旋地转，屈原渐小。你仿佛置身于九州之上的天空之中，而下面只是两种色泽：无边蔓延的杂花生树，和无穷无尽燃烧的战火……

"好男儿! 好男儿!"众人的齐声喝彩惊醒了你，你发现窗边已经挤满了人，你看到的依旧是繁华无边的秦淮河，和那争先夺标的龙舟。想起刚才见到的荒凉，和最近传来的战况，一时间，振奋与失落，暂时的欢喜与对未来的忧患，交织在你的心头。

"珂月，来，众贤毕至，今日可畅饮狂歌一番了！"父亲招呼你。

你回头看，不知何时，酒楼中数十张桌子已经坐满了各地文士，同赴此端午盛会，酒菜已准备停当，酒楼靠墙四面均设有书桌，桌上笔墨纸砚一应俱全，已有文士纵笔泼墨。你摇头自嘲："珂月珂月，你为何总于繁华处自觅伤感？"而心中无限悲喜，互相激荡，最后却化作无边的惆怅，让你不得不一吐而快。你亦走至书桌前，奋笔疾书：

"天下伤心五日舟，灵均恍惚驾青虬。英魂但欲扶三户，大节安能相九州。渔父有心贻药石，女媭无计引箜篌。乘风远踏胥江雪，弄月闲吟帝子秋。前有君王啼杜宇，后随年少赋鹓鹐。餔糟举国忘童羖，吹烬当年赖沐猴。众口铄金难铄骨，美人埋玉不埋忧。九歌已杳闻邪许，六里虽湮尚窈纠。水族争餐齐野语，村童赛鼓楚人咻。谁能巳巳彭咸恨，对此茫茫卫玠愁。"

你写完，一时间众人之诗如雪片般纷飞。滇粤闽楚吴越豫章诸子毕集，皆眉目俊朗、意气风发。野君不由得对你言道："这气势，好像七年前我俩在苏州加入复社时光景呢！""是啊，天下竟有如此多之才士，各怀其技，令人自叹不如！有此一众人才，家国无忧啊！"

你们这一日，便聊天饮酒、作诗作画，一直到天色渐暗，月色渐明。一些文士已告别散去，尚余三十余人。此时岸边观渡之人渐散，然而过往之人仍然熙熙攘攘。突然河面上明灯数十舫，烟霞撩月，丝竹厉天，首尾相衔，蜿蜒撇波而至，原来是秦淮歌伎出游。一时仙乐缭绕，有女子身影玲珑绰约，有歌声夹杂着环佩之声。隐约之中，你仿佛听到一丝轻微的银锁之声，不知是发自画舫，还是发自天际……

你正凝神之际，忽觉有人轻拍肩膀。你回头，似曾相识。

"珂月兄，还记得小弟吗？"

你忙微笑行礼，却不知如何接话。

"庚午秋于西湖边与珂月兄相识，小弟乃江右陈士业。小弟有一事，早想告知兄长，只恨无相见之日。"

"何事？"

"兄长可记得多年前在金陵曾见一歌伎，名唤忆兰。"

"忆兰？"

你茫然不知，但这名字，却让你生出无边的惆怅。佩兰、佩兰，忆兰、忆兰……

"兄长真的不记得了？那次是桃叶渡之社集。"多年前，莫非是与佩兰分手之后？那时自己只觉得天日无光，浑浑噩噩。不知当时如何去，如何归；只觉得有无数身影在眼前掠过，无数声音在耳边淡去，自己却一直如痴如呆。

"我并不知。士业兄，能否告知一二？"

"唉！"

士业长叹一声，和你一起望着秦淮河。你们见到她，她穿一身桃红小袄，豆蔻年华，正欢欢喜喜来赴桃叶渡之集。金陵为天下文士齐集之地，而卓发之先生，又是广结天下名士之人。她只是和众姐妹一起来弹琴歌唱的。

你看见自己，漠然坐在人群之中，并无言语；她望见你，眉目清俊，却一言不发。众人玩笑之时，你并无知觉。等众人笑毕，你茫然四顾。她恰好看见，"扑哧"笑出声来。转头问女伴："中间那痴痴呆呆的是谁？""哦，他就是举办这次社集的发之先生的公子，名唤卓人月，号珂月。""珂月，珂月，这名字好听，看着如此面善，待我弹琴一曲，看他是否有反应。"女子掩口而笑。于是轻轻坐下，调弦数声，众人便安静下来。

于是有声音，散散漫漫响起，虽然只是简单的泛音，一响起，却每一下都与你的呼吸、脉搏相连，揪心扯肺，你原本低头，渐渐抬头。你看见一桃红小袄的女子，低头凝神弹琴。你不由得莞尔而笑，甚至有些惊喜。原来是《忆故人》，原来是佩兰啊！你仿佛回到孤山上、回到竹里馆，静坐听佩兰弹琴。你并不觉得此时身处金陵，一切都如此熟悉，叫人安心而欣喜，又叫人担心，怕一切皆为幻影。这时旁边有人递过酒杯，你一饮而尽，继续看她弹琴；而酒杯又递来，你又一饮而尽，凝神看她……

她弹完最后一个泛音，抬头看你，你正看着她，微笑。

她从未见过这样深情哀伤的笑容,便也看呆了。

"珂月,来,笔墨在此,桃叶渡之诗,非你莫属!"

你似乎有点沉醉了,连笔也拿不稳,脸上却一直是微笑,口中喃喃道:"桃叶渡?桃叶渡?佩兰,佩兰,兰,兰……"

你提笔,并不知道自己在写什么,而那纸上分明一点一点显露出墨色来,那字似楷非楷,似行非行,字字牵连,笔笔缠绵。那纸上分明写道:"美人不似大堤倡,惆怅蒹葭水一方。我未成名君嫁未,肯留颜色待王郎。"写完之后,你颓然醉倒。

她一直在看着你,看你微笑,看你写诗。她看到你的句子,亦微笑。趁着众人扶你走,她偷偷取走了你的诗,她和女伴们说说笑笑地归去了,而从此之后,她知道,自己已经再不能如从前那般心无挂碍地说说笑笑了。

几年后,你看到士业来到金陵,在集会时见到了她。她已经长大许多,身材高挑,眼睛却仍如孩子般清澈简单。她不再穿桃红小袄,而是穿一身墨绿纱衣,内衬玉色素纱,头上只插一枚简简单单的玉簪。不知为何,她神情落寞,言笑无心。士业见众女子皆欢声笑语,而她却寡言少语。于是上前问她:"能否请教姐姐芳名。""忆兰。""姐姐,我是江右陈士业。"忆兰淡淡回礼。"如此欢宴,姐姐如何不苟言笑。""哦,先生莫怪,我素来如此。"

你看见陈士业不断去访忆兰,忆兰只是坐着,听士业讲些街谈巷议,士子趣事。忽然有一日士业说起武林,她突然问道："武林，武林……哥哥可曾认得仁和卓珂月？""珂月？
哦，见过一面。"忆兰突然站起，拉住士业："哥哥可知珂月
现在何处？""武林一别，便无音信。珂月乃仁和栖里人氏，
听说他家中老母有病，珂月又是孝子，想必待在家中，孝养
老母。""哦，那好，金陵有珂月父亲，他一定会回来的……"
忆兰缓缓坐下。你们看见：秦淮画舫如云，热闹如琵琶嘈嘈
杂杂；唯有她夜深独坐，孤寂如古琴冷冷清清。

你在自己的记忆中不断搜索，可怜忆兰身影，渺渺茫茫，
竟似从不曾见过一般，丝毫也想不起来。

"士业可知忆兰现在何处？"

"忆兰去年病故，我一直探访她。她后来见人辄问'卓
郎何日来？'她日日摩挲诵念你的诗句，'我未成名君嫁未，
肯留颜色待王郎。'她说：'那日卓郎一直凝望于我，此诗定
为我而作，我会在此等待卓郎……'"

你的眼泪已经模糊了双眼，秦淮河之灯影流淌，整个夜
色都是润湿的。

"忆兰还留下些什么吗？"

"她写了一首诗给你，我只记得最后两句了，'桃叶桃根
愁寂寞，倩谁天壤觅王郎。'"

你失声痛哭，哭声淹没在远处的画舫鼓乐、近处的联诗
斗酒声中。你只知道自己一往情深，不会辜负任何人；然而
没想到在渺渺茫茫之人世中，却会无意伤害一个如此美好之
女子。佩兰、佩兰，忆兰、忆兰……世间有如此之好女儿，为

何人世无常,缘浅命薄?既然天赐邂逅,为何造化弄人,终成悲剧?为何一片深情,活于人世,却总被命运嘲弄?你看到天地变得越来越深邃旷远,而所有的人影,都变得越来越小,飘散或者沉沦,身不由己,坠入无边无际的黑暗之中。

"珂月!珂月!不要伤神,此事你原不知;正如忆兰,终不知我心事一般。"士业亦泪眼模糊,你们抓住对方的手,才发现,你们的手,都是如此冰凉。

"珂月,酒能浇愁,我们痛饮狂歌吧!"

"是啊,痛饮狂歌,空度日⋯⋯"

你和士业举杯痛饮,如你所愿,你很快跌入旋转而无边的黑暗之中。你坠落之时,听到有银锁摇曳的声音,有女子在轻声呼唤:"珂月,你终会回来的,我们终会相逢的⋯⋯"你不知道,那是佩兰还是忆兰,抑或是楣君⋯⋯

你悠悠醒来,已是在祓园之中。你想起身,却觉得头痛欲裂。勉强睁开眼睛,看到野君坐在书桌前,安静看书。你恍惚觉得发生过什么事情,但又一时难以记起。空气里面有一股淡淡的香味,阳光洒进来,一缕轻烟在阳光中闪烁缭绕,好像要渐渐弥漫至天界。原来是野君在你的床头焚了一支艾香。你觉得此刻好安静,就这么一瞬间,什么事情都忘却了,只有野君在身旁。然而很快,你自己是谁、为何在此、父亲、母亲、佩兰、楣君、大丙、忆兰,一桩桩一件件,很快如透明的蚕丝般缠绕全身,你仿佛重新回归人世一般。

"珂月,你感觉还好吗?"

"还好……"

你回答得很轻。

"你已经昏睡了两日了,发之伯父日日至螺髻庵中为你焚香祈福呢。"

"哦。"你连忙起身,但觉得浑身无力。

"你不要起身,你还有点发烧。高姨在熬中药,虽非大病,还是要调理一下。"

你觉得光线太强烈,又闭上眼睛。这个时候,你看不见那轻烟摇曳,但空气中却有什么在微微振动,很熟悉、很静谧、很温暖,却又很缥缈。

"野君,你听到什么声音了吗?"

"没有啊,珂月。祴园之中好安静。"

你凝神细听,声音暂时没有,有一刻,你仿佛庄生晓梦一般,一下进入明亮而彩色的梦中。你看到佛刹庄严,香烟缭绕,你看到一个僧人,手中的钟椎正向一口浑厚硕大的钟撞击过去,在将要撞到的瞬间,你突然惊醒,然而耳边还是有如松风般的钟声响起。

"钟声、梵声……"你喃喃道。

"珂月,你听到钟声了? 螺髻庵好远呢,你父亲又去庵里了。"

"我也想去庵中,我想为佩兰、忆兰祈福。愿她们在极乐世界。了无哀愁。"

"好,我陪你去。"野君起身扶你。

你们很慢很慢地走着,你望着祓园的青山绿水,感觉太美,又有点恍惚。

你说:"这世界到底是真实的还是虚幻的。我们能看见的,逝者能看见吗?或者,我们看见的,只是虚空?有太多真实的东西,我们不能把握,也不能预知。或者,有另外一个世界,阔大无比,我们的世界与之相比,显得如此卑微无知。而他们在那一方,看我们的悲欢离合,就像看孩子的嬉戏、蚁国的战争?我渐渐明白,父亲为何要信佛造园,为何不愿回归栖里。人生之时,尚无法把握自我;死去之世界,又如此渺茫虚无。能在人世得一方净土,暂时忘却人世一切烦恼业冤,也是好的。然而人世之烦恼实为想忘却,却无法做到;想求索,却茫茫无路;想欢喜,却有悲剧之结局在冥冥昭示。"

"珂月,你好好将息身体,准备考试,先不要去想这些无法捉摸之事,天机是不可去试探的。先要把握好身边之事、身边之人啊!"

你们还未到螺髻庵的时候,就听到了钟声。那钟声,和你方才听到的一样,只是现在更加庄严洪亮。

"螺髻庵果然在撞钟啊!"野君感慨道。

远远又传来诵经之声,你仔细辨听:似是十人百人,又似是一人所发;似是人声,又似是长江潮水翻滚之音;似是中原之乐,又似是域外之音;似静谧平稳,又似起伏难平。声音掠过你,似冷似热。你不由得暗暗惊悸,似乎自己被另外一个世界触摸到一般。

你们越走越近,声音也渐渐清晰。原来是庵中诸衲转诵《华严顶礼忏法》。你们走进庵中,父亲正在对佛静默。

你走至父亲身边,轻轻呼唤:"父亲、父亲!"

父亲转过头来,满脸欣喜:"珂月儿,你总算醒来了,我和高霞、野君一直担心你呢!"

"孩儿已经无妨,劳烦父亲为孩儿费心了。"

"珂月,今日我设了面然大士之位,请诸僧诵华严顶礼忏法,你可一起诵读。"

你们静静拜倒在蒲团之上,跟着诸僧诵读。

佛殿上香烟缭绕,你看见,那香烟突然化作一似是而非的人面,其形枯瘦。你盼望那烟雾会慢慢化开,那人面会越来越丰满,如释迦牟尼之面庞般圆满。没有想到那形状反而越来越瘦,那人下面若有若无的咽喉,也越来越细,化作一线。突然,那人面上有火焰燃动,渐渐向你移来。你想立起,却觉得无力起身;你想呼喊,却觉得难以开口。那烟、那火,渐渐从你身上穿越而过,你听得一个清晰的声音:"汝七日后当堕我类!"

"珂月,珂月!怎么了?"

你听得父亲和野君在呼唤你,猛然惊醒。

"珂月额头烫得厉害,还是回去吧!"

野君连忙搀扶你,你回想方才的话语,才想起这原是面然大士化作恶鬼,向阿难所说之语,当堕我类,此语何意?

难道是自己人生之谶吗？而那日醉中所闻之语："珂月，你终会回来的"，以及梦中的"天上差乐，不苦也！"此时也回旋耳边。你一下出了一身汗，被外面的风一吹，又清醒了许多。然而看见父亲与野君关切的眼神，原先心中无名的恐惧，竟消退了不少。自己仿佛悟出了许多，但一时又想不清楚。

你对父亲、野君说："我好多了，今晚想要静心想想。"

"好，今日你且喝些清粥，静心一下。"

父亲拉住你的手，一种些许粗糙、些许陌生的温暖传递过来，你竟心头一热，顿时种种场景浮现出来：小的时候，在运河边望着船儿，寻觅父亲；和父亲在法华山中读书三年，你跟着父亲，心中竟无他求；每次从栖里去金陵、从金陵回栖里，你独自一人立于船头沉思……你总是在追寻、回忆、思念父亲，仿佛父亲一词，只是你念想中的美好。而现在，真实触摸到父亲的手，感觉到父亲传递给你的温度和力量，你是如此感动和释然。你们一路走到卧房之中，好像过了很久很久。而那种温暖，似乎一直留在手上。

"珂月，为父最了解你，你太痴情。久伤神则易伤身，早些安睡，切不可胡思乱想。"

你点点头，野君和父亲轻轻带上门，离开房间。

你盘腿坐于榻上，细想这数日之点点滴滴，感觉很茫然，仿佛冥冥之中有一种强大的力量，想要拖曳你而去，而你自己，又无法预知，说不清道不明。与这种力量相比，人世变得如此单薄而飘移。你仿佛看见大千世界，无边落木飘然而下。而人世间,只是其中的一片叶子,它不由自主地枯萎、翻飞。世界中之人,或哭或笑,或喜或悲,皆被虚空吞噬,跌入黑暗。你的心也随之沉下去、沉下去。然而那片叶子,在黑暗之中,突然发出绚烂的光芒,似乎尽自己之力,聚集了无限的阳光雨露。纵使身不由己地飘飞,却也画出最美最令人心醉的轨迹。

你仿佛看见,那叶子中,又有无数叶子翻飞闪烁。你诧异那些叶子为何如此闪亮,细看原来每片叶子映照出每段人生,每段人生又滚动着晶莹的泪珠。你看见父亲独自站在山巅痛哭。你看见母亲送别父亲,黯然伤神。你看见佩兰弹琴,眼泪慢慢落于琴弦之上。你看见楣君照顾生病的大丙,眼泪落于大丙滚烫的脸庞。你看见大丙在家里哭着对妈妈说:"父亲何时归来?"你看见忆兰落泪说:"卓郎何日来?"你看见野君一边写《春波影》,一边潸然泪下。你看见无数个夜晚,自己在半月斋为人世间一切真情、为一切抒发真情之文字痴情落泪……而所有的叶子,被茫茫宇宙之力裹挟而去,似乎了无痕迹,却又在虚空中即泪即珠,闪烁至微至明之光……

你不由得摇头感慨,人世确是如此,千古一哭而已。而这一哭,并非肠断厌世之哭,实为振奋不平之声、实为历劫不悔之声,实为雪泥鸿爪之渺茫印记、实为沧海桑田之珠泪玉烟。

你从榻上立起,感觉一股充沛之气盈满自己,纵使伊人已逝，其真情如舍利子一般，会化为宇宙间不可磨灭之结晶。亦不管那些人生之谶，我且纵情歌哭。

你直接提笔蘸墨，似乎用毕生之力书写"哭赋"二字。文字如流水一般，流淌于你的笔尖；而泪水不断从你眼中涌出，正如那些文字一般……

"听吾一曲，人间可哀。天之上兮地之下，愁莫寄兮忧莫埋。泣或疑于妇态，啼或疑于儿哇。号则干而不湿，哀则往而屡回。于是忠孝之侪，志义之客，有怨必盈，吞声不得。虩虩兮震南山，田田兮坏墙壁。玉庐兮起长风，银海兮生潮汐。创巨痛深，爵踊兽蹄。状非一端，事可类摘。若夫七日而师陈境外，五日而身斫檀衢。奏头下而请戮，枕尸股而脱诛。投乐器于凝碧，宣谏草于青蒲。无不审其大节，忘此微躯。或乃听鸽魂消，闻雷体伏。冬圃竹萌，秋塘水缩。饮酒二斗而呕血数升，蓼莪一篇而晨昏三复。惟天性之浓至，忍忘情于鞠育。至如玉树着土，金刀掩芒。驴鸣代送，麈尾殉亡。仗策叩西州之户，援琴登顾氏之床。祝予丧予之惨怛，于寝于野之淋浪。情之所钟，厥明以丧。算不可减，厥背以伤。师及友之谊笃，子若弟之痛长。即使下士寡恩，庶人杀礼。然而物或不得其平，情皆不知所起。旧主践梦而入秦，小君呼天而过市。闻上贰之命而摧心，听立庶之言而切齿。亦复倾国兴哀，如丧考妣。此与郑人之悼遗爱，晋民之望岘山。丈夫含玦佩，女子脱珠镮。讳其名字，掩其市阛。河有金水之号，碑有堕泪之颜。并足征至诚之动物，亦以见末俗之非顽。又有三献之足累累，双瞳之血缕缕。长沙策治安而悲来，汝南谈世俗而声举。摩麟角以浣袍，攀骥车而覆纻。感乌头之忽白，飞清霜于酷暑。汉兵略地兮歌垓，吴仇未复兮抱柱。忽当未央之宫门，俄在昭烈之庙宇。高山顶上之十日非多，汧河军中之三呼良苦。捧班师之诏而扼腕者飞，招故相之魂而设祭者午。凡皆怀才欲试，蓄愤难伸。时不可兮再得，哀未免兮填膺。甚而出之以诞幻，托之于狂醒。燕市之恸无谓，棺邸之痴有情。皋羽登台，竹与石而俱碎。陆生行野，林无树而不惊。读香山之长庆诗而涕随语下，对伯机之支离叟而悲与啸并。迁莫迁于杨墨之感歧而见染，怪莫怪于苻姚之列垒而安营。鬼谷何以沾襟于苏李，雍门不觉狼戾于田文。移穷途之痛于邻女，洒亡妾之泪于妃灵。造羊陟而诡为物故，坐荀彧而等于圹茔。聚唐衢与何嘿，真一辈之畸人。乃至韩氏匮粮之娥，祀家迎枢之妇。一里为之不宁，高城为之失固。猛虎孔多，泰山不去。菁簪已亡，少原怀故。聂姊抚弟而自明，敬姜悼夫而得誉。固女子之善怀，已拔群于荆布。抑闻书契既立，鬼乃嗷嗷，鸣如转磨，天亦咷咷。伤哉丰沛之蛇母，奇矣晋殿之蒲牢。露盘倾而铜仙泗出，蕊榜落而土偶泪抛。岂独人生之多感，亦有千古之奇妖。盖凡三界之内，未脱五行之交。总为痴嗔之薮泽，无非痛苦之穴窠。盍去此而适彼，曰莲花之乐郊。"

写毕，已是天明。你将这文字收好，不让父亲、野君看见。你听见有人上楼之声，连忙躺下来。门被推开了，是高霞姨，她端着清粥小菜来看你。她走到你床前，你闭着眼睛。她用手摸摸你的额头，帮你掖了掖被子。你的额头便被一抹淡淡的温暖笼罩。高姨轻轻说："珂月儿今日该好了。"她似乎端详了你一会儿，然后轻轻带门出去，你便如同婴儿般甜美入睡……

　　醒来之后，已是下午。你起身，觉得一身轻快。你梳发整装，用清水洗漱毕，对着镜子看了一下。镜子中的自己，虽然有些憔悴，仍旧是眉目清俊，神采俊逸。你起身，去寻找父亲与野君。你见到他们的第一句话便是："父亲，野君！秋试将近，我们好好准备吧！"

第十三章

归　去

　　清凉山下，你与父亲、野君分别。野君因要等一朋友，迟两日再走。而你，思念母亲、楣君、大丙，期待早日相见，故先买舟归去。已是八月廿二日了，你递给父亲一把扇子："父亲，此为孩儿手书。若是此次金榜得中，孩儿探望好母亲、妻儿便回；若是此次金榜不中，孩儿另有打算，欲出外一游。故录诗一首，孩儿不在之时，可见字如面。"

　　你看见父亲接过扇子，慢慢打开，你的小楷便依次展露出来：

　　"梵刹何成败，禅心自盛衰。乍飞云外锡，先白座中椎。与众期登岸，随缘耻救饥。绀瞳悬舍利，霜顶立乌尼。修观吾非我，持名尔是谁。三车归一宾，五叶摄千岐。有漏因都扫，无遮会在斯。谈谈顽石许，病病妙花吹。昔现文龙虎，今称律象狮。愿依开士戒，不负法王慈。"

父亲颔首道:"珂月又有精进,字写得神俊。'修观吾非我,持名尔是谁',似有极深领悟,渐入佳境啊!"

你拜谢道:"多谢父亲夸奖。父亲和高姨要保重身体,祓园修道,定得妙果。我会安顿好栖里家事,请父亲放心。"

你登舟,船渐行渐远。父亲与野君一直在岸边向你挥手。过了许久,他们的身影化作清凉山下的一点色彩;而清凉山也慢慢化为天地间的一抹色彩。从金陵重回栖里,重回江南。去时初夏,归时秋日。风吹过时,寒意顿生。而你,无论寒暖,都喜欢立于舟头,看青山绿水,看古木人家,看浣女牧童,看秋田白鹭,看人间一切美好温暖的色泽。你知道,这些看似美好的场景之外,有无数忧患,无论是个人的、还是国家的,然而,你还是要痴迷于此,为之笑、为之哭!

小舟就这么安静地将你渡回江南,渡回你的栖里。回到家中,已是九月,你上岸,飞快地向家中走去。小院依旧安静,只是现在已至秋日,叶疏藤残,仿佛萧条了许多。

你打开院门,高声喊道:"楣君!楣君!母亲!大丙!我回来了!"

很快,你看见楣君熟悉的身影出现,她向你微笑走来:"我也想今日该到了呢,已准备好酒菜、桂花糕,为你接风呢。"

"大丙呢?"

"他还在塾中,待会去接他回转。这几月他哭了好几场呢,最近只要有空,就去河边看船,盼你归来!"

你微笑:"母亲呢?"

"母亲这两日略有不适,正躺于床上小憩。"

"我去望望她!"

"好。"

你们来到了母亲房中,母亲并未睡着,听到动静,便转过身来。你忙上前行礼:"母亲,孩儿回来了。父亲那边一切都好,母亲勿念!"

"唉!"母亲长叹一口气,你转头看楣君,楣君对母亲说:"时辰还早,母亲再休息一会,我们晚饭时好好喝酒团聚。"

楣君将你拉出房门,对你说:"廿六日放榜消息母亲已知。"

每次听到考试的消息,你都会非常紧张,而这次却从容许多,你轻轻问道:"结果如何?"

"父亲与你,均未能……"

"哦,我知道了,不需说了……"

你朝楣君摆摆手,楣君看着你,眼中满是失落和怜惜。你笑着说:"凡事皆须随缘,我们一家团聚,岂不甚好?下午早点将大丙接回,我先去书斋休息一下。"

"好的。"楣君去厨房,继续操劳。你回到自己的半月斋。你走至书桌,才发现桌上竟然有很厚一沓纸,上面是工工整整的楷书,笔画虽然稚嫩,却笔笔有力。你微笑,这定是大丙近日所写,特意放在你桌上的。你坐下来,开始提笔写信给父亲,一来报平安;一来父子均落第,与父亲互勉;一来想在信中梳理今后打算，重新开始。仿佛又有无数崭新的时日在等待着自己。

你提笔刚写下"父亲"二字，忽然有一阵秋风，穿越窗棂，向你袭来。那风竟如利刃一般，穿越你的身躯而去，你一下天旋地转，似跌入冰窟之中。

"好冷啊！"你不由得打起寒战，连牙齿也不自主互相叩击。你站起来，勉强去放下帘子，再要踱步回来，发现身躯沉重，举步维艰。你坐下，让自己慢慢定下神来。让自己能握住毛笔，继续写下去。正如在祓园中一样，一种不祥的预感向你袭来。只不过这次更加强烈、更加令人无法摆脱。

你落笔，耳边回旋着各种声音。

你写道："大丈夫不能只以文字为业。孩儿欲壮游天地，遍访贤士，学治国之术。"耳边却回旋着"天上差乐，不苦也""汝七日后当堕我类""你终将归来"的声音，所有的声音交织在一起，将你慢慢包裹住，你变得越来越热，你脱却外面的长衫，已是一身湿透。

有那么一刻，一阵风吹来，你觉得清醒了一些，你不由得喃喃自语道："祓园所染之疾，此次复来？何其凶也！此应为命定之劫吧？！"你写完信，勉强走到床前，躺下，觉得呼吸稍微顺畅一些，然而，有一种预感越来越强烈，你不敢细想，却又无法摆脱。

"父亲、父亲！"突然，一个清脆的声音响起，大丙仿佛是飞进房来。你勉强朝大丙招招手，大丙过来，扑入你的怀中，顿时如巨石一般压下，让你沉重得喘不过气来，然而你仍旧是微笑。

你对大丙说："大丙，父亲有几句话要告诉你，你且起来。"

"何事？"大丙立起身来。

"大丙，父亲可能即将远游。你要照顾好母亲和祖母。"

"父亲又要走了吗？孩儿想和父亲多待几日呢。"

"不知道，可能吧？"

"父亲莫走，父亲莫走！"

大丙开始哭泣，你用手去擦拭大丙的脸庞。

"大丙，人生终须别离，你可别像父亲那样，多愁善感，反而耽误自己。卓氏还有许多事情，等你去做呢。你若能做完那些事情，父亲就回来了。"

"什么事情呀？"

"此次父亲赴金陵，听祖父说他欲征集天下文士之稿，辑成卓氏传经堂之集。你要帮助祖父啊。父亲这几日也会把自己的文章整理出来，你到时还要帮父亲刊刻成集。"

"一定，一定！"

"还有，你要照顾好祖母、母亲。"

"一定，一定！"

"还有，你不能像父亲般文弱多病，你要习武健身，目下国家多难，你要保护祖母、母亲，亦可为国效力。"

"一定，一定！"

大丙望着你,只是点头。

"父亲,我全部记下了。母亲说晚饭已经好了,我们去吃吧!"

"好,你先去,让我慢慢起身。"

"父亲,我扶你!"

大丙扶着你,你慢慢站起来。你觉得自己无法挪步了,但这归来的第一顿晚饭,你一定要去吃。

你和大丙慢慢走至饭桌旁,母亲已经坐着等待,楣君把饭菜放好。一碗金色的桂花糕放在正中,你慢慢坐下。

"珂月,先吃一块桂花糕吧!"母亲对你说。

"好!"你顺从母亲吃糕。你知道母亲心意,八月放榜,又称为桂花榜,吃桂花糕,是希望你下次科举能够高中。那糕很甜很黏,你觉得口渴难忍,但还是将糕艰难地咽了下去。

"我就不明白,你父亲有满腹才华,怎会如此时乖命蹇。"母亲似乎如你一般,夹菜却难以下咽。

你勉强说:"母亲,珂月此行,见父亲与高姨身体康健,回来又见母亲神清气朗,此为人生最好之事,功名之事,可待来日啊。"

"待来日,待来日,来日不多了。你父亲已经五十岁了,还没有任何功名。"

"母亲,父亲在金陵文名日盛,且精通佛学,天下名士,皆心向往之。"

"这些都是虚名。看来卓氏日后,要靠你了!"

"母亲，孩儿可能会暂别功名，远游天地。母亲莫以孩儿为念，照顾好自己的身体为是。"

"何故远游？何发此语？你应静心再攻读三年，你方过而立之年，怎可不思进取！"

"是，是，母亲，孩儿只是设想罢了……"

接下来的时间，你们都沉默了。你本来就吃不下饭，这时有阵阵眩晕袭来。你对楣君说："楣君，能否扶我回房。我旅途劳顿，不思餐饭。"你又转向母亲，"容孩儿先告退了。"楣君扶着你回房，你听见母亲在身后，长长叹息。

楣君发现你的脸色苍白，连声问："珂月，珂月，你怎么了？"

"无妨，我只是身染小恙，这几日大丙不要去学中了，我希望我们在一起。"

"好，我马上去请名医赵先生来看病开方！"

"也好。楣君，这几日想要劳你帮我整理文字。"

"珂月，等身体好了再理吧！"

"此次落第，想要外出远游一番，重新开始。故欲理多年之文字，做一了断，亦当一新生。"

"好，珂月，你平日为文字呕心沥血。我会助你好好整理。你现在先躺下，我去找赵先生。"

你躺下，觉得身体越来越热，但精神却越来越亢奋，辗转反侧，似乎难以安神。楣君很快就领郎中前来。一番搭脉问询之后，赵先生道："无妨，无妨，只是偶感风寒。嫂夫人，能否出来,我欲与你细谈,写方子给你。"

楣君出去很久,回来,药已抓好熬上,药香飘溢出来。她走进来,坐下,用手握着你的手,她的眼睛,本来如古井般波澜不惊,此时却如深秋之风掠过的湖面,彷徨不安。

你对楣君说:"楣君,你不要为我担心,只是小病罢了。好久没有仔细看你了,让我好好看看你。唉,我怎么总是为了些虚名,耽误和你在一起的时光啊。"

楣君不能直视你,忙掉转头去,说:"珂月,我帮你理文稿。"

你听到文稿二字,一下子有了精神。你坐起来,边想边说:"楣君,将已刻的放在一起,应该有《怀烟堂集》一册、《中兴颂》一册、《虞美人》一册、《四十二章诗》一册、《相于阁初集》一册、《花舫缘》一册、《词统》一册、《女才子集》一册。另有我所选之时文,数量亦不少。"

楣君在书斋中慢慢整理,一会儿,大丙也进来,听从妈妈的指挥,把零散的诗词曲赋集中在一起,把你平日夹在书中的诗稿也一张一张取出来,放在你的床头。楣君一边整理你的文集,一边把别人赠予之作,另放一处。楣君边理还边用湿布擦拭书架、案几。她理过的地方,润湿闪亮。

你半坐着,楣君在你的身后垫了几床被子。你一本一本、一页一页触摸着所有的文字,而所有的文字,就是你所有的日子,而所有的日子,仿佛旋转起来,一片一片飘飞在眼前。

你看见自己慢慢打开水一方的门,看见满室的藏书,如遇神明。你打开暖黄色的书页，那墨色的文字便跳跃出来，你无法言说心中的震撼，只是呆立在室中。

你看见自己执笔欲书，却手腕颤抖，拿不稳笔，这时，有一只大手稳住你的笔，你追随着父亲，写出了人生第一个笔画，那是稳稳的一竖，直立而有力。

你看见自己在水一方随父亲读书三年，你再无孩童纯然的欢喜，心头慢慢郁结凝重之思，原来人生识字忧患始，忧家忧国，忧卓氏忧人生。你提笔一气呵成，写下了人生中第一首诗歌："如何千古恨，尽贮余怀里。世上杀英雄，苍苍亦如此。有眼难向天，无朋将觅鬼。唐衢哭是痴，刘生醉亦鄙。我欲踏莲花，消此宿块垒。"而你写完，父亲亦飘然而去。

你看见孤山上万树桃花开放，风声吹动花瓣，散散漫漫中琴声渐起，你就在这旋律中，写下："着履看湖面，春愁不可挥。孤烟冲雨起，小鸟踏云归。摩诘诗何瘦，南宫墨太肥。轻舟辞岸去，城郭忽焉非。"你慢慢走向弹琴之人，听到的是温柔清新的回答："此曲即《忆故人》。"没有想到，这一曲《忆故人》，竟成为你一生的旋律。

你看见竹里馆中，你教佩兰诗词，佩兰为你操缦。临别之时，佩兰接过你的玉佩，并把自己的一沓花笺相送与你，那花笺上，分明写道"树到春深花自发，人生那得百年春"。佩兰对你说："凡有文字处，也皆有珂月哥哥在。"而随着《忆故人》之旋律，你与佩兰渐行渐远，空气中只余一线微弱的银锁声。

你看见楣君乘一叶小舟而来，从此之后，相伴于你。每一个撰文的不眠之夜，你的案边总是放着清茶、水果、点心，而那点心，总是温热的。

你看见自己到处收集父亲文字，为父亲编辑成集。每有收获，便大喜过望。你日夜抄写，手舞足蹈。突然，你看见父亲所作之诗"人生自萍聚，勿伤生别离"，你呆坐良久，不知泪已潸然。

你看见自己来到雁楼，打开野君之《读书声赋》，一时痴绝，于是日日期待与野君的见面。你将自己的文字和野君的文字盛于箧中，惴惴不安地等待野君的到来。而野君终于在风雨之中前来，对你说："珂月兄，小弟来迟了。"从此之后，便执子之手，共度十年光阴。

你看见无数文集、词集铺满小楼，你和野君在其间踱行苦吟。你们执卷浏览，触摸无数过往之美好灵魂。要将那些摹写情态，令人一展卷而魂动魄化者，尽收书中。从隋唐至当下，你们抄录编选每一首心仪之词。你看见野君郑重地在首页上手书"古今词统"四个大字，你们相视而笑，希望自己辛苦编选的词集能够传世。

你看见自己改写王实甫之《西厢记》，还西厢以悲剧结局。你在序中写道："天下欢之日短而悲之日长，生之日短而死之日长，此定局也。且也欢必居悲前，死必在生后。今演剧者必始于穷愁泣别而终于团圆宴笑，似乎悲极得欢，而欢后更无悲也，死中得生，而生后更无死也，岂不大谬耶？

夫剧以风世，风莫大乎使人超然于悲欢而泊然于生死。生与欢，天之所以鸩人也；悲与死，天之所以玉人也。第如世之所演，当悲而犹不忘欢，处死而犹不忘生，是悲与死亦不足以玉人矣！又何风焉？又何风焉？"

你看见自己在春日夜间，有风不期而至，你一下不知所措，仿佛心中千种情愫，不吐不快。于是你回到半月斋，落笔生思，写下"花舫缘"三字，欲借唐伯虎之故事，写自己心事。你并不知自己写了多久，清醒时只看见遍地是纸，遍地情思。

你看见野君不辞而别，数日不知何往。终于，你们再度相逢。你重上雁楼，雁楼上文稿一地。你看到纸上有"春波影"三个字闪烁跳跃。你和野君屏气敛声，慢慢追随小青之情事，你喃喃道："因情生梦，因文生缘。因我之《花舫缘》，而有君之《春波影》，野君，你真是我的知己也。"

你看见自己在海昌龙女家中，读到李贽之书，感叹咨嗟。你与徐永平伯父连夜编排李贽年谱，一人念诵、一人笔录，似乎陪伴卓吾先生重走一生。天明谱成，你心满意足。

你看见祯园晚烟升起，雾失楼台，前路漫漫，你亦不知人生一世，当何去何从。于是磨墨撰文，《山中晚烟》一赋，将雾气流淌至所有文字之中。

你看见自己在秦淮得知忆兰之事，大病一场。病中你为所有可歌可哭之人，写下《哭赋》一篇。你写道："盖凡三界之内，未脱五行之交。总为痴嗔之薮泽，无非痛苦之穴窠。"

你看见所有的一切字纸，飘飞在空中，你想要去抓住其中的一页，每一页却光如影，触摸不到；你觉得自己的身体越来越单薄，如纸片一般，将要飘飞起来，你越飞越高，高处越来越寒冷。突然，有一阵温暖重新包裹住你，你一下子充实起来，又重新往下坠落……

"珂月，药已喝下，你感觉如何？""父亲，父亲！"

你朦胧睁开眼，楣君和大丙正在床边呼唤你，床头移来了炭炉，你的怀中，不知何时，多了一只小小的暖炉。

"珂月，你还冷吗？刚才你一直在打寒战。"

"哦，我，我好多了。"你觉得喉头似火烧一般，很难说出话来。

"珂月，文集整理得差不多了。有你已刻的、未刻的；有零散的诗词曲赋，有你父亲的、有各位文友的。我都分类放好了。"

"多谢……"

"你不要说话了，多休息，便会好的。"

这时，大丙过来，将小手抓住你的手，一团小小的温暖燃烧起来。

"父亲，我帮你取暖。"

"你去吧……"

"不，我要在这里。"

"也好，我们在一起，我应该和你在一起……"

大丙坐在小板凳上，就这么，一直拉着你的手不放，你又渐渐沉入昏暗之中。

你飘浮在世界上，似乎无法睁开眼睛。耳边响起无数的声音："珂月！""父亲！""月儿！""孩子！""珂月哥哥！"……

一些零零碎碎的话语悬浮在耳边，忽远忽近："珂月，同社中人来看你了。""珂月儿，是母亲不好，如今你身体好了，便是最好！""父亲，你答应要教我读书认字的呢！""珂月，你会好起来的。"

而你自己的声音，竟然也飘浮在屋中，忽远忽近："楣君，楣君，我不该抛下你一人！""大丙，记住，记住……""母亲保重……""野君、野君呢？""父亲，父亲……""佩兰、佩兰、忆兰……"

各种哭声缠绕着你，而且越收越紧，你似乎透不过气来。而那哭声或冷或热，似乎是地狱中之烈火或者寒冰，熬炼着你。你被紧紧捆缚着，无力睁眼、无力呼吸、无力呼喊、无力挣扎。你觉得自己马上就要跌入黑暗之中了。你想：难道这就是死，这就是定局吗？再也难料，我的人生，原来是这样的设定！可是，我不是还有许多事情没有做吗？我的人生，是否太不完满了？虽然我早就知道人生原本不完满。这是要用最痛苦的结局，令我自己超然泊然吗？还是要用最痛苦的岁月，令我的文字如沧海之珠般明亮闪烁？这时，突然你看见自己所有的文集飘飞起来，你想要唤它们回来，它们却集中在一起，像要去赶赴自己的宿命一般。虚空中突然出现一个巨大的熔炉，火光漫天，那些文集便飞向那炉中，似乎将要灰飞烟灭，化为亘古的虚无。

你用尽生命之力，大呼一声："不要！"顿时听到哭声四起，似乎有无数人在你身旁泪飞如雨。而所有的眼泪，纷纷洒入那熔炉之中，可是火焰并不曾变小，依旧熊熊燃烧。你身躯渐冷，天地渐渐暗下来，再也看不见江南的青山绿水，再也看不见钟爱的书籍文字，再也看不见周围的温暖容颜了。突然，一线银锁的声音响起，悦耳清心，掠过火焰。火焰纷纷变成桃红色的花瓣，飘飞起来，你所有的文字，包括你自己，也化为了花瓣。一个声音响起："花落、花飞……""春去、春来……""书……""归来……"那声音如漫天清凉飞雨一般，将一切酷暑严寒驱赶得烟消云散。你身上一轻、重负全无，你不再需要欢乐、需要痛苦、需要呼吸、需要历劫，你如千万片花瓣中的一片，从自己的半月斋中悠悠飘荡出去，越来越高，渐渐地，栖里已远、江南已远、家国已远。你以为自己将要飞往西天佛地，回归乐土，然而瞬间，你和所有的花瓣，化作一种气息、化作一点音符、化作一种淡淡的色泽，重新飘飘洒洒，融入国家、江南、栖里的每一处……终于无影无踪、无处可寻，却无所不在……

第十四章

归　来

正是暮春，无数花瓣随风而起，它们悠悠飘荡，越来越高，似乎要飞往天际，然而须臾便慢慢落下，落在江南、落在栖里。无边无际，却又无影无踪。我从漫天落花的沉沉梦境中醒来，恍恍惚惚起身来到窗前，这时有风轻轻吹来，我突然迷失抑或并未醒来，不知今夕何夕，是春是秋，不知自己从何而来，要去往何方。窗前一角挑起的屋檐如此熟悉而又陌生，这又是什么地方？我怔怔许久，如在离离古道行走的感觉。我渐渐想起自己是谁，想起自己的年岁来，想起自己已经和父母回到了家乡，回到了外婆身边，我将在余杭县(今余杭区)塘栖镇读高中。当人生的一切场景渐渐清楚起来，我既惆怅又欣喜。

离开栖里的那段岁月，栖里变得遥远而不真实。我一直做着各种各样的梦。似乎是我，似乎又是我看着一个小女孩，穿着桃红色的棉袄,穿行在一个一个院落、穿行在里弄之间;小女孩试图去推开一扇扇门,我试图追随她进去。有的时候门是锁着的,里面的一切沉思默想,难以企及;有的时候女孩子明明进去了,我却无法追随。空气中时间里,总是伴随着丝丝如线的银锁声和一闪而过的桃红色花瓣。梦醒之后,我会很惆怅,感觉有如宿命;一段时间之后,我又觉得梦中的穿行其实是真实的。就这样,我在遥远的地方,反反复复繁繁复复,想象江南,想象栖里,想象童年。

我一直在设想久别重逢的那一天,我不知自己会怎样欣喜若狂、怎样潸然泪下。我想我一定会放下行装,如小时候般一下子从院子里冲到运河边,一遍一遍重走当年的路,不管是梦里的路还是现实中的路还是无法分辨梦境或者现实的路。

而当这一天真正到来,那只是一段一段由火车、汽车构成的路程和疲倦,路上没有阳光,阴天模糊了所有的场景;或者是所有的场景本就差不多:山、山、山,山、山、田野,田野、田野、房子,田野、房子、田野,田野、房子、房子,房子、房子、房子……就这样,我从遥远的山中岁月回到魂牵梦萦的小镇,而阴天的夜晚让这个小镇变得灰蒙蒙的,连河水也是灰蒙蒙的。我还来不及打量、来不及欣喜、来不及行走,或者不敢打量、不敢欣喜、不敢行走,就无比疲倦,沉沉入睡,仿佛走了太久太久的路,睡了一个很多年很多年的觉,做了一个很长很长的梦……

　　我恍恍惚惚掀开被子，那床凤凰牡丹的被子已经不见了，取而代之的是活泼的米老鼠被子，一只只硕大的白手套向我摊开，鲜红色的领结到处跳跃；我恍恍惚惚环顾屋子，屋子里堆满了东西，父母辛苦运来的大衣橱、五斗橱还没来得及放好，几只樟木箱和一个老衣柜被迫挪动了它们几百年不变的位子，木地板上留下一方方难以磨灭的灰色痕迹；我恍恍惚惚向上看，明瓦漏下朦胧浅灰的光线，让我渐生熟悉而亲切的感觉；我恍恍惚惚走到窗前，看到粼粼的瓦上有瑟瑟摇动的枯草，而突然闯入视野的马头墙的一角，一下子挑动了我的心绪……

　　我碰到了窗棂，不平整并带着点灰尘的触感，我开始兴奋，开始跃跃欲试，想要喊出声来："我是净！我回来了！这一刻是真实的，是真实的呀！"一时又觉得千头万绪，四顾茫茫，不知如何开始，不知如何继续……

　　我像小时候那样，飞快下楼，楼梯变得狭窄而逼仄，最后几级我简直是一跃而下。外婆正在灶头间烧早饭，爸爸妈妈在收拾东西。煤油灯被电灯泡取代，同样昏暗。灶头低矮，已经被熏得昏黄黯淡，灶洞里的火焰显得明亮辉煌。房子里到处堆满杂物，墙上糊满了各种旧报纸。这么多年来，我对文字形成了一种特别的癖好：只要是书，就如饥似渴地看；只要是字，就兴致勃勃地去辨认。当我凑近那满墙的报纸时，老屋便不见了，整个地球旋转起来，各个国家各种人群挤挤挨挨熙熙攘攘大言炎炎小言詹詹，形成了一个巨大的旋涡，好像要把整个房子整个我都吸进去，我好不容易把自己拔出来，远离那些报纸，视线突然触及一样熟悉的东西，在所有密密麻麻的新闻字体之上，一本大大厚厚的黄道日历特别醒目，上面的日期浓墨重彩振聋发聩。从小时候到现在，它仿佛从来没有改变过，又仿佛全然不同了。

我还是迫不及待冲出了灶头间，穿过堆满各家杂物的厅，厅现在变小了，因为厅的一部分被隔成房间，住进一对年轻夫妻。整个院子一共有四进，住着七八户人家。我们住在第二进，外婆现在住天井旁边的厢房里，她让我们睡到楼上。再往里面的两进，由深深的复弄连接，进去便像是冒险一样，虽然是同一个四号里，却从来不是我的游历范围。

我在第二进向外张望，看到的是一条窄窄的街道——市新街，还看到一个小小的卖杂货的铁皮棚子，我慢慢走出去，很震撼地看见了一整条街的铁皮棚子，确切说是小商品市场。原本我应该在河埠头边侧着身子歪着头看绵延重叠的桥，而我现在直接就站在"河道"的中心看绵延重叠的铁皮棚子，人们很随意地在街道两边来回穿梭问价，从街的这边到那边只有几步之遥，而小的时候，河对面对我而言简直就是另外一个世界啊！

街边美人靠还有一些，已零零落落不成片段。这么多年，市河变成了市新街，东小河、西小河变成了东小河街、西小河街，她们是否已经习惯了呢？我在铁皮棚子中慢慢走，慢慢走，一直走到八字桥，终于看到真正的桥和桥下的流水，才松了一口气。然而，横潭似乎不见了，曾经那澹远的水面上会有淡淡几痕紫色，如将散的梦境，不动声色地抿向岸边。到了岸边，化为暮霭，融入远远的人家。而现在，横潭只是一条小小的河道，她和运河被无数街道隔断，仿佛天各一方，各怀心事。横潭变小了，我却迷路了，我找不到小时候的路了……

突然，我开始欣喜，开始嘲笑自己的愚笨，有一个地方永远不会迷失，我怎么会没有想到，那就是碧天长桥！她横跨运河，气势磅礴，能够颠覆一切关于江南小桥流水人家的婉约印象。我往回奔跑，从重重铁皮棚子中突围出去，直接来到运河边上。看到开阔的河面，看到河面船只慢慢经行；再往西看，虽然因为天气的原因，水面灰灰蒙蒙，长桥有些不分明，但她确实就在那里，七孔隐约，暗色凝固。若无所思，若有所思，连接着余杭县和德清县，连接着许多说不清道不明的日子。五百余年的岁月，她从未改变过。看到她，我的心一下子沉静下来，似乎也能沉静很多年很多年……

我慢慢往回走，沿着市新街走回到属于我的四号里，我们将在此处开始全新的生活。我开始收拾我的小房间，我的小房间也在楼上，有一个很小的窗户，正对着对面的马头墙。我知道，沿着马头墙下面的路，就能走进一个荒凉的院落。我的小房间也有一方明瓦，斜斜的光线透下来，阴天会朦胧成清冷的梦境，晴天会跌落明亮的光柱。我在清冷的光里收拾着我的书，我的文具，我的各种小收藏：笔插、小花篮、糖纸做的小人、闪亮的小发夹、一些攒了好久的各色小碎珠子、小铃铛、分别时同学送给我的留言本。在我的一本书里面，还夹着我细心折叠起来的自己杜撰的诗歌……我有一些执念，喜欢收集一些小小的玲珑的东西、一些永远能发出细碎声音的东西、一些哪怕没有上下文却很美的文字碎片，我喜欢把它们放得很好很安全，好像永远都不会丢失。收拾的时候我怦然心动，跑到大房间，打开所有老家具里面的抽屉，一股樟脑丸、潮湿的木头、时光的尘埃搅拌的味道，很快弥漫整个房间。我找到了一些小小的玉，找到了一根镶嵌翡翠的银簪子，那是当年外婆插在发髻上的；我找到一些零碎的布卷，小碎花的、小织锦缎的，还卷着一些褪色的红色流苏；找到了各种各样毛主席的像章。找了很久，我坐下来又想，我到底要找什么？我想不分明我要找什么，然而确切知道我什么也没有找到……

　　"净净！净！"伴随着门吱呀而开，一个瘦而灵巧的女孩子突然跳进来，老屋一下子明亮起来，她跳进来的样子好像仍然在跳着皮筋或是踢着毽子，我也一下子就笑了。她当然是英，那个伴随着我的童年以及梦境的小女孩。"我姆妈说你回来了，我还不相信呢！我们一个学校了！"是啊，小的时候我一直在孤独地漫游、漫游，错过了那个有着伟和英、有着很多孩子的热热闹闹的幼儿园，而现在我们终于在一起了，我终于要加入他们了。

　　我和英坐着说话，我有太多的往事太多的梦境要向她印证，我们说起小时候一起踢毽子，我说："我很笨的，到现在为止都没有学会踢毽子，到现在都踢不过三个。"英子却疑惑地看着我，说："你踢毽子踢得很好呀，每次都不断，都能踢几十个的！"我也很疑惑地看着她。我们说起那个园子，说起了伟。英子说："那里早就变成区委(镇政府)了，老底子的东西都没有了。阿伟现在很好，成绩一般，不过体育很好。"我们说起我们的漫游，英子说："我到现在还记得，东游西荡很好玩，一道在弄堂里面数脚步很好玩。你走了以后，就没有人陪我在镇上到处乱逛了。"我惊喜，原来一切都是真的，连忙问："我们去过一个老人家那里吗？在八字桥过去，他讲了很多故事给我们听。"英子想了一会儿，说："我想不起来了，完全没有印象了。"

就这样，我们对童年的交谈和回忆，既让人惊喜又让人怅惘，最终我们两个人都糊涂了：不知道哪部分是真实的，哪部分是梦境；抑或哪部分是我们共同经历的真实，哪部分是我们共同经历的梦境；抑或哪部分是我们各自的真实，哪部分是我们各自的梦境。

就这样，旧的岁月还没有验证，新的岁月又接踵而至。我开始了我的高中岁月，我的高中岁月仍旧是闲散，虽然进入了人群，却仍旧融入不到人群之中，而我也并不知道何去何从，所以学习就变得漫无目的。总算值得慰藉的是，如果我不好好学习，我就会有大把的时间阅读各种各样的文学作品。上穷碧落下黄泉，只要是我能借到的书，我就会孜孜不倦乐此不疲地去阅读。无论阴天还是晴天，我窝在我的小房间，在明瓦的下面，清冷或者明亮，看各种文字。看完之后，就有点野心勃勃的感觉，就觉得自己也能写出来。于是各种模仿、苦心孤诣；于是奋笔疾书，物我两忘；于是洋洋洒洒，自鸣得意……我喜欢把写完的文字一张一张铺满一桌一地，我从未练过字，整个小房间都爬行着我难看的字迹，我在房间里面踱来踱去，像是在大检阅。有的时候我会想，如果有人愿意来看我的文字就好了，如果有人能称赞我的文字就好了，如果有人愿意和我像古人那样秉烛夜谈就好了，想着想着，就开始不满足了，竟然变成如果我有一个生死至交就好了。天地之间会有这样的友谊吗？我要到哪里才能寻觅到这样的友谊、这样的人呢？在我这么呆呆看着想着的时候，会有误入老房子的蝙蝠，它们在我的房间上空文字上空反反复复飞来掠去，可能是在来回顾盼我的文字，可能只是在寻找出去的路……

　　还有值得慰藉的是，如果我不好好学习，我会有大把大把的时间继续游荡，不管真实还是梦境，那些旧日的气息、旧日的交谈、旧日如银如线的微弱的声音，仍然弥漫在各种老房子之中、残存的河道之中、荒凉生长的野草野花之中，只是这样的探寻越来越难，而过往的痕迹也越来越微弱虚弱，如果不是凝神静气，安静到物我两忘的程度，就很难捕捉到它们；而且仿佛只要稍微一点变动，它们就会遁入亘古的沉寂之中，永劫不复。

离我最近的便是区委所在了，每天有办公人员准时上班，里面的房子修缮一新，原来的荒草地凝固成为水泥地，在水泥地的边上有一小方绿地，中间是一棵遒劲苍老的梅树。那就是我们小时候玩耍的院落，自从墙坍塌之后，自从伟被压之后，那院落就慢慢消失了，最后只剩下这棵梅树在这里沉思默想，不知是喜是悲。我曾经在高一寒假漫天大雪的时候，站在那棵缀满金色花瓣的树下，雪儿在旋转，花儿在旋转。雪是半透明的，花也是半透明的。却总也望不穿，仿佛凝固了时间，仿佛从来没有以前，也不会再有往后。整个世界，除了雪和梅花，再无其他。我呆立良久，任着这种漫天熟悉的味道，一点一点洒落在我身上、头上，冰冰凉凉、冷冷清清，却如此真实，而这种真实，又连绵不绝，让人欣喜……

区委出来再往南走，就是沈家弄。英现在很少踢毽子了，她有做不完的作业，还有需要照顾的病弱的妈妈。这样一来，那满弄堂的五彩毫光就看不见了，也没有人陪我去镇上游走了。

沈家弄、郁家弄，再过去就是太史第弄。你喜欢这些悠悠长长明明灭灭的弄堂，你喜欢弄堂中所有的门都关着，也没有行人，你静静待在最沉寂的地方。这狭长暗色的空间，仿佛隔开了当下的世界和时间，远远的出口处有隐约的光线，那光线亦可以变幻出任何的可能性。弄堂中所有暗色深沉的门关闭的时候，现实就变成了你的梦境，梦境原来真的可以是现实……而当门打开的时候，会有光线投射在石板的地面，光线里面会有米饭的香味、锅碗瓢盆撞击的声音、流行歌曲的明亮色彩，太真实了我反而会有些恍惚。我的好朋友英住在沈家弄，后来我知道我的一位同班同学住在郁家弄，当有一天太史第弄那扇我视若神明的门打开之后，从里面走出来的是隔壁班级姓赵的同学，她家一直住在里面。我见到她，愣了一下。她见到我，很高兴："这么巧啊，我刚刚打开门，就看见了你！"她邀请我进家里坐坐，我很想进去，然而又不敢，于是找个借口拒绝了，走出那似乎隔绝世界与时间的弄堂，我的内心无比惆怅。

　　我想走得远一些，然而我发现镇子变小了。小时候要费尽心神才能到的水南娘娘庙，现在骑着自行车很容易就到了，而且它竟然就在我去塘栖中学的路上。她还是那么小、那么破，然而周围的杂草已经不见了，现在周围除了老房子，还有新建的小区。四层或者五层楼，一律规规整整的长方形，不管是房子还是窗还是门。据说这些房子生活很方便，里面有自来水，还有单独的卫生间，比老房子住得舒服多了。然而我望着这些房子，荒凉的感觉却陡然而生。每天还是有很多老人家会去庙里，她们不知是从哪里来的，也不知要回到哪里去。她们似曾相识，又截然不同。她们的发髻不见了，变成剪发或者烫发。她们穿着的确良的衣服、涤纶的衣服、呢子的衣服，有时手里拿着洋伞，有时身上背着旅行包。只有那香和蜡烛仿佛永远不变。

外婆偶尔也会去水南庙。她一直保持着自己吃斋念佛的习惯。在每个月初一、十一、十五、廿一吃素，但好像也不一定。如果刚好有客人来或是逢着节日，家里菜肴丰盛，她就会毫不犹豫地说："我明朝再吃素吧。"外婆有个比较高的小桌子，上面是放佛像、香炉和蜡烛的。后来她桌子上的观音菩萨、弥勒佛越来越多，都是我们去各地风景名胜游玩时带给她的。她放在一起，像是神仙们聚会一样，高高低低胖胖瘦瘦热闹非凡。每天早上她点燃蜡烛，烧上香，念念有词，神情凝重。我很喜欢看她念经的样子，她总是压低声音，含糊而神秘，有一次仔细辨听，听见外婆只是反反复复念着八个字："阿弥陀佛菩萨保佑！"后来有了电子蜡烛，就更加省力了，烛光就一直闪闪烁烁，映照着那么多那么多的佛像，让人很放心的样子。

有一天外婆午睡醒来，我正坐在她旁边，当时外面雨下得很大。水柱似乎是从天际跌落，在厢房屋檐形成壮观的帘幕；天井里的青石板上，无数透明的水花绽放开来，如琉璃灯笼一般。我呆呆地看着这无尽的水，不知为何，我特别喜欢那种无始无终、幕天席地的感觉。好像漫天跌落的不是雨水，而是时间。脑袋里面反复是李白的那句："弃我去者，昨日之日不可留；乱我心者，今日之日多烦忧。"外婆也对着外面出了一会神，突然对我说："阿净，有一件事体要拜托你。"我感觉外婆很郑重的样子，就转头看着她，她说："镇上个塘栖人死了以后是归水南娘娘庙管个，我死以后一定要去水南娘娘庙报到。"我没有想到外婆会托付我这样的事情,一时不知如何接话,外婆也不再说话,只听见四面八方漫天雨水如时间般坠落青石板……

从水南庙再往西走,那曾是我小时候最有勇气的漫游征途。然而当年原本就细小微弱的小蓝花早就踪影全无,甚至阔大明亮的芭蕉叶也如梦消逝,同时消逝的是抽泣哭喊绝望沉寂的气息……只能看见的是房子、房子、房子,都是后面新造的,像是从同一个模子中浇铸出来的。再过去就是厂、厂、厂……慢慢地,我的梦境也发生了一些变化,变得越来越不流畅。河边有无数厂,我需要沿着河、掠过那些厂,漂流很久很久,才能偶尔看到一个旧旧的佛寺或者宅院。我的同学们经常会说起那些厂:钢丝绳厂、制胶厂、化工厂、丝厂……他们经常说起是因为大部分人的父母亲戚都在厂里工作;大家都漫不经心地学习着,因为未来好像很容易,随便去一个厂,就可以度过一生。当然厂和厂的收入也不一样,总之是要去一个好一点的厂。我去过好一点的厂,好一点的厂连浴室都非常好,换衣服的地方冬天不冷夏天不热,龙头的水很热很顺畅,关键是龙头很多,不用挤在一起。到了周末,我和我的好朋友会约好一起去洗澡,去这个镇子四面八方的厂洗澡,这几乎成为我和朋友最重要的游历方式之一。

这个镇的厂越来越多,工业越来越发达,变化也就越来越大,欣欣向荣的厂和一模一样的新式居民楼正在向中心地带包围,老房子们被挤在中间,越发显得陈旧局促。贯穿塘栖镇的运河，变得也不那么开阔了，总有船队在碧天长桥下面阻塞排队，看着下面难以通行的船队，感觉长桥不够长，也不够气势磅礴了。运河里定期会有黑色发臭的水流淌而过，浩浩汤汤、漫无边际。这个时候，所有的"问君能有几多愁，恰似一江春水向东流""子在川上曰：'逝者如斯夫'"，所有的"春江潮水连海平""君不见黄河之水天上来"，所有的家国情愁，所有的人生理想，所有的宇宙情怀，在此情此景面前都会愕然停滞、茫然不知何去何从。这些黑水据说是沿岸造纸厂排放的污水，每次一来就是三四天的样子。所以在小河边洗衣服、摸螺蛳、放网夹鱼的人也越来越少，运河边也变得冷清起来。

　　住在四号里的我们，也在向着新式居民楼的生活方式靠拢。我的爸爸挨家挨户地说服里里外外的人家，大家都签了名，向自来水公司申请安装了自来水；灶头也改革掉了，爸爸扛来了煤气罐，在灶头间外面用砖头单独砌了一个小矮间，把煤气罐放在水泥板下面，水泥板上面是一个新式的煤气灶，这下烧饭变得很方便。不过外婆还是改不了老底子的习惯，她每天都要发一个小煤炉，里面不用煤球，而改用煤饼了。这样也不用自己做煤球，弄得青石板上都是黑黑的小圆印子了。后来我发现煤饼还有一个神圣的功能。到了地藏菩萨生日的时候，人们就把煤饼一个一个在街边排开，然后在洞洞里面插上香，稳稳的，比原来的泥土或者香灰方便多了。整个镇上到处是一簇一簇的香火，星星点点，非常好看。四号里虽然没有卫生间,但是爸爸在厢房外面用木板搭了一个小房间,把原本在房间里面的木马桶移到小房间里。这样我们全家都觉得心满意足。除了下雨天的漏水问题没有解决,不过那个时候,我们用各种盆盆罐罐接水,各种声音在各个方向奏响;在我的眼前,有着无边的水和朦胧在水汽中的马头墙,沉浸其间,也很有意境。

就这样,我在整个高中的岁月里面,上学、考试、看书、漫游、发呆、做梦……太轻易地抛洒着我的时日。童年仿佛离我越来越远,那激动人心的探险现在变得平淡无奇,我终于意识到,我从前觉得神秘而幽深的古镇,其实只是个再普通不过的小镇。虽然一直有各种各样的梦境把夜晚变得跌宕起伏、恍若隔世,然而都敌不过白天的日复一日和简单真实。就这样,轻快和忧伤缠绕着我的青春期,编织成如雾的前程。有的时候,我觉得自己不该如此度日,隐约中有一些迫切要做的事情,然而并不知道是什么,我就会翻看一些现代诗,效颦那些并不属于自己的沉重,我把我的一首诗命名成《前路》:"苍穹落于彼岸,我独向归宿行走。身后没有影子,乱发涂抹着荒野。风系在草间,烁出匕首的寒光。黑色的长剑,劈开喧嚣,一次次被无形的笑声,驱往胸前。日子已被疯长的草,割下。只有单薄的风帆,蒙住太阳,留一片黑暗,于前路。"

我一直在想,我以后会做些什么?我会遇见谁?我是平凡的还是特别的?好像我又找不到任何理由证明自己的独特。我在我的诗歌中写道："闭上眼，我是一枚大头针。睁开眼，我还是一枚大头针。无数枚大头针安插在我周围，我安插在无数枚大头针中。想跳起，针尖不同意。只能倾斜，因为针头太重。不远处，有几枚大头针，直着腰。它们直着腰，可还是大头针。"

我所有的功课里只有两门是好的，一门是英语，一门是语文。我的记忆力很好，能轻而易举背出所有的单词和课文，所以我的英语成绩还可以，有了好成绩的激励，我就认真听每一堂英语课；我的语文也很好，经常考年级的前几名，然而截然相反的是，我大概每一堂语文课都没有认真听，语文课上，我一般都在无病呻吟地写着自己的诗歌或者散文。每个学期发下教科书，我花一个下午把语文书看一遍，到考试的时候再看一遍，仅此而已。语文书上所选的篇目和我私下阅读的作品，有时是一模一样的，但是在语文课上遇见的，和在小房间明瓦透下的光线里读到的，却像是两个完全不同的世界。有一个问题始终困惑着我，为什么不管是诗、词，或者戏剧，都能从里面看出劳动人民的艰辛、社会的黑暗来？

马致远的《天净沙·秋思》里面确实是浅灰色干净的色调，然而是属于他个人的色调。我看见他，他走在阔大的悲伤之中。他内心的痛苦那么多，多到要以整个天地为背景；他的内心的痛苦又那么特别，特别到只能以浓得化不开的意象来表达。我不知道别人如何，我看到这些东西内心是会悸动、会惆怅的。我的年岁越长，梦境也和他的语境一样，变成灰色调，里面有寂静的房屋、漫天生长的草木、渐渐远去的人影。灰色的倒也罢了，如果在灰色的梦境中再涂抹上夕阳的余晖，带来的是更加无边的怅惘。那一切只是他，或者是我内心最深处化不开的痛苦情结。行走在长路上，随意几声莺语鸦噪猿啼蝉鸣，随意几时花开草长藤缠树碧，随意几处流水人家古桥渡口，都会挑动那情结，让人无可奈何或者辄呼奈何，让人有满腔的情愫想要表达，甚至有的时候，连自己也找不到怅惘的根源所在，正如李商隐说的"此情可待成追忆，只是当时已惘然"。

我看见他们，他们在七夕夜晚，和寻常夫妻一样静静厮守。这个时候，到处是闪闪烁烁的秋光。夜空里银河慢慢流淌，风掠过银河，将若有若无如银如线的声音，漫天洒落；流星和流萤在空气里面画出微弱的痕迹；白色清冷的烛光掩掩映映；泥金的屏风在光线中若明若暗；掠过窗纱的树影清浅纵横；隐约有香烟一簇，摇飏腾空，直上碧落……而她在香炉前遥祝，分明有微光掠过脸庞，细看原来是泪珠。你听他说："呀，妃子为何掉下泪来？"而她则说："妾想牛郎织女，虽则一年一见，却是地久天长，只恐陛下与妾的恩情，不能够似它长远。"他说："妃子说哪里话！"说完竟有些哽咽，夜色中只听她欲言又止："臣妾受恩深重，今夜有句话儿……""妃子有话，但说不妨。""妾蒙陛下宠眷，六宫无比。只怕日久恩疏，不免白头之叹。"他则举起袖子，帮她擦拭眼泪："妃子，休要伤感。朕与你的恩情，岂是等闲可比。"他们遥拜牵牛织女，上香盟誓："双星在上，我李隆基与杨玉环，情重恩深，愿世世生生，共为夫妇，永不相离。有逾此盟，双星鉴之。在天愿作比翼鸟，在地愿为连理枝。天长地久有时尽，此誓绵绵无绝期。"此时，长生殿中，两个美满的人儿遥祝苍穹；此时，整个长安，沉浸在秋凉乞巧之中；此时，黄河与长江在近处与远处静静流淌；此时，遥远的范阳，动天金鼓已经敲响，杀气凝结成为阵云，甲光映照着夜色秋气，亦如秋光般闪闪烁烁……

而一旁的我，则无限感伤，因为我分明知道，那两句应该是"天长地久有时尽，此恨绵绵无绝期"。那段时间，我会纠结于生死，在夜间害怕死亡，在白日又虚度光阴。人最终都是要死的啊，所有的山盟海誓就算真的是山盟海誓又如何呢，因为即便是高山大海，须臾也会沧海桑田、变幻无休。而人间的这些情感，越发短暂渺茫，如稊稗如蝼蚁如瓦甓。"他生未卜此生休"，生的时日是那么短暂虚幻，死后的虚空世界好像才是最真实的，那么还要珍惜人生吗？那么更应该珍惜人生吗？就在我反反复复纠结缠绕不能自拔的时候，分明听见语文老师以不容置疑的语气说道："《长恨歌》反映了封建帝王有局限性的爱情，批判统治集团因腐朽荒淫而招致祸乱，展示了沉痛的历史教训……"这样的话语正气凛然，如当头棒喝，让我关于生死与爱情亲情的一切想象戛然而止。然而我还是有一点不甘心，于是以《天净沙·秋思》

和《长恨歌》为例,洋洋洒洒写了一篇文字,大致意思是古代的诗歌未必都是反映民生疾苦、国家艰难的,结果语文老师在课上委婉地说:"有些同学,要注意一下倾向了,不然高考语文会出大问题的……"

既然如此,我想来想去,我还是考个外语类的专业吧;其实这也只是想想,因为当时我们整个学校能考上大学的人数寥寥无几。在我想来想去的时候,年华如水,如水般流逝消逝。镇上开始拆除老房子,越来越多的新式居民楼建了起来。虽然没有童年时代填河时的那种刻骨铭心的痛苦,然而我心里的某一处却一直隐隐作痛。镇里的每一处拆除,我都要去看一下,但都不忍心再去看一下。而我的梦境中,除了厂、厂、厂,房子、房子、房子,越来越多的是残垣断壁、腐木圮桥,已经寸步难行了。有的时候梦境又截然相反,在我眼前,童年时代的小镇完完整整地展现出来,在月光下在大运河边静谧发光,然而却空无人烟。每每此时,我会在梦境中喜极而泣:"原来它们在的,他们在的,她们在的,原来一直在的呀!"高考前的一个夜晚,我做了一个非常特别的梦,那梦竟然是明亮而彩色的!我漫步至一个小小的园子,柴扉虚掩。这一次,出人意料,我竟然能够推开小院的门!正是春天,小菜园尚未播种,看似寥落,却酝无限生机。金银花冬日苍绿脱尽,蔷薇嫩叶初发。一院新绿如烟,如此温暖美好,四顾却空无一人。我正想走入小楼,整个人却飞旋升腾起来,我看见栖里越来越大,到处是花草蔓生、河道纵横、里弄幽深、院落玲珑。而笛声也渐渐明亮,伴随我越升越高。慢慢地,栖里又越来越小,我看见大运河边芦荻新发,鲜花次第开放。我顺着运河飞翔,掠过无数的市镇、无数的人家、无数的田野、无数的色彩……春天的大地之上,暖意蒸腾。渐渐渗入我的人、我的心,随之弥漫的是一种难以言喻的幸福。然后慢慢地,漫天都是花瓣,我在花瓣中缓缓落下,并恍恍惚惚醒来,那笛声始终有余音震颤在空气之中,而明瓦中一柱明亮的日光徐徐降落……

　　高考三天,过得飞快。我因为有了执念,想要考外语类的学校,反而在英语考试的时候怯场,更糟糕的是,我的表也在那时停了。我感觉时间不断迁延,而我则有做不完的题目。当时我茫然不知所措,竟然忘记可以问询监考老师时间;我胡乱做完卷子,飞快交卷,后来才发现早交了半个小时。而这门课的成绩,也以失败告终。我拿到高考成绩,并没有特别伤心,因为本来对自己就没有预期。由于成绩不好,我基本是随意填报了一通志愿,后来就神差鬼使地被汉语言文学教育专业录取了。

　　我是坐船去杭州读书的,从塘栖到杭州,水路两个小时,船就一直在京杭大运河上慢慢航行。船顶可以上去观光,我站在船顶,照例有风从远方吹来。此时正是九月,风是清绿而凉爽的色泽。运河水浩浩汤汤,向船涌过来、涌过来、涌过来……时间久了,会有一种眩晕的感觉。感觉自己就是无穷之水中的一点一滴,身不由己,融入苍茫浩瀚。这个时候，就想起《红楼梦》中读到的："任凭弱水三千，我只取一瓢饮。"而那沿着运河的滑行，又让我回忆起当初沿着运河飞行的梦境，那个梦境是有所预示的吧？或者说，我只能相信那个梦境是有所预示的。

我开始上课，并欣喜若狂地发现大部分课程，竟然就是各种文学！我看见我的古代文学老师，他用繁体字从右往左、竖排着在黑板上飘逸地写下了"蒹葭苍苍，白露为霜。所谓伊人，在水一方"。粉笔字写满了一黑板，粉笔灰纷纷扬扬落下，竟像是在我的心里下了一场纷纷扬扬的大雪，而我，就在雪的中间，不知天上人间，不辨东南西北。我也开始尝试着写繁体字，也是从右往左竖着写。我开始背各种诗词曲赋，我在图书馆不论古今中外地借书看。当然，我最喜欢的是古典文学，我在书架前面踱来踱去，踱过先秦、踱过两汉、踱过魏晋南北朝、踱过唐宋、踱过明清……怎么会有那么多的作品？我到底应该先看什么？一切让我心醉神迷。时间久了，我也生出一些小小的痴心妄想，我去买了黄酒，在宿舍里面就着花生喝。想象着喝得少、酒量小，便如苏东坡般写出"料峭春风吹酒醒，微冷，山头斜照却相迎"；如果酒量再大些，便如陶渊明般写出"此中有真意，欲辩已忘言"；如果是海量，便如李白般写出"仰天大笑出门去，我辈岂是蓬蒿人"。结果一瓶酒喝完，整个人天旋地转、混混沌沌，不但一个字也写不出来，而且肠胃难受了好几天。

山中一日，世上千年。我一直在沉醉之中，沉醉之中亦有唯一的清醒，那便是我似乎明白了自己的方向，想要报考古典文学专业的研究生。与此同时，我却不知道我的那个小镇，发生了太多太大的变化。爸爸妈妈通过宿舍的传呼器打电话给我，说老房子就要拆了，妈妈单位分的房子已经装修得差不多了，我们就要搬过去了。那个时候我听到的只是"就要"二字，"就要"应该是还没有发生吧，所以对于拆房和搬家都没有在意。听完电话，仍旧躲进我的书中、文字里，继续痴迷。

到了假期，我离开校园回塘栖。才发现天气如此萧瑟，真的是冬天了啊，我怎么一直茫然不觉呢？我背着很大一个书包，里面放着很多书，想着寒假可以窝在我的小房间，就着明瓦不断变化的光线继续看书，这下不用为上课、高考发愁，可以没心没肺无始无终地老天荒地看。天气太冷，我就没有去船顶看运河，只是老老实实待在自己的座位上。船停靠一个码头之后，有一个年轻女子走进船舱，她穿着鼓鼓囊囊的棉袄，外面罩着包棉袄的小碎花罩衫。我有些恍惚了，现在很少有人这么穿了，仿佛她是从我小时候的岁月里直接走过来的。她说："听越剧，听越剧，五角铜钿一段。"我就期待有人会点，她走了几圈，终于有人开口了："格末唱支《红楼梦》听听？"她就开始唱，调子明显起低了两三度，声音低哑，但小腔处回转得还像模像样，听一会儿竟也能让人入神："花谢花飞飞满天，红消香断有谁怜……一年三百六十日，风刀霜剑严相逼……侬今葬花人笑痴，他年葬侬知是谁……一朝春尽红颜老,花落人亡两不知……"突然,那漫天的花瓣便飘飞起来,伴随着如银如线的声音,中间有一个男子的声音,"书……""归来……""来……"这声音似曾相识,却无从追随,只是一片迷惘,如月明珠闪,日暖生烟。突然"砰"的一声,我的大书包滑落地上,书从里面纷纷跌落,我才惊醒过来。旁边就有老人家帮我捡书,一边说:"小姑娘,读书好。可以晓得很多事体。""谢谢!谢谢!"不知为何,我的眼泪便掉落下来,后来,我抱着装满书的大书包,一直发着呆……

当我背着大书包站在四号里之前时,我才发现世界可以如此荒谬。我的眼前,只是一片荒凉的土地。仿佛梦中所有的断瓦残垣,此时都堆积在现实的空间里;而那明明灭灭繁繁复复的里弄花园,现在只是一小方刚刚历完劫、轻易便看得到边际的土地。远处有一小片弄堂孤孤零零地待在巨大的工地中央,一望而知,那便是太史第弄,只有它和周围的两条弄堂,留存了下来。现在已经无所谓西小河、东小河、横潭、芳杜洲了……我原以为遇见伤心的事情人会大哭,现在才理解什么叫作形如槁木、心如死灰。我就这么站着,呆若木鸡。后来,还是来接我的爸爸拍拍我的肩膀,说:"真是拆得一点也不剩,连老家具都让拆房的工人搬走了,我们回家吧,新家很舒服。"

我在新家里面待了很久,不敢不愿不想不能出门。那一大书包的书,一本也没有看。在现实面前,仿佛自己和自己的书,成了一种虚幻。新家确实很舒服,有独立的厨房和卫生间，现在连米老鼠的被套都被换掉了，换成了暖黄与深蓝格子的绒被套，我就在被子的深处待着，我喜欢把头埋进去，很黑很安全，就像当年待在弄堂里面的感觉，可以不管不顾外面的世界。我不愿意揭开被子，看见的再也不是明瓦，而是雪白的吊顶和明亮的日光灯。外婆倒是很适应环境。她很快就坐镇在新家的沙发上，继续她每天的打盹发呆；她把菩萨都移到壁橱上的一格，把电子蜡烛放上，香炉放上，一个很让她安心的小角落便布置好了。不过她最近的手脚不是太灵活了，所以饭菜都是由爸爸来做，妈妈则负责全家的清洗工作。

有一天吃晚饭的时候，爸爸说："长桥可能也要拆了，我厂里的几个退休工人，天天到桥边去保卫长桥。"我一惊，忙问："为什么要拆桥？！"爸爸说："运河边上的厂联合起来上书拆桥，说这座桥妨碍了交通，妨碍了经济发展。"这下我再也不能待在家里了，第二天一早，我便去长桥边上。长桥以南，原来最繁华的民居部分，已经被拆成碎片齑粉，拆得灰飞烟灭了；长桥以北，那些不甚繁华、低矮的房子倒保留了下来。而碧天长桥，无论世事如何，照旧安安静静地飞渡着余杭县和德清县，桥上照旧有人慢慢行走，桥缝中，苍劲古老的石榴树照旧生长着。上午阳光很好，桥面在阳光的映射下，明亮而温暖。果然有一群人来，架起仪器开始测量，果然有几个老人家，他们不管不顾，揪住来测量的人，和他们争吵。我也走过去，只听见他们声音嘶哑、反反复复只会说几句话："拆不得啊,拆不得啊,五百年的桥,拆不得啊!拆了我们塘栖真的什么都没有了,什么都没有了!"这个时候,我的眼泪簌簌而下。我沿着水北向西飞快地跑,一直跑到很荒凉的野地里面,那里是一片已经凋零的芦苇,枯黄凌乱,我朝着运河,放声大哭……

那天不知何时归家,回家我就发烧了,一连病了好几天。病中与梦里是一片暖洋洋,我穿着鼓鼓囊囊的小棉袄,外面罩着桃红色的罩衫,不知何时,那小银锁又回来了,在我胸前叮当作响。我的手里,攥着一块小小玲珑的玉佩,一面刻着"三元",一面刻着"及第"。我飞奔在小镇里面,外婆在后面喊:"慢些跑,慢些跑,当心石板不平,不认得的地方勿要去!"我跑向横潭,那个小院子还在那边,我推开门,有长者向我微笑:"你读书回来了?等你木佬佬(塘栖方言,很多)辰光了。"我有太多的话要向他倾诉,简直有些语无伦次,我说:"都拆掉了,都拆掉了,房子,桥!"他微笑着,说:"勿急,勿急,都在的,都在的。"我一下放心了,于是也微笑起来。果然我看见他的院中青藤缠绕,大缸里红色鱼儿闪现,藤椅上有一卷柔软的古书,桌子上是斑驳的毡子,就和原来一模一样。长者说:"坐一歇,坐一歇,定定心,定定心。"我把手里的玉递给长者,他反复摩挲,有泪光在他眼角闪烁,他说:"卓家里的东西呀,终于回来哉"。我走到藤椅边上,拿起书,坐下。我的手触摸到柔软的封面,想看清楚书名,却依稀模糊,只看见"珂月"二字,闪烁不定。不知为何,那书越来越温暖，后来竟然发烫了……

我听到有人在耳边低语："发烧发得那么厉害，格个小人家。"我睁开眼睛，原来是妈妈，旁边还站着外婆，她也关注地看着我，然后笑着说："阿弥陀佛，菩萨保佑，净净终于醒了。"我的心里似乎安静了很多很多。后来的时日，我一直待在家里，一直在想何去何从。我想了很久很久，决定离开这座小镇，去杭州准备研究生的考试。至于什么时候归来，我真的没有勇气决定。爸爸妈妈送我，带着我穿过无数的废墟，来到轮船码头，听说轮船过不久也要停运了，这些客船从民国时期经营到现在，终于敌不过汽车和火车，败下阵来。

我回到杭州读我的书，考我的古典文学。现在我再看到许多熟悉的文字，就更有感触了。仿佛自己亦已历经悲欢离合，我最喜欢的是李商隐"欲就麻姑买沧海，一杯春露冷如冰"，那么贴切，又那么怅惘。我不断问自己："既然沧海桑田，一切不过一瞬，既然人生只不过是一杯冷如冰的春露，你为什么还要考研？是为着真正的理想，还是为了逃避现实？"可是，我真的想不分明。就这么准备着准备着，我在翻看古典戏曲理论时，突然一段文字跳跃到我的眼前："天下欢之日短而悲之日长，生之日短而死之日长，此定局也。且也欢必居悲前，死必在生后。今演剧者必始于穷愁泣别而终于团圆宴笑，似乎悲极得欢，而欢后更无悲也，死中得生，而生后更无死也，岂不大谬耶？夫剧以风世，风莫大乎使人超然于悲欢而泊然于生死。生与欢，天之所以鸩人也；悲与死，天之所以玉人也。第如世之所演，当悲而犹不忘欢，处死而犹不忘生，是悲与死亦不足以玉人矣！又何风焉？又何风焉？"刹那间仿佛风起海立电闪雷鸣大雨倾盆醍醐灌顶，是啊，欢之日短而悲之日长，生之日短而死之日长，此定局也，此定局也！然而我们始终是在逃避这一定局，总是追求着团圞圆满，总是在沉醉痴迷，仿佛欢后无悲，生后无死，岂不知欢与生，是麻痹人生的，而悲与死，才是真正成全生命的！再看持论之人的介绍，"卓人月"三字赫然出现在我面前，"卓人月（1606—1636），字珂月，小字长耳，别号蕊渊，杭州府仁和县塘栖（今属浙江杭州）人。晚明文学家，在戏曲和词学方面皆有卓越成就。戏曲方面，著有杂剧《花舫缘》《新西厢》（已佚，存自序），《新西厢》序中提出中国曲论史上独特的悲剧论；词学方面，与徐士俊合辑《古今词统》十六卷，为晚明重要词选。卓人月虽然人生短促，但留下了数量众多的作品……""卓人月""珂月""杭州府仁和县塘栖人""人生短促""作品众多"……我的眼睛模糊了，眼泪不断流淌，我的心里，是无限的伤感、无限的欢喜。我不断摸着书页，书页仿佛温暖了起来，心也似乎温暖了起来，我终于知道我在寻觅什么，我要做些什么了。

我把所有的精力都投入到考研上，考研还算顺利，我应该可以如愿以偿地读我的古典文学专业了。就在这个时候，爸爸妈妈打电话告诉我，外婆病重，速回！我急忙回到塘栖，塘栖已经是一种崭新的繁华了，原来拆除的地方都建了新房。现在整个镇上只剩下那三条弄堂，一口古井。让人欣喜的是，长桥还在！总算到最后一刻，这座桥被保了下来。而为了这座桥，过往船只也渐渐改道。塘栖已不再是明清时期江南巨镇之首，不再是运河边最重要的集散地了，工业也渐渐衰落。塘栖人准备模仿周边的乌镇、南浔，也搞旅游业，他们请来了专家，专家说："你们现在什么都没有了，想建跑马场就建跑马场，想搞什么都可以呀！"过了一些年，我看到了一则让人悲欣交集、无限感慨的新闻——杭州市余杭区塘栖广济桥航段正式实施封航，过往船只改走新开航道，为广济桥这座京杭运河上唯一的七孔古桥营造了一个安宁的生存空间。

我回到家里，想不到外婆病得那么重，我和她之间，有着一种密切的联系，她是我生命中最重要的人，我也是通过和她断断续续的交谈、父母和周边亲戚的回忆，慢慢了解她的人生。

外婆生于1918年，她的那个时代，我只能在书中苍白地了解。而她，却是一个真正的穿行者，虽然，她很少提及她的前半生。她出身贫寒，不识字，可能也就没有那么多衍生出来的多愁善感了。

她是家中最大的孩子，下面有一个妹妹两个弟弟。她的父亲在杭州街头卖条头糕，自然无法养活全家，所以，她就跟着母亲去纺织厂摇丝落丝，就这么每天打工，一直到她的19岁，到一个女子最美好的年华，日本人来了。

她带着一个弟弟，和家人失散了。她和弟弟跟着邻居，挤上火车,到了义乌站。到了义乌,她就在火车站边的饭店洗菜做饭,还好饭店老板很照顾他们。日本人来轰炸,她的弟弟被土堆埋住了,她就一边大声哭叫,一边把弟弟挖出来,所幸弟弟没有受伤。

过了一年,她发现日本人其实到处都有,所以就和邻居一起回杭州。回杭州的时候,为了躲避日本人,一行人坐小木船渡过钱塘江。在江边,她紧紧拉着弟弟的手,潮水一下汹涌而至,邻居把姐弟俩拉住,救了他们的命。后来她才知道,失散的家人逃到了绍兴,靠乞讨为生。经过好多磨难,一家人终于重逢了。

她的好年华就这么消逝在战乱之中。到了23岁,她已经属于"剩女"了,邻居给她介绍了一门亲事,不过要从杭州嫁到塘栖镇。

这一段我曾听外婆很美好地描述过,据说她是穿了租来的凤冠霞帔,船慢慢摇、慢慢摇,来到了塘栖古镇。上了岸,她还坐了一段路的花轿,还走了一段临时铺上去的红色地毯。这也许是她一生中最美的时光,可惜我们却无从想象。房子里面张灯结彩,倒也喜气。只是拜堂成亲之后,她发现对方长得完全不像当初媒人照片中那样好看,大家就轻描淡写地告诉她:"照片拿错了。"

她就这样嫁到了塘栖,从此塘栖就成为她永远的家。她的家就在繁华的市河边上,只需要走几分钟,就可以走到和市河交界的京杭大运河边,那边是塘栖人所谓的"塘上",很早沿河就已经改成西式建筑了。如果沿着运河向西望，可以看见碧天长桥。但就是这么几分钟的路程，她却过了一年，才有机会走上一遭。

她生了两个儿子、一个女儿，家里开销越来越紧张。34岁的时候，她开始走出家门去工作。先是去麻厂拆麻，后来到白泥厂推车，到山上敲石子，到石矿烧饭，最后到了农药厂，在食堂烧饭，她在那里工作到退休。就这样，她还培养出了三个优秀的子女。

我的母亲，护士学校毕业之后，没有回塘栖，而是去了其他地方工作。由于父母工作很忙，我在三岁的时候，到了塘栖，寄养在外婆这边。三岁是要读幼儿园的岁数，外婆就带着我去上学。上了三天学，我不愿意去了，她也没有勉强我。从此，我就自由自在闲逛于塘栖镇上。

我生命中那段至关重要刻骨铭心的岁月，正是她和塘栖这片土地给予我的。高中的时候，我们回归塘栖，她才和我们团聚，过了一段安静美满的日子。但可惜的是，随着旧日的塘栖镇慢慢逝去，外婆也越来越虚弱。我回塘栖不久，她就故去了，仿佛她是追随这片土地而去的。

我想起了小时候逝去的老人，想起了市河边那无数的纸花，想起了旧日院落里面隐隐约约的人声与交谈。外婆的逝去，不只是亲人的离开，感觉直接就是一个时代的结束。塘栖镇已经拆得差不多了，那么那些往昔的气息，我还能去哪里寻觅呢？我守在外婆灵边，我的心一直在麻木地痛着。

直到第三天，人们举行了一个仪式。傍晚之前，已经有人从我家到水南庙，沿路放上了煤饼和香，到了晚上，星星点点的香就点燃了，形成一条微弱的光路，导引我们带着外婆的灵魂走向水南庙。我们慢慢走在塘栖的夜色中，镇上的一切都模糊了，很安静，仿佛回到了从前。我们走进了水南庙，我按照旁人的提示，放声大喊："到了，到了。外婆，到了！"我们将外婆送至水南庙，回来的时候不能原路返回，而是要走另外一条路，这样外婆的灵魂不会跟回来，从此也就天人两隔了。

安葬完外婆，我的心里很空很空，是不能承受之轻；然而我分明又觉得，有一种痛苦慢慢沁入我的呼吸和心跳，一呼一吸、或轻或重，然后如三月柳絮、六月梅雨般扩散开来，无处不在。我突然有点明白了：可能每一个逝者，都没有真正逝去，就存在亲人或者后人的心中；而每一个逝者，带给生者的，其实是超越生者生命的广阔空间和时间，是一代一代的连接，那种连接，在岁月之潮的跌宕起伏之中，虽然有风雨飘摇的感觉，但却一直微弱地存在着，如淡淡的月光，如轻轻的风，如空气中的游丝，如漫天的花瓣，如每个生者的呼吸……我在我的诗中写道：

　　二十年前下雪的声音

　　沙沙至今

　　逝去的言语与色泽

飞舞在寂静恍惚之刻

江南
水从沉沉的桥下流过
临河的美人靠
凝视清冷的石阶

清晨的阳光
散落井沿新鲜的井水
檐上的枯草
橘黄色的香味

我不想回忆人群
他们的气息
弥漫在深深的院落
青草的坟头

正是他们遥远的交谈
惊醒了我
清明的山野
杜鹃花闪烁露水

那是我的童年

还有我的来生
如三月飞絮
穿越漫天风雪
…………

尾　声

　　我离开塘栖的那一天，栖里最后一个宅院，在工人的努力拆除下，颓然倒塌，而我，则去读我心爱的古典文学专业，我选择了晚明、选择了江南，作为自己的研究对象，读书之余，我会去更多的地方漫游。

　　无论我漫游到何处，在我的梦里，始终存着一个空无人烟的水边小镇。没有人的地方，建筑就会显得特别奇特。他们静谧着，静谧到极致，便会在一瞬间忘记过往的岁月，忘记历经的劫数。他们的模样，存在于我梦境之中，或是你的梦境中，或是他的梦境中。我喜欢猜想和我拥有共同梦境的人，他会是谁？我会凭自己的直觉指定他为卓人月或是其他人——这个小镇久远之前的过客；而我，则是尚在路中……

终于有一天，我来到北京，来到国家图书馆，找到一部泛黄的文集。很多年了，我是第一个打开它的人。我摩挲着文集，看到封面上清清楚楚印着《卓珂月先生全集》七个字，我对自己说："这一刻不是梦境，是真实的啊！"这个时候，一个熟悉而温暖的声音响起："你回来了……"我惊喜、转身寻找，周围并无一人。而窗外一片明亮，正当春日，无尽桃花盛开，无尽花瓣起于天上、地下，纷纷扬扬地飞满世界，又渐渐飘落下来，落在国图，落在书上，落在我的眼里、心里，也落在遥远的江南、遥远的栖里……

作者简介

郎净，女，20世纪70年代生人，浙江杭州塘栖人。华东师范大学文学博士，复旦大学中国史博士后。硕士至博士期间的专业为古代文学、文艺民俗学。上海体育学院副教授。杭州市作家协会会员。主要研究方向为江南社会史、明清江南诗学、近代体育传播。出版专著《董永故事的展演及其文化结构》《近代体育在上海(1840—1937)》《万物皆相见——跟着妈妈学诗歌》，以及科普性的小书《董永传说》。身为塘栖人，有一种化解不开的家乡情结。而塘栖，确实是明清以来江南巨镇的典型代表。故科研方面，对塘栖古镇和卓氏家族进行了一定的研究，发表及发布论文《从卓明卿看晚明士子交游之风》《卓人月年谱》《试析卓人月之人生观及文学观》《再论卓人月之悲剧人生及其戏曲悲剧观》《明清塘栖镇园第之发展及解读》《浅论江南古镇文化展示之新思路》等等；文学创作方面，花十年的时间，以塘栖为背景，创作了长篇小说《筑塘而栖》，写作散文《我的塘栖》《旧日院落》《悠悠太史第弄 悠悠卓氏》《忆外婆》《怀念建功舅舅》等等。

附 二

卓人月生平及年谱

卓人月(1606—1636)，字珂月，小字长耳，别号蕊渊，杭州府仁和县塘栖人。晚明文学家，在戏曲和词学方面皆有卓越成就。戏曲方面，著有杂剧《花舫缘》《新西厢》(已佚，存自序)，《新西厢》序中提出中国曲论史上独特的悲剧论；词学方面，与徐士俊合辑《古今词统》十六卷，为晚明重要词选。卓人月虽然人生短促，但留下了数量众多的作品，编辑了大量的选文，其父卓发之回忆其作品为："其已刻诗古文杂著如《怀烟堂集》一册、《中兴颂》一册、《虞美人》一册、《四十二章诗》一册、《相于阁初集》一册、《花舫缘》一册、《词统》一册；其已刻时文如《蕊渊百义》一册、《然疑草》一册、《创调小品》一册、《涛山草》一册、《蕊书》一册、《试草》一册、《朱卷》一册、《卓子谭经》一册；所选时文如《无可奈何集》一册、《桐风集》一册、《丁戊春秋》一册、《秋眉》

一册、《蕊书》一册，前《蕊书》是自选稿，此社稿也；又《乙亥试录》一册、《齿录》一册……"卓发之的回忆应尚有遗漏，然人月作品数量可见一斑。今存《蕊渊集》十二卷①，《蟾台集》四卷，《古今词统》十六卷②，附《徐卓晤歌》一卷，其戏曲作品《花舫缘》③，收入《盛明杂剧》。

其父卓发之(1587—1637)，一名能儒，字左车，号莲旬、无量。1623年起寓居南京，1627年在清凉山下筑祗园，园中结螺髻庵，一边奉佛念经，一边读书应举，有时也举行诗社，吟诗作文。从万历四十年壬子1612年起，七试而未中。卓发之是晚明江南文坛知名度极高的文人，他与汤显祖、董其昌、顾宪成、高攀龙、钱谦益、陈继儒、袁宏道、钟惺、谭元春等众多明末文学家和复社人物都有交往。卓发之有《漉篱集》传世。

其母洪崖，生于万历十二年甲申(1584)，万历四十二年(1614)甲寅得疯疾，一直未愈，卒年不详，在1646年左右。卓人皋《卓母丁太孺人哀辞并序》中言："孺人孑然一身，独持门户，上承病姑，下抚两子，天寅时年十龄，长庚才七龄。……姑洪呻吟疴痒，孺人辄起抚摩抑搔，凡如是者十

---

① 卓发之：《漉篱集》，载四库禁毁书丛刊编委会编：四库禁毁书丛刊·集部》第107册，北京出版社2000年版，第688页。

② 卓人月：《蕊渊集》，明崇祯传经堂刻本。现藏国家图书馆。

③ 卓人月：《蟾台集》，明崇祯传经堂刻本。现藏国家图书馆。

年。"①可推知其母大约1646年卒。

其妻：丁楣(1603—1665)，系卓立卿之外孙女，为人月表亲。

其弟：弟人华(同母弟)，另有弟人目、人象、人芬、人奚、人觉，皆卓发之妾高霞所生。

其从弟：卓彝、卓回。卓彝，字辛彝，号静岩，又字朗斋，号密严，崇祯十二年己卯(1639)举人，清顺治四年丁亥(1647)进士，官左春坊左庶子兼秘书院侍读。有《瀛洲草》《密严》文集；卓回，字方水，号休园，明卿孙，诸生。有《东皋集》，编《古今词汇》。

其子：人月生子二，长子卓天寅(1627—1695)，字火传，号亮庵，初名大丙。太学生，顺治十一年(1654)副贡，著有《静镜斋集》《芋庵北归诗草》，辑《传经堂集》，天寅生子胤域、胤基。次子卓长庚，1630年生，卒年应为1644年之后。《卓母丁太孺人哀辞并序》："岁甲申，天寅举子胤域……亡几，两妇果夭，长庚复病瘵死"，可知长庚卒于1644年之后。除此二子之外，人月应还有一早夭之子，徐士俊有《鹊桥仙·珂月有子三岁殇次其原韵以吊》②。

---

① 卓人月，徐士俊辑：《古今词统》，载《续修四库全书编委会》编：《续修四库全书·集部》第1728—1729册，上海古籍出版社2002年版。

② 徐士俊：《花舫缘》，载（明）沈泰辑：《盛明杂剧》，中国戏剧出版社1958年版，卷二十三。

明神宗万历三十四年丙午(1606)生

四月十二日,卓人月生。

卓发之《漉篱集》卷二十《丙子十月十五日告大儿书》:"忆汝生于丙午。"

卓人月《蕊渊集》卷六《四月十二日初度》:"二十于今又五年……迟降四朝甘让佛,早生双日喜赢仙。铮铮儒术当师世,会看乔松挂碧天。"(释迦初八生,纯阳十四生。)

父卓发之为其取乳名长耳,及长为其取名人月,字珂月。

《漉篱集》卷二十《丙子十月十五日告大儿书》:"忆少年时向长耳和尚乞子而生汝,汝故小字长耳,及长名汝曰人月。因佛《华严》中称颂如来有永作人中月之语,又旁证诸佛有号人月者,及见观经言净业正因应当谛,观世尊眉间毫相,其毫白如珂月。遂以字汝。"

万历三十九年辛亥(1611)五岁

人月父卓发之携母洪崖北客京华,人月母发病。

《蕊渊集》卷四《腊月二十四日寿母篇》:"地支在亥天干辛,随吾父作京华宾。奇疾陡现难以悛,有儿依祖为越民。"

万历四十二年甲寅(1614)八岁

人月母南归。

《卓珂月先生全集》卷四《腊月二十四日寿母篇》:"母归之岁在甲寅,儿尚龆龀未负薪。"

万历四十八年庚申(1620)十四岁

始露笔墨之光。

《漉篱集》卷二十《丙子十月十五日告大儿书》："汝生十五龄为庚申岁，始稍露笔墨之光。"

与父亲聚首，读书于水一方。

《蕊渊集》卷五莲旬眉批："庚申之水一方，辛酉之西湖，壬戌之法华，皆吾儿未婚时父子聚首之乐，生平惟此三年耳。"

《唐栖志》卷五："水一方，人斋、莲旬、蕊渊三先生著书处，距镇三四里，深不在山，近不在市，园亭雅称，于斯为最。"

明熹宗天启元年辛酉(1621)十五岁

卓发之携卓人月至杭州南屏读书，人月受知于孙凤林、洪亨九。

《漉篱集》卷二十《丙子十月十五日告大儿书》："辛酉携汝南屏，遂受特达之知于孙凤林、洪亨九两公祖。"

乡试，下第。按其父卓发之回忆，可推得人月参加科举考试之历程为：辛酉(1621)、甲子(1624)、丁卯(1627)、庚午(1630)、癸酉(1633)，乡试均下第，乙亥(1635)拔贡场中获得首荐，丙子(1636)复下第。

《漉篱集》卷二十《丙子十月十五日告大儿书》："汝自

辛酉后凡五试,而仅于乙亥拔贡场中一获首荐。而复衄于丙子。"

明天启二年壬戌(1622)十六岁

与父亲、钟小天居西溪石人坞。

《漉篱集》卷二《偕隐歌》有序:"壬戌三春携亡儿,偕钟小天挟策西溪石人坞中,与老衲无用隔峰为邻。"

《忆少年时读书法华山之乐》:夏秋之间读书法华山,破笔作诗。

作破笔第一首诗《如何》。

《蟾台集》卷三《如何》:"犹忆此是破笔第一首,时在壬戌夏秋之间。"

行冠礼、婚礼,妻丁氏。

《漉篱集》卷四《壬戌杪秋醮子加冠诗》:"暂尔家居类客游,即看庭树冷修修。而翁怀抱难如昔,病母凄凉亦似秋。但自养雏能鹄峙,不堪孤影属云浮。催人儿女今成老,昨夜寒芦尽白头。"

《醮子亲迎诗》有序:"余子以九日亲迎,社中词人将有催妆花烛诸诗,余为之倡。"

天启四年甲子(1624)十八岁

乡试,下第。

天启五年乙丑(1625)十九岁

后人月托付好友江道暗收集整理这四年的文字,成《辛壬癸甲集》,借以怀念这四年与父亲卓发之的相聚。

《蟾台集》卷一《辛壬癸甲集序》:"予与江道暗有元白之好,彼之知我,胜我自知……道暗曰:'珂月之文,无所不有。世人眼如豆大,故衡文率取其所见,舍其所不能够见。不惟不能令作者心折,亦无以餍天下之读者,余又安肯芟之?'余笑曰:'吾闻阿育王塔中舍利,随人识力而现大小形。若业重者则不复使之见。今必欲使世之肉眼,尽餍其欲而去,吾悲其为文矣。昔微之谓乐天曰,不可使知吾者不知,不可使不知吾者知。吾意亦复如是。'因再强道暗芟之,芟讫,自题曰《辛壬癸甲集》。道暗曰:'何谓也?'余曰:'纪年耳。'曰:'何不锡以嘉名?'曰:'不敢自名耳。'道暗嘿然不应,出语人曰:'吾知之矣。辛壬癸甲,启呱呱而泣禹弗子。珂月生数日而左车先生为远行,从左车先生学文数日,而先生又远行。珂月之意,其在斯乎?'余闻之喟然曰:'吾谓道暗知我胜我自知,不然,何其言之悲也。'"

作《乙丑二月黏壁上告亲友启》,《蟾台集》卷四。

与徐士俊定交。

徐士俊,原名翙,后更名士俊,字三有,号野君。1602年出生,卒年不详。仁和落瓜里人,十三岁,从大夫鹤南公徙仁和塘栖,因家焉。乙丑(1625)与卓人月定交,共同探讨文学,合辑《古今词统》十六卷,并附《徐卓晤歌》一卷;戏曲方面，也是互相激励。卓人月作《花舫缘》之后，徐士俊亦作《春波影》杂剧。徐士俊因其高寿，与卓氏三代皆有来往(卓发之、卓人月、卓天寅)。士俊家贫，居"雁楼"，遂有《雁楼集》。其文集《雁楼集》，戏曲作品《曲波园传奇》二种，与汪淇合辑评之《分类尺牍新语》二十四卷①，词选《古今词统》皆传世。

徐士俊《雁楼集》卷二十四："与兄定交，乙丑之年。"

《唐栖志》卷十二，人物五，徐士俊条："同里卓珂月，才人也，少年负盛名，走四方如鹜。一见惊曰：'里有名士，不相闻名，予过也。'即日具书币招之于家，诗晨酒夕，欣得良友。"

二人于卓人月之相于阁中谈诗论文，甚为相得。

《雁楼集》卷十五《卓子创调序》：

"忆乙丑岁，余二人暂止相于阁。珂月每于点灯残篆之下拈一义，辄如张生煮海、百怪丛跃，惊而起，则瓶花为之甲拆，落月为之倒行。"

《雁楼集》卷五《同卓珂月相于阁夜坐》：

"风雨楼中夜，诗文醉里禅。冲寒搜险句，怀古入高天。墨躁非嫌黑，香残欲送烟。分灯人去后，独自抱琴眠。"

《唐栖志》②卷五《相于阁三李斋》："在水一方。卓珂月

---

① 卓人皋：《卓母丁太孺人哀辞并序》，〔清〕张之鼐编纂：《栖里景物略》卷四，嘉庆间抄本。

② 徐士俊：《曲波园传奇》，清初刻本。

颜其阁曰'相于'，斋曰'三李'。"

五月五日社集于秦淮河边，诸人联句。

《漉篱集》卷二《灯船联句》有序：

"五日社集，旅舍众客既散，滇粤闽楚吴越豫章诸同社欲留者，促尊合坐。忽明灯数十舫，烟霞撩月，丝竹厉天，首尾相衔，蜿蜒撇波而至。此秦淮胜场，为四方所未有，乃用柏梁体，共为险句，而卓能儒为之次。"

联句者有张嗣奕、释大原、庄祯发、王镂鼎、涂和征、吴光龙、柴一德、严明佳、艾南英、崔表、刘长庆、光龙、范珏、郝之璧、卓能儒、唐泰、涂山、仝前、卓人月、卢原、邵梦斗、朱统镐、张人龙、邹德基、唐献可、孙廷隽、熊若龙、范珠、张鸾。

作《五日五君咏》。是时友人均写怀念屈原之诗歌，卓发之则作五君咏，人月依韵和之。五君者，晋介子绥、越王勾践、楚屈平、齐田文、汉曹娥。

《蕊渊集》卷三《五日五君咏》："乙丑五日，友人争拈怀屈之诗，然竞渡始自勾践，而曹娥之死、孟尝君之生，皆堪凭吊。又介子抱木，人知为寒食，而不知为此时。家君广之为五君咏依韵属和。"

初秋游于京师。

《蟾台集》卷三《十香记》："乙丑初秋余游于京师，欲偕生往……"

作《乙丑除岁》。

天启六年丙寅(1626)二十岁

元宵至海昌，饮于陈自玉署中，同座有赵无声、葛无奇、吴梦非等人，观菊花灯。

《蕊渊集》卷四《丙寅灯夕余以俗事来海昌解维之前一日饮于陈自玉广文署中聊草数语为纪一时之胜兼致别怀时同座为赵无声先生退之葛无奇吴梦非》："座客谈灯笑菊花(海宁人自称菊花灯为一绝)，更怜月夜多游女。"

作《读史至孙伯符甚爱之因念余今岁乃伯符威江东之年慨然赋此》。

作《选文杂说》。

编选时文集《无可奈何集》。

《蟾台集》卷三《选文杂说》题后注明丙寅《无可奈何集》时作。

《漉篱集》卷二十三《与长孙大丙书》："所选时文如《无可奈何》集一册、《桐风集》一册、《丁戊春秋》一册、《秋眉》一册、《蕊书》一册。"

天启七年丁卯(1627)二十一岁

春，为徐玄房《佩阿集》作序。

《蟾台集》卷一《佩阿集序》："徐玄房清新俊逸，所得于天者固奢，而人事之修亦复不少。丁卯之春，始挟其文，入国学，索叙于余。"

子天寅出生。卓天寅,字火传,号亮庵。初名大丙。

卓守鹉《塘栖卓氏家系暨诗文录》中有卓人皋《卓母丁太孺人哀辞》并序:"越明年丙子秋,珂月公遽卒,又一年,左车公亦下世。……天寅时年十龄,长庚才七龄。"

卓发之1637年亡故,天寅当时十岁,故推得天寅应为1627年出生。

七夕卓发之集同社十九人赋诗桃叶渡。

按同社共十九人,中应有卓人月,人月集中未收相应诗文,徐士俊《雁楼集》却有诗提及。

《雁楼集》卷五《丁卯七夕卓左车先生集同社十九人于桃叶渡各赋一诗得王方平》。

同社人数,可见《蟾台集》卷一《张秀初稿序》:"社中十九人,余居末席。"

乡试,下第,与徐士俊隐于山中。

《蟾台集》卷二《桐风集序》:"卓子丁卯之役,盖曹沫之三北矣。偕野君氏匿影山中。"

编选时文集《桐风集》。

《漉篱集》卷二十三《与长孙大丙书》:"所选时文如《无可奈何》集一册、《桐风集》一册、《丁戊春秋》一册、《秋眉》一册、《蕊书》一册。"

明思宗崇祯二年己巳(1629)二十三岁

张溥联合诸文社,组成复社,是年开尹山大会,为复社第一次盛会。卓人月与徐士俊入复社。

《复社纪略》《国表》列卓人月与徐士俊于芜湖县(今芜湖市)目下。①

秋,携《古今词统》赴会稽,请孟称舜作序。《古今词统》为卓人月与徐士俊合编。

《孟称舜集》《古今词统序》:"予友卓珂月,生平持说,多与予合。乙巳秋过会稽,手一编示予,题曰《古今词统》。"

《雁楼集》卷十五《古今词统序》:"兹役也,吾二人渔猎群书,衷其妙好,自谓薄有苦心。其间前后次序,一以字多寡为上下,自十六字至于二百三十字有奇。……虽非古今之盟主,亦不愧词苑之功臣矣。"

崇祯三年庚午(1630)年,二十四岁

作《四月十二日初度》:"二十于今又五年。"

子长庚出生。

卓人皋《卓母丁太孺人哀辞》并序:"越明年丙子秋,珂月公遽卒,又一年,左车公亦下世。……天寅时年十龄,长庚才七龄。"

可推知人月子卓长庚于是年出生。

秋,与吴余常寓于西湖佛寺读书。

---

① 徐士俊、汪淇辑评:《分类尺牍新语》二十四卷,载《四库全书存目丛书》编纂委员会编:《四库全书存目丛书·集部》第396册,齐鲁书社1997年版。

《蟾台集》卷二《碔矸遁影序》："庚午之秋,共(吴余常)寓于湖上之僧寮修闱事,始通刺焉。"

秋,识江右陈士业于武林,士业示人月一绝句,乃一金陵女子仰慕卓人月所作。

《蕊渊集》卷十一《和秦淮女子诗》："庚午秋初识江右陈士业于武林,士业为余言丁卯岁北上取道金陵曾于秦淮寓壁得一绝句,是女子所题,专为珂月而作。今只忆其半首,云:'桃叶桃根愁寂寞,倩谁天壤觅王郎。'又言此女常问人云:'卓郎何日来?'余俯首而思,不得其故。然自此以往,中心藏之,何日忘之。"

乡试,下第。

作《和下第者韵兼和新第者》："余庚午之役,了无所动于中。"

冬,程暗仙至塘栖访卓人月与徐士俊。

作《庚午残冬练江程暗仙特过棠郪访余暨徐野君氏》。

崇祯四年辛未(1631),二十五岁

送卓方回省亲于燕,方回妇于去冬初殁。

作《辛未初正寒氏示我悼亡诗为之酸鼻时寒氏将省亲于燕因次其韵以送之》。

《蕊渊集》卷七《辛未初正寒氏示我悼亡诗为之酸鼻时寒氏将省亲于燕因次其韵以送之》："予弟将行役,而兄失友生……妇自冬初殁,君惟泪满擎。"

五月，与同社十四子小饮于摩挲堂，作《社饮》二首。

《蕊渊集》卷六《社饮》："辛未仲夏缔同社十四子，小饮于摩挲堂。野君仿杜工部《八仙歌》以纪之，余复骤栖成二律焉。十四子者为吕昭世字躬三、徐明礼字仲和、沈有声字大予、金时观字孔宾、俞允和字惠公、严津字子问、范璨字仲舒、范士穗字玉禾、张开先字君山、张拱极字九野、徐嘉绮字舜衣、徐士俊字野君，暨余并余弟彝字辛彝。"

六月初一，徐士俊三十岁生日，作《赠徐野君二十韵》。

《蕊渊集》卷四《赠徐野君二十韵》："今辛未六月之朔，为野君三十诞辰。"

八月，作《赠沈梯生四十初度》。

《蕊渊集》卷三《赠沈梯生四十初度》，辛未八月。

八月，作《寿沈母郁恭人帨文》。

《蟾台集》卷三《寿沈母郁恭人七帨文》："辛未八月既望，为沈母郁恭人称老之辰。"

暮秋，至西湖，与诸文人集会孤山。至冬而去。参与集会者有卓人月、李源长、吴次尾、张幼青、王祉叔、沈君牧、于子钰、王子严、章韵仙、朱士叶、吴去尘、徐豹奴、沈子羽、王升之、顾幼陶、俞怀兹、吴余常、胡循輩、王畹生、刘墨仙、钱于斯、章谔臣、徐次京、孙示亮等人。

《蟾台集》卷一《朱士叶野筑小草序》："辛未之暮秋，浪迹西湖。越上冬而始去。醉云居之枫叶，烂若桃林；攀孤山之拓霜，高于梅影。蟹膏正满，橘味初甘。维时同人之来旅此者,较三春为盛。每于娇烟净月旗亭画艇之间,必有所遇,非故交则新知,非少年即老宿,非名士则美人。深醪浅茗,雅谑豪歌。不速而来,不辞而去,不夜分不散,不疾风甚雨不家居。则有击钵诗成,气凌五岳者,贵池李源长、吴次尾也;而走笔属和者,为西泠张幼青;则有涂峦泼岫,巧夺化工者,禹航王祉叔、松陵沈君牧也;而后来居上者,为禾中于子钰;则有雨蕙风兰,笔笔馨逸者,禹航王子严、女郎章韵仙也;而配之以万丈之竹者,为练江朱士叶;则有伸纸作字,火攻华亭者,延陵吴去尘、海上徐豹奴也;而遥相角胜者,为苕中沈子羽;其他小艺则会稽王升之,自谓弈棋第一,而去尘次之;武塘顾幼陶,自谓斗牌第一,而当湖俞怀兹次之;硖矶吴余常,自谓鉴赏古玩第一,而梅湖圣水次之;去尘自谓造墨第一,而士叶次之;子严自谓樗蒲第一,而孤林胡循蜚次之;循蜚自谓其青衣之声伎第一,而女郎王畹生次之;惟余与武塘刘墨仙、秀水钱于斯、苕中章谔臣、海上徐次京、吴门孙示亮无长焉。大约一人而有一长者十之三,一人而兼数长者十之五。长诗古文词者十之八,长时文者则自女郎而外皆能之。……则士叶之时文是。"

崇祯五年壬申(1632)二十六岁

二月,接伯父卓尔康手书。

《蟾台集》卷四《上伯父书》壬申八月寄南京:"自仲春接手书迄今,未有以达左右,负罪良深。"

三月,过海昌徐永平处,两人为李卓吾作年谱。

《蟾台集》卷三《书李卓吾年谱后》:"崇祯五年,三月既望。卓生人月,偶过海昌徐生永平家。……尔口我手,一夜而就,写至七十岁下先生作预约。自云后人欲见李卓老者,即此可当年谱矣。……吾辈今日为卓老作年谱,正体其愠意耳,体其求知之意耳,体其教人度人之意耳。"

八月,复伯父卓尔康手书。

《上伯父书》壬申八月寄南京。

九月,作《宣城詹日至之母张夫人七帙悦辰在庚午之菊月迨日至征诗之檄至则已逾二载矣补歌祝之》。

崇祯六年癸酉(1633)二十七岁

初春,作《赠沙凤》,题彩生扇。

《蕊渊集》卷四《赠沙凤》:"癸酉初春,与彩生较书。……彩生出扇头索句。"

乡试,下第,并出游。出游间,两年诗稿为小奚奴失落,重理旧诗,十得三四。

《蕊渊集》卷三《两年诗稿为小奚失于路次怅惘累日探诸腹笥十得三四耳因名曰忆草而作诗纪事》:"癸酉甲戌间,跋涉千余里。写我下第忧,略探山川理。尽托毫素传,遂盈数十纸。一朝失康衢,悔不谨护视。"

《古今词统》刊刻。

十二月,作《腊月二十四日寿母篇为名公先生之赠言者圈也》,是年卓母五十岁。

《蕊渊集》卷四《腊月二十四日寿母篇为名公先生之赠言者圈也》:"于今杪冬母五旬,病与不病年适均。"

崇祯七年甲戌(1634)二十八岁

元旦作《甲戌元旦次仲父韵》。

二月,作《丁妇翁六帙诗》。

四月,至白门逍遥谷探望父亲,作《山中晚烟赋》,稿未成。又六个月,大约十月成稿。

《蕊渊集》卷一《山中晚烟赋》有序:"甲戌初夏,省大人于白门之逍遥谷。薄暮征行、觏此烟态。大人顾谓小子赋之,不及半篇,命觞而罢。乃寝乃兴,则俗务尘劳、应酬交错。探我胸次,与烟俱纷矣。新秋荐爽,鼓枻东归。江流晏如,布帆无恙。回首白云之下,悄难为怀。乃于古锦囊中,出斯旧稿残笺,欲漫昨梦依然。陆续填完,如涂涂附。迨乎重阳之序,奴子入京,复为窜易数言。录寄大人一笑。计距初命构时,凡六越月矣。然而草草偿逋,未覃厥虑。于予心犹以为速也。"

端午,作《甲戌端午》。

五月十三日,作《五月十三日登燕子矶次大人韵》。

《蕊渊集》卷三《五月十三日登燕子矶次大人韵》,莲旬云:"余诗作于甲子,时吾儿初作纤丽语。迨甲戌和韵,则精悍之气见于眉端。"

秋，霖雨成灾，作《续秋霖赋》。

送别好友徐士俊，徐士俊随弟徐大津往赴武陵署中。作《徐大津赴任五陵其兄野君与之俱索诗为别》。

十月，作《大中丞醒拙喻公寿文》。

《蟾台集》卷三，《大中丞醒拙喻公寿文》："是为甲戌阳月之十有一日，实惟我公悬弧之辰。"

崇祯八年乙亥(1635)二十九岁

是年获取拔贡生，与宋琬同贡于有司。

《滟篱集》卷十四《丙子为大儿告佛疏》："汝自辛酉后凡五试，而仅于乙亥拔贡场中一获首荐。"

宋琬《安雅堂未刻稿》[①]卷六《书卓永瞻诗后》："余以乙亥与珂月先生同贡于有司。"

《安雅堂文集》卷二《传经堂记》："珂月先生，余同年友也。崇祯乙亥，诏举茂才异等，贡入太学。其试诸棘院也，临以监察御史，一仿乡试举人之例，而差杀焉。"

四月，作《男儿三十歌》。

《蕊渊集》卷四《男儿三十歌》，乙亥四月。

是年，徐士俊自楚归，二人复相见。

《雁楼集》卷二十四《祭卓珂月文》："余从楚归，见兄若

---

① 孟称舜：《古今词统序》，朱颖辉辑校：《孟称舜集》，中华书局2005年版，第556页。

仙。已缀贡魁,行将往燕。"

崇祯九年丙子(1636)三十岁

初春,父卓发之归里,逗留十天左右,一起北上。

以拔贡身份应礼部试,下第。

与宋琬同试礼部,崇祯帝欲从拔贡中选取一二优异之人,执政大臣阻止,未成。二人燕市酒楼,狂歌纵饮,相处甚欢。

《安雅堂未刻稿》卷六《书卓永瞻诗后》:"逾年,同试礼部。燕市酒楼,狂欢纵饮,欢相得也。"

《安雅堂文集》卷二《传经堂记》:"珂月以戴经衰然冠于其乡。丙子,入对阙廷,天子思严助、公孙弘故事,欲拔擢一二人用之,执政持不可,乃止。而是年珂月乃不幸死。"

于是年参加秣陵秋试,亦落第。

《瀫篱集》卷二十《丙子十月十五日告大儿书》:"汝自辛酉后凡五试,而仅于乙亥拔贡场中一获首荐。而复衄于丙子。余春初归省,与余同称大父之觞,皆往西湖雪水间才旬日,遂驱车而北,复驱车而归,复驱车而南。历八千余里。"

《祭卓珂月文》:"秣陵秋试,当居我先。一朝榜下,英雄倒颠。余既被放,惟兄亦然。此怀莫陈,同病相怜。"

九月廿六日疟疾发作,因用药过猛,廿九日身亡。

《丙子为大儿告佛疏》:"伏以长男人月,以九月廿九日卒然谢世。"

《丙子十月十五日告大儿书》:"邮人廿七始发,尚不知汝病也,迨廿九才三日耳,何以遽剧而遽死耶?"

《祭卓珂月文》:"兄病乃甚,疟鬼相缠。尚能对客,拥炉着绵。九秋下汗,中心恐艰。急欲驱之,药攻太严。廿九早起,忽闻人言。谓是兄亡,咤其妄传。顷之渐真,匍匐直前。"